KNAUR

*Von Regine Kölpin sind bereits folgende Titel erschienen:*

Oma zeigt Flagge
Oma geht campen
Oma wird Oma
Oma tanzt auf Wolke 7
Oma kriegt die Kurve

Ins Watt gebissen
Der Möwenschiss-Mord

*Unter dem Pseudonym Franka Michels:*
Der Zug der Nonnengänse

*Über die Autorin:*
Regine Kölpin, geb. 1964 in Oberhausen (NRW), lebt seit ihrer Kindheit in Friesland an der Nordsee. Sie hat für namhafte Verlage (auch unter Franka Michels) zahlreiche Romane und Kurztexte publiziert und ist auch als Herausgeberin tätig. Regine Kölpin wurde mehrfach ausgezeichnet und erhielt unter anderem den Bronzenen Homer 2020 (mit Gitta Edelmann) und das Stipendium Tatort Töwerland 2010. Mit ihrem Mann Frank Kölpin lebt sie in einem kleinen idyllischen Dorf, und sie genießen dort ihr Großfamiliendasein mit fünf erwachsenen Kindern und mehreren Enkeln.

*Regine Kölpin*

# Oma macht klar Schiff

*Roman*

KNAUR

**Besuchen Sie uns im Internet:**
**www.knaur.de**

MIX
Papier | Fördert gute Waldnutzung
FSC® C083411

Originalausgabe April 2022
Knaur Taschenbuch

Ein Imprint der Verlagsgruppe Droemer Knaur GmbH & Co. KG
Landsberger Straße 346, 80687 München

Redaktion: lüra – Klemt & Mues GbR, Wuppertal
Covergestaltung: semper smile, München
Coverabbildung: Collage unter Verwendung von Motiven von Shutterstock.com und Getty Images
Illustrationen im Innenteil von Shutterstock.com: Mind Pixell (Boot), Nadia X (Strand)
Satz: Adobe InDesign im Verlag
Druck und Bindung: CPI books GmbH, Leck
ISBN 978-3-426-52495-4

Kontaktadresse nach EU-Produktsicherheitsverordnung:
produktsicherheit@droemer-knaur.de

7 6 5 4 3

# Prolog

Was für ein wunderbarer Frühlingstag! Die Sonne kitzelte die Menschen an den Nasenspitzen, schien mit den Nordseewellen Fangen zu spielen, und der Himmel zeigte sich kitschig in Postkartenblau.

Malte Willich hatte sich auf das Ausflugsschiff begeben und fuhr nun bei einer Sonderfahrt mit vielen anderen Touristen auf dem Jadebusen herum. Sie umrundeten gerade den Arngaster Leuchtturm und näherten sich der Seehafenstadt Wilhelmshaven.

Vorsichtig schaute er sich um, doch er wurde von den anderen nicht beachtet, weil einer einen Seehund entdeckt hatte und deshalb alle begeistert auf die eine Schiffsseite stürzten, sodass Malte kurz befürchtete, das Schiff könnte Schlagseite bekommen. Da der Seehund aber kurz darauf auf der anderen Seite auftauchte, rannte ein Großteil der Gäste wieder zurück.

Malte atmete erleichtert aus. Er sollte sich nicht immer so viele Gedanken machen. Das meiste regelte sich im Leben von allein. Da ihn noch immer keiner beachtete, griff er schnell in die mitgebrachte Leinentasche und zog eine Flasche hervor. Darin steckte ein zusammengerollter Zettel, auf den er die Worte geschrieben hatte, die ihm schon seit Jahren durch den Kopf gingen. Worte, die während seiner glücklichen Ehe zwischenzeitlich verblasst, nach dem Tod seiner Frau jedoch wieder stärker geworden waren.

Manchmal dachte Malte, dass man im Alter wunderlich und rückwärtsgewandt wurde und die Vergangenheit einen viel zu großen Raum einnahm. Sie war oft präsenter als die Gegenwart.

Sanft strich er über das Glas der Flasche, schaute sich sicherheitshalber noch einmal um und holte dann weit aus, bevor er die Buddel der Nordsee übergab.

Es gluckste, als sie auf der Wasseroberfläche auftraf und in den leichten Wellen auf und nieder dümpelte. Malte hatte sie vorausschauend fest mit einem Korken verschlossen und mit Wachs versiegelt. Sie musste eine Weile auf dem Meer durchhalten, denn die Botschaft würde lange unterwegs sein. Vielleicht ewig. Vielleicht nie ankommen, denn Malte wusste nicht einmal, wo seine Windsbraut jetzt lebte. Ob an der See oder am Meer. Er wusste gar nichts, außer dass es schön gewesen war mit ihr. Damals, als es noch keine Gedanken an das Morgen gab – das sie dann allerdings schneller eingeholt hatte als gedacht.

Vielleicht würde ihr das Universum im Traum zuflüstern, dass er sie nicht vergessen, aber trotzdem ein schönes Leben an der Seite seiner Frau gehabt hatte, und dass er stets von der Hoffnung begleitet worden war, seine Windsbraut ebenfalls im Glück zu sehen. Egal, wie und egal, wo.

Malte seufzte, denn wer wusste schon, ob sie sich überhaupt an ihn erinnerte? Ob sie noch manchmal an die Nächte auf der speckigen Matratze in einer Berliner WG zurückdachte, die ihnen trotzdem wie ein Himmelbett erschienen war?

Es hatte dort nur sie gegeben. Ihre Küsse, ihre Nähe und das Jetzt.

Malte seufzte erneut. Er war wirklich auf dem besten Weg, ein eigenartiger Kauz zu werden. Auf jeden Fall hatte es gut getan, seine Gedanken zu Papier zu bringen.

Er schaute sich wieder um. Hoffentlich hatte keiner bemerkt, dass er die Flasche ins Meer geworfen hatte. Auf Außenstehende musste sein Handeln sehr wunderlich wirken.

»Du bist wirklich schon ein alter Zausel«, flüsterte er. »Ihr habt euch fünfzig Jahre nicht gesehen, und ihr hattet nicht einmal eine echte Beziehung.«

Und doch hatte sie ihn nie losgelassen, mit ihrem feurigen Blick, auch wenn er ihn sacht übersehen konnte in all den Jahren mit seiner Frau.

Doch nun, wo Wilma tot war und ihn die Einsamkeit in seiner Cuxhavener Wohnung zu oft übermannte, kamen sie eben wieder, diese Bilder, als sie noch Seite an Seite bei den Demos durch die Straßen marschiert waren und für eine bessere Welt gekämpft hatten.

Malte lachte leise auf und schaute an sich hinunter. Von einem Demonstranten und Weltverbesserer war er inzwischen weit entfernt. Vermutlich würde seine Windsbraut ihn heute als Spießer bezeichnen.

Oder war auch sie anders geworden? Bestimmt lief sie ebenfalls nicht mehr bunt gekleidet und mit dicken Ketten behangen durch die Gegend. Für einen Augenblick war es Malte ein bisschen unangenehm, dass er jetzt meist einen Anzug trug und gut geputzte Lederschuhe. Nur wenn er seine Stadtführungen machte, legte er die Rolle des seriösen Lehrers ab und wagte sich aus seiner Haut, indem er in mittelalterliche Gewandung schlüpfte.

Malte blickte wieder versonnen über den Jadebusen. Die Flaschenpost konnte er kaum noch ausmachen. Wenn er allerdings genau hinsah, bemerkte er, wie sie auf den leichten Wellen tanzte.

»Ich wünsche mir so sehr, dass sie meine Windsbraut erreicht«, flüsterte er. »Liebes Universum, kümmerst du dich darum?«

Kopfschüttelnd stand er auf. Was war denn das jetzt? Das Universum anrufen? Blöder ging es nicht, er war doch kein Esoteriker! Malte ging ein Stück weiter nach vorn und konnte so sehen, wie das Ausflugsschiff mit seinem Bug gemächlich durchs Wasser pflügte. Der Seehund war verschwunden und auf dem Schiff Ruhe eingekehrt.

Inzwischen waren sie dem Arngaster Leuchtturm sehr nah. Es war das Highlight der Ausflugsfahrt, und Malte hörte das Klicken sämtlicher Fotoapparate und Handys.

Dann wendete das Schiff und stampfte zurück Richtung Dangast. Malte war zufrieden, denn er hatte das getan, was ihm schon so lange vorschwebte, und nun konnte er in seinen Alltag zurückkehren, der nun mal so war, wie er war. Und wer vermochte schon zu sagen, ob sein Leben glücklicher verlaufen wäre, hätten er und seine Windsbraut sich nicht aus den Augen verloren …

Ihr Weg hätte ein anderer sein können, aber sie hatten sich nie ihre wirklichen Namen genannt und so die Chance auf ein Wiedersehen leichtfertig verspielt, weil die Unabhängigkeit ihm damals als das größere Gut vorgekommen war.

Man traf Frauen, man schlief mit ihnen und ging seiner Wege. So hatten sie es gehalten und dabei ausgeschlossen, dass doch mal eine das Herz berühren konnte. Deshalb war sie für ihn die Windsbraut geblieben – er selbst hatte sich Roter Oskar genannt, weil er sich als junger Mann einmal auf der Flucht vor der Polizei in einer Mülltonne hatte verstecken müssen. Wie der Oskar aus der *Sesamstraße*.

Jedenfalls war seine Windsbraut fortgeweht, hatte ihren Namen und ihr Leben mitgenommen, bei dem er nur am Rand hatte knabbern dürfen und jetzt bereute, dass er es nicht ganz gekostet hatte.

Gestern aber hatte sich Malte nach reiflicher Überlegung dazu durchgerungen, endlich auf diese romantische Weise von der Vergangenheit Abschied zu nehmen, damit er nach vorn schauen konnte. Schließlich musste auch mal Schluss sein mit den alten Erinnerungen, und das funktionierte nur, wenn man eine scharfe Linie zog. Malte plante, ein neues Leben zu beginnen, in der Altlasten keinen Platz mehr hatten, weil er nicht als wunderlich gelten wollte. Schließlich mutete es seltsam an, dass er noch immer so sehr an seine erste Liebe dachte – so kurz sie auch gewesen war.

Er war froh, als das Schiff wieder in Dangast anlegte und er zu seinem Wagen zurückgehen konnte. Das Thema sollte damit endgültig abgeschlossen sein. Warum nur hatte er den Verdacht, dass es nicht so war und keiner die Vergangenheit mit einer Flaschenpost beenden konnte? Keiner. Auch er nicht.

# Kapitel 1

Die Märzsonne brach sich im Hafenbecken von Fedderwardersiel und ließ die seichten Wellen in schillerndem Licht glitzern. Ein Seehundkopf lugte aus dem Wasser und schien Frauke anzulächeln. Seine großen Kulleraugen fixierten sie neugierig, als er aber merkte, dass hier offenbar nichts zu holen war, tauchte er munter ab und schwamm weiter zum nächsten Schiff, um es zu beäugen.

Frauke kannte den Seehund. Er kam oft in den Hafen und hatte nur wenig Scheu. Die Skipper mochten ihn, und so fühlte er sich sicher. Eine Touristenattraktion war er sowieso, vor allem für die Kinder.

Frauke saß mit übereinandergeschlagenen Beinen an Bord des braunen Kutters »Alte Liebe« und schaute zur Wesermündung, wo sich gerade ein Tanker in Richtung Bremerhaven schob. Sie strich sich das kinnlange graue Haar zurück, legte den Kopf in den Nacken und genoss das Kitzeln der Sonnenstrahlen auf ihrem Gesicht.

Das ist also jetzt mein eigenes Schiff, dachte sie. Auf meine alten Tage, mit zweiundsiebzig Jahren, bin ich noch Bootseignerin geworden, wer hätte das gedacht?

Ob das ein Wink des Schicksals war, um sie aus der Tristesse ihres augenblicklichen Daseins herauszuholen?

Seit dem Tod ihres Mannes Heiko vor fünf Jahren lebte sie in der Seniorenresidenz Sonnenuntergang in Burhave, weil sie damals geglaubt hatte, sie bräuchte jetzt Sicherheit und ein Leben, bei dem sie sich um nichts mehr kümmern musste. Da sie durch ihrer beider Berufstätigkeit – vor allem als Folge des gut bezahlten Postens ihres Mannes im Vorstand eines großen Unternehmens – gut situiert war, konnte sie sich diese feudale Residenz leisten. Nicht bedacht hatte Frauke aber die Faktoren der Langeweile und Fremdbestimmtheit, die sich ihrer mehr und mehr bemächtigt hatten.

Sie öffnete die Augen und fuhr vorsichtig mit dem Zeigefinger über die grün gestrichene Reling. Die Farbe blätterte schon arg ab. Frauke zerkrümelte die Lackreste mit den Fingern.

Am Fedderwardersieler Hafen war ihr dann an einem Sommerabend der Fischer Fiete begegnet. Aus anfänglicher Sympathie wuchs schnell eine tiefe Freundschaft. Nicht mehr und nicht weniger, denn Frauke wollte sich nicht wieder binden, auch wenn sie gespürt hatte, dass sich Fiete vielleicht etwas mehr erhoffte. Wie oft war sie mit ihm auf diesem Kutter ein Stück die Weser hinuntergeschippert oder in die Nordsee gefahren! Und nie war ihr aufgefallen, wie marode sein Schiff im Laufe der Jahre geworden war und wie wichtig es wäre, ihm mal einen neuen Anstrich zu verpassen.

Dafür hatte sie kein Auge gehabt, sondern nur die Zeit auf See unglaublich genossen. Oft waren sie durch die Wellen getrieben, hatten sich so manches Mal bei Ebbe trockenfallen lassen und sich gefreut, wenn die See den Kutter dann wieder umarmte und zurück nach Fedderwardersiel fahren ließ. Schöne und lustige Stunden zu zweit, ohne dass es mehr bedeutet hätte – und das war gut so.

Es waren Zeiten, in denen die Farbe des Himmels ein unerschöpfliches Thema gewesen war. Zeiten, in denen sie eins mit der Natur wurden und die Freiheit verspürten, die ihnen ansonsten im Alter abhandengekommen war, weil sie Zwängen mehr Raum gegeben hatten als dem Spaß.

Ihre Sicherheit in der Residenz hatte Frauke mit dem Gefühl der verlorenen Freiheit bezahlt. Es war selbstverständlich geworden, sich den Gepflogenheiten anzupassen. Sei es das pünktliche Essen, das aufgesetzte Grinsen oder die höfliche Konversation mit den anderen Bewohnerinnen und Bewohnern. Auch mit Leuten, die Frauke gar nicht mochte – wie zum Beispiel Frau Waltermann, der sie normalerweise die kalte Schulter gezeigt hätte. Die Abende bei Fiete waren deshalb zu einer willkommenen Flucht aus dem Sonnenuntergang geworden.

Nach einer Weile waren auch Barbara und Heinz, die ebenfalls in der Seniorenresidenz wohnten, immer öfter mitgekommen, weil sie zusammen auf dem Schiff Karten spielen wollten. Und leider war auch ab und zu Frau Waltermann dazugestoßen. Sie hatte es nicht lassen können, Frauke, Barbara und Heinz zu folgen, und war eines Nachmittags, bunt gekleidet wie ein Schmetterling, auf dem Kutter aufgetaucht!

Während sich aber Barbara und Heinz einfach in das Gefüge integriert hatten, war Frau Waltermann bei ihren Besuchen ein Fremdkörper geblieben. Sie war wirklich ein Fall für sich, bestimmte in der Residenz Sonnenuntergang unter den Bewohnern, wo es langging, und galt als graue Eminenz. Sie hielt das Zepter in der Hand. Frau Waltermann war einer der wenigen Menschen, mit denen Frauke überhaupt nicht zurechtkam. Sie fürchtete ihre spitze Zunge und mochte den Tratsch nicht, der ihren Mund ständig wie eine giftige Kröte verließ.

Vorhin hatte Frauke kurz überlegt, ob sie Barbara und Heinz bitten sollte, ihr dabei zu helfen, den Kahn ein bisschen aufzumöbeln. Allerdings hatte sie diese Idee schnell verworfen. Von ihnen war keine Hilfe zu erwarten, denn sie hatten beide kein handwerkliches Geschick, und Frauke wollte sie nicht in Verlegenheit bringen.

Sie seufzte. Fiete fehlte ihr schon jetzt, und sie wusste, wie sehr sie ihn vermissen würde. Er turnte irgendwo da oben auf den

Wölkchen herum oder verweilte am Horizont, wo der Himmel das Meer küsste.

Bei dem Gedanken zogen sich in Frauke Herz und Bauch schmerzhaft zusammen. Fiete war fort und würde nicht zurückkommen. Keine Mundharmonikaklänge mehr. Keine blöden Skipperwitze, so flach erzählt, dass sie schon wieder lustig waren. Seine Piep würde fehlen. Das leise Schmauchen, wenn er die Pfeife im Mund hielt und die feinen, nach Plum und Vanille duftenden Tabaksorten schmökte. Keiner konnte dabei so wunderbare, gleichförmige Kringel zaubern wie er.

Frauke dachte an Fietes siegessicheres Lächeln, wenn er ahnte, dass sie sein nächster Zug beim Kartenspiel unweigerlich auf die Verliererstraße bringen würde. Der Skipper kannte alle Tricks, und ganz sicher hatte er oft falschgespielt, was Frauke aber nicht störte – weil es Fiete war und sie wunderbar verlieren konnte.

Alles vorbei.

Von ihrem langjährigen Freund war nur ein bisschen Asche übrig geblieben, die sie letzte Woche bei der Seebestattung mit der Urne in der Nordsee versenkt hatten. Und es gab diesen Kutter, der ihr gestern offiziell von einem Notar übergeben worden war. Marode und alt – so wie Frauke sich selbst auch fühlte, jetzt, wo ihr Freund nicht mehr da war und sie aus der Tristesse ihrer Seniorenresidenz herausholte.

Frauke spazierte auf dem Kutter herum. Es fühlte sich wunderbar an, weil er ihr Eigentum war. Das Schiff lag mit dem Heck am Kai vertäut, die Bugspitze ragte zur Mitte vom Hafenbecken, seitlich wurde es von einem Steg flankiert.

Frauke steuerte auf den Bug zu. Sie blieb vorn stehen und sah, dass der Seehund erneut um das Boot herumschwamm und darauf zu warten schien, dass sie ihm einen Fisch zuwarf. Doch die Netze der Alten Liebe waren leer, und sicher würden sie nie wieder ins Nordseewasser getaucht werden. Mal sehen, wem sie die stinkenden Dinger vermachte.

Frauke winkte dem Seehund zu, der dann schnell abtauchte und sich zurück auf den Weg zu seiner Familie machte.

»Moin, Frauke!«, hörte sie eine dunkle Männerstimme. Sie schrak zusammen, weil sie so in ihre Gedanken vertieft war. Dann schaute sie nach rechts zum nächsten Kutter und winkte ihrem Bootsnachbarn zu. »Moin, Knut!«

Er hatte wie immer seine Pfeife im Mund und schmauchte sie bedächtig. Knut hatte etwas von Käpt'n Blaubär und wirkte stets, als hätte er die Genügsamkeit erfunden. Frauke fand den Fischer sympathisch, denn er erinnerte sie ein bisschen an ihre ganz alte Liebe, den Roten Oskar, weil er dieselben braunen Teddyaugen hatte.

Ein Schmunzeln glitt über ihr Gesicht, wie immer, wenn sie an ihn dachte. Doch obwohl sie alles getan hatten, was Liebende tun, kannte sie seinen richtigen Namen nicht. Das hätten sie damals als einengend empfunden. Wie albern! Erst im Alter wurde man weiser.

Sonst hatte Knut allerdings nichts vom Roten Oskar, denn er trug ständig ein blau-weiß gestreiftes Fischerhemd und einen wilden Vollbart, weil er glaubte, auf diese Weise bei den Touristen Eindruck zu schinden.

Frauke winkte noch einmal kurz zu ihm hinüber, lief weiter ans Heck und knibbelte am Holz herum. Hier war die Farbe an der Reling besonders stark abgeblättert, und auch der Schiffsboden sah schlimm aus. Völlig verschlissen und abgetreten. Alles musste dringend abgeschliffen und neu gestrichen werden. Da wartete eine Menge Arbeit auf sie.

Dafür bist du von jetzt an zuständig, frohlockte Frauke innerlich. Dir gehört dieser vermaledeite Kutter, und du musst zusehen, wie du klarkommst. Die nächste Zeit weißt du endlich, warum du dich morgens pünktlich aus dem Bett schälen solltest. Vorbei waren die unendlich langweiligen Tage im Sonnenuntergang.

»Inspizierst du dein neues Eigentum?«

Frauke schrak erneut zusammen, als sie gewahr wurde, dass Knut sich ebenfalls zum Heck seines Kutters begeben hatte und Frauke von dort aus neugierig beäugte.

»Hast du mich erschreckt«, sagte sie.

Knut kicherte und reimte vor sich hin, so wie er es gern tat: »Der Knut ohne Hut mit leisen Sohlen auf den Bohlen. Hihi.« Er rückte sich die Pudelmütze zurecht, die er bei Wind und Wetter trug. »Im Winter friert mein Gehirn ein, im Sommer wird es von der Sonne weich«, sagte er immer.

»Wäre lieb, wenn du dich zukünftig nicht so anschleichst«, bat Frauke ihn. »Sonst hat Fiete mir den Kutter umsonst vererbt, weil ich ihm gleich mit einem Herzinfarkt gen Himmel folge.«

Knut winkte ab. »So schnell stirbt es sich nicht, wenn man über eine Konstitution verfügt, wie du sie hast.«

Er sog einmal kräftig an der Pfeife und deutete mit der freien Hand auf die Alte Liebe. »Da hat es der olle Fiete ja man gut gemeint mit seinem Erbe, was? Aber du wirst bannig viel Arbeit mit dem Kahn haben. So als Frau, dat wird mau.«

Frauke rollte bei dem letzten Satz mit den Augen. Den Inhalt konnte sie als alte Frauenrechtlerin auf keinen Fall auf sich sitzen lassen. »Was soll das heißen: so als Frau?«, fragte sie mit gefährlich ruhiger Stimme. »Meinst du, wenn ich ein Mann wäre, würde die Farbe weniger schnell abblättern? Oder glaubst du, dann würde es mir nicht so viel ausmachen, weil Männer dafür keinen Blick haben?«

Knut zuckte mit den Schultern. »Weder noch.« Er blies einen Kringel und schaute ihm versonnen hinterher. »Dass ihr auch gleich immer so eingeschnappt sein müsst, ihr Deerns. Ist nun mal viel Arbeit mit der Alten Liebe. Mehr wollte ich nicht gesagt haben.«

Frauke tat es schon leid, dass sie den Nachbarn so angeranzt hatte. Er war schließlich ein feiner Kerl! Nur seine ewige Reimerei ging ihr auf die Nerven, aber irgendwas war ja immer.

Knut kratzte sich verlegen die Stirn und schob dabei die über den Ohren aufgerollte dunkelblaue Pudelmütze nach hinten. »Fiete und ich haben oft über dich geklönt. Er fand, dass du in diesem Haus Sonnenuntergang verschimmelst. Immer nur mit dem feinen Heinz und der mit Ketten behängten Barbara. Die sind ja wenigstens noch nett, aber dieser feuerspeiende Hausdrachen ... Wie heißt sie noch gleich? Waltermann?«

Frauke musste grinsen. Frau Waltermann war also auch schon unter den Skippern in Fedderwardersiel ein Thema.

Knut lamentierte weiter, und es ging noch immer um den Sonnenuntergang. »Langweiliger fester Tagesplan mit nur wenigen Abweichungen und so. Das ist doch ganz schön eintönig. Jedenfalls für eine Frau wie dich. – Ich hol jetzt mal was zum Aufmuntern«, sagte er und verschwand kurz in seiner Kajüte. Anschließend hielt er zwei Flaschen Bier und eine Buddel Korn in der Hand. »Ich komm doch rüber, und dann trinken wir einen! Auf Fiete und auf dein Schiff – und unsere Nachbarschaft.«

Frauke winkte ab. »Ich bin mit dem Wagen hier und will nichts trinken.« Sie hasste klaren Schnaps.

Knut aber ließ sich nicht beirren, kletterte über den Steg von seinem Kutter und kam an Bord.

»Jo, das macht nix«, sagte er schnaufend, als er neben Frauke stand. »Das Auto musst du ja sowieso bald verkaufen, wenn du den Kutter hast und ständig auf See sein wirst. Was willst du denn sonst mit einem Schiff, nicht wahr?«

»Du bist wohl schon beduselt«, gab Frauke zurück. »Ich gebe doch meinen Mini nicht weg!« Sie hing an ihrer roten Knutschkugel, wie sie das Auto liebevoll bezeichnete, das sie als Einziges aus ihrem früheren Leben behalten hatte, um wenigstens mobil zu bleiben und ihren Radius nicht vollends auf den Sonnenuntergang beschränken zu müssen. Obwohl Fiete sie immer geärgert hatte, indem er sagte, dieser winzige Wagen bräuchte keinen Parkplatz, sondern einen Laufstall.

»Komm, een Lütten!« Knut hob die Schnapsflasche, die schon zur Hälfte geleert war, und zog aus der ausgebeulten Hosentasche zwei kleine Gläser. Sie waren etwas staubig, und er wischte sie an seiner schwarzen Breitcordhose ab, was sie auch nicht sauberer machte.

Frauke fand das ein kleines bisschen ekelig, aber sie riss sich zusammen, denn sie wollte es sich mit ihrem Nachbarn nicht verscherzen. Wer wusste schon, wozu sie ihn noch brauchte? Widerwillig griff sie nach dem Glas. »Gut, einen, aber dann bitte kein Bier.«

Knut schenkte ein und hob dann sein Glas. »Auf dein neues Schiff. Prost!«

»Prost!« Die Gläschen klirrten leise, als sie anstießen. Knut kippte sich den Schnaps in den Hals und schüttelte sich danach wie ein nasser Hund. Weil er dadurch abgelenkt war, leerte Frauke das Glas unterdessen ins Hafenbecken. Sollten sich doch die Fische an dem Zeug erfreuen.

»Das war lecker – kein Gemecker!«, meinte Knut. »Nun sind wir echte Nachbarn. Willkommen in der Skipperfamilie von Fedderwardersiel.« Er streckte Frauke den Ellenbogen entgegen, weil er in den Händen die Buddel und das Glas hielt. Frauke kickte den ihren dagegen.

»Das ist so was wie ein Bund«, sagte Knut. »Einen trinken und einschlagen – jetzt kann man was wagen.«

Plötzlich fühlte Frauke sich heimisch auf dem Boot. Es war ihr Schiff, und niemand konnte ihr diesen Rückzugsort mehr streitig machen, obwohl sie am Anfang tatsächlich überlegt hatte, das Erbe auszuschlagen.

Knut nahm Frauke das Schnapsglas ab und ließ es wieder in den Tiefen seiner Hosentasche verschwinden. »Ich geh mal davon aus, dass du keinen zweiten willst.«

»Gut beobachtet.«

»Gut zugehört, du willst ja noch Auto fahren – aber ganz ehrlich? Auf einem Bein kann kein Mensch stehen.« Er schenkte sich neu ein und kippte auch den zweiten Schnaps weg wie Wasser. Nur das Schütteln fiel etwas weicher aus.

Frauke wackelte lächelnd mit dem Kopf. Ans Trinken würde sie sich wohl nie gewöhnen, auch wenn sie zukünftig mehr mit den Fischern zu tun hatte. Harte Männer, die täglich aufs Meer hinausfuhren, mit dem Wetter und den Gezeiten kämpften, und die doch eine solche Zufriedenheit ausstrahlten, dass sie oft neidisch wurde.

»Soll die Alte Liebe denn einen neuen Namen bekommen, wenn du sie wieder flottgemacht hast?«, fragte Knut und liebäugelte bereits wieder mit dem Inhalt der Flasche Korn. »Sie könnte schön bunt werden, so wie unsere anderen Kutter hier. Fiete stand auf das eintönige Braun, aber es wäre doch wundervoll, wenn der Kahn knallrot wäre. Wie dein Mini. Das wäre dann ein Muss – beides aus einem Guss.« Er nickte selbstgefällig.

»Roter Oskar«, kam es Frauke spontan über die Lippen, und schon, als sie es aussprach, erschrak sie. Wieso wollte sie den Kutter nach ihrer früheren Liebe benennen und nicht nach ihrem Freund Fiete oder, noch besser, nach ihrem verstorbenen Mann? Frauke pustete lautstark die Luft aus. »Pffft!«

Sie war ganz durcheinander und schob die kurzfristige Verwirrung auf Knuts Augen, die im gleichen Braun wie die von Oskar damals schimmerten und wirklich viel zu nah vor ihr herumtanzten.

»Dat geiht nicht«, widersprach Knut. Er legte den Kopf in den Nacken und schaute zum klarblauen Himmel, auf den die Flugzeuge einige Kondensstreifen gemalt hatten. »Musst einen Frauennamen wählen. Oskar ist doch maskulin.«

»Hallo? Die anderen Kutter heißen auch Seestern oder so.«

»Das ist was anderes, weil ein Seestern aus dem Meer kommt«, redete Knut sich raus. »Das ist maritim. Und außerdem gibt es da viele Zwitter. Zum Beispiel lebt in Italien eine Art …« Er winkte ab. »Das führt jetzt zu weit. Aber wenn du dich umschaust, sind die meisten Namen weiblich. Möwe, Seeschwalbe …«

Frauke seufzte. »Aber ich bin eine Frau, da kann mein Schiff doch männlich sein. Als Kontrast.«

»Hä?«, fragte Knut verständnislos. »Wie meinst du das denn?«

»Ihr Skipper seid allesamt Männer und gebt den Booten normalerweise weibliche Namen, so als ob ihr auf diese Weise eine Frau mit auf See nehmt. Ist das so?«

Knut kratzte sich am Hals. »Weiß nicht. Klingt aber schlüssig. Darüber habe ich allerdings noch nie nachgedacht.«

»Solltest du aber, alles hat seinen Grund«, gab Frauke zurück. »Google das mal!«

»Gurgeln? Wie soll ich das gurgeln?«, gab Knut verständnislos zurück.

Frauke rollte die Augen. Vermutlich besaß ihr Schiffsnachbar nicht einmal ein Handy, einen PC ganz sicher nicht. »Das ist eine Suchmaschine!«, erklärte sie geduldig, aber Knut wusste noch immer nicht, wovon sie sprach.

»Deern, wenn ich was suchen muss, dann zu Fuß und mit Augen und meinen Sinnen. Dazu brauch ich doch keine Maschine oder so was!« Vor Aufregung vergaß er sogar, einen Blödsinnsreim nachzusetzen.

Frauke seufzte. Wie konnte man so hinter dem Mond leben! Knut war ein Fuchs, was die Maschinen auf dem Kutter anging.

Er war ein wahrer Held, wenn es darum ging, Fischschwärme aufzuspüren, und jeder sprach mit Hochachtung über ihn, gerade weil er es ohne modernes Gerät vermochte und sich einzig an den natürlichen Gegebenheiten orientierte. Aber dass er so gar nichts über das World Wide Web wusste, wunderte Frauke doch. Sie wollte ihn jedoch nicht brüskieren. »Ich guck mal nach, warum man den Schiffen eher Frauennamen gibt.«

»Ja, mach das, aber eigentlich ist es mir auch schietegal«, erwiderte Knut. »Ich hab da meine Meinung und finde, ein Schiff, gleichgültig, ob Kutter oder Segelboot, sollte weiblich heißen, weil es Tradition hat. Das bringt sonst Unglück.« Er zog einen Priem aus der Hosentasche, schob ihn in den Mund und kaute bedächtig. »Jo, so ist das«, setzte er dann nach.

Frauke aber verschränkte die Arme vor der Brust und reckte das Kinn. So einfach wollte sie ihn nicht davonkommen lassen. »Als Frau kann ich das aber doch umgekehrt machen. Ich nenne mein Schiff wie einen Kerl. Roter Oskar!« Eigentlich fand Frauke den Namen selbst blöd, aber sie wollte jetzt nicht klein beigeben, auch wenn sie fürchtete, es später zu bereuen, denn eigentlich war Alte Liebe ein guter Name für diese marode Kutterlady.

»Dat geiht nicht«, insistierte Knut erneut. »Dat givt Malöör! Ick sach di dat – dann blievst mit dem Schiff im Watt!«

In Frauke kam immer stärker die alte Rebellin durch. Die, die damals als Studentin in Berlin »Ho ho Ho Chi Minh« rufend durch die Straßen marschiert war. Einen Joint in der Hand und der festen Überzeugung, dass genau sie, Frauke Hansen, dabei war, die Welt auf diese Weise zu retten oder wenigstens besser zu machen. Warum sollte sie nun ausgerechnet vor einem Fischer, der Fedderwardersiel immer nur in Richtung Nordsee verlassen hatte, kuschen und einer Tradition folgen, die sie nicht wollte? Andererseits war es charmant, dass in der Seefahrt wenigstens bei der Namensgebung der Schiffe die Frauen Oberhand hatten, wo sie doch sonst überall missachtet wurden. Das sollte vielleicht nicht unbedingt aufgegeben werden. Bei näherer Betrachtung der Situation gefiel Frauke die Idee doch ganz gut.

Knut vertiefte das Thema nicht weiter und schenkte sich einen dritten Schnaps ein. Er verzichtete aber darauf, Frauke auch einen anzubieten und das zweite Schnapsglas erneut aus der Tasche zu befördern.

»Ich dachte, man kann nur auf einem Bein nicht stehen?«, entfuhr es Frauke, aber ihr wurde der Fehler sofort bewusst.

Bitte, bitte jetzt nicht den Dreibein-Machospruch, betete sie innerlich.

Zum Glück kam Knut nicht darauf und überging ihre Frage einfach. Er spitzte die Lippen, schluckte das Gesöff hinunter, schüttelte sich wieder heftiger und spürte mit langem Hals dem Geschmack des Alkohols nach. »Und was nun? Sag einen Frauennamen, und gut is!«, forderte er Frauke anschließend auf.

Nun ritt sie der Teufel. Sie ärgerte sich maßlos darüber, dass Knut nach wie vor voraussetzte, dass sie den alten Traditionen verhaftet blieb.

»Der Kutter wird Roter Oskar heißen!«, quetschte sie zwischen den Zähnen hervor. Das würde Fiete auf seinen Wolken da oben genauso ärgern wie Knut, und er würde fluchen, weil er machtlos war. Frauke hörte ihn förmlich, wie er sich bei diesem Thema mit seinem Kutternachbarn gemein machte. Aber sie wollte jetzt nicht klein beigeben.

Knut trat einmal aufs rechte und einmal aufs linke Bein, bevor er überraschenderweise sagte: »Du kannst es ja mischen. Wie beim Seestern in Italien. Ist schließlich modern, dass man Frau und Mann gleichzeitig nennt und nienich einen benachteiligt.«

Frauke sah ihn fragend an, verwundert über sein Einlenken. »Vermischen? Wie meinst du das?«, hakte sie vorsichtig nach.

»G… gendern«, brachte er mühsam hervor. »Jo, so nennt man das. Hab ich in der Zeitung gelesen. Ganz normal auf dem Papier und nicht so neumodisch wie du auf deinem Computer oder Handy. So een Schiet brauch ich nicht und bin trotzdem gut informiert, wie du siehst.«

Frauke war tatsächlich erstaunt, sagte aber nichts. Natürlich wusste sie, was gendern im Allgemeinen und im Besonderen bedeutete, aber das brachte einen so neuen Aspekt in die Lage, dass sie darüber erst nachdenken musste.

Knut gefiel seine Idee sichtlich und führte sie weiter aus. »Man schreibt ja nun nicht mehr nur eins, sondern alles mit Sternchen. Skipper und Skipper* innen. Gäste und Gäst* innen. Dann kann man das auch mit dem Namen eines Kutters machen. Wir leben schließlich in Fedderwardersiel und nicht hinterm Mond – weil sich das nicht lohnt.«

»Gendern«, wiederholte Frauke und ignorierte erneut den Blödsinn, den er ständig im Anschluss an seine Sätze reimte. Diese Idee sagte ihr immer mehr zu, und ihr fielen noch mehr Beispiele ein. Aus Besucher wurde Besucherin. Es gab derweil auch Toiletten, die nicht nur für Männer oder Frauen waren, und kürzlich hatte Frauke in der Zeitung gelesen, dass man nicht einmal mehr Muttermilch sagen sollte, Menschenmilch sei nun der politisch korrekte Ausdruck. Korrekterweise müsste sie nun Alte* r Liebe* r schreiben, aber das klang vollkommen idiotisch. Also musste sie eine andere, passable Lösung finden.

Dass man Schiffsnamen genderte, hatte sie noch nie gehört, und so wurde es Zeit, das einzuführen. Ein bisschen Revolution im Kutterhafen würde nicht schaden.

Und noch besser fand Frauke, dass sie damit ein Alleinstellungsmerkmal hatte. Denn wer in Fedderwardersiel besaß schon ein Schiff, das weder männlich noch weiblich, ja nicht einmal maritim benannt war, sondern einen wunderbaren Doppelnamen mit männlichen und weiblichen Attributen trug? Jeder würde sich fragen, warum es so hieß, und sie konnte antworten, sie hätte eben die moderne Gendervariante gewählt.

Knut sah offensichtlich, dass er sie beeindruckt hatte, und aalte sich sichtlich in seinem Stolz. Er reckte die Brust vor und kaute seinen Priem etwas schneller, was sein sonst so ruhiges Gesicht regelrecht hektisch erscheinen ließ.

»Prima Idee vom alten Knut, der ständig Gutes tut, was?« Sein Glas verschwand in der Hosentasche.

Frauke wiederholte, was ihr gerade durch den Kopf ging. »Gut, ich mach das, weil es etwas ganz Besonderes ist. Dann aber Ladies first, und erst kommt Alte Liebe. Dann Roter Oskar.« Sie klopfte auf die Reling und erschrak etwas, als nicht nur die Farbe abblätterte, sondern auch das Holz bedenklich knirschte.

»Holzwurm«, kommentierte Knut. »Musst du oft draufschlagen, das mögen die Viecher nicht. Lärm und so.« Er spuckte den Priem ins Hafenbecken und schaute Frauke dann erwartungsvoll an. »Nun sach schon, wie der Kutter heißen soll! Hab ich eben nicht kapiert.«

Frauke strahlte ihn an. »Alte Liebe – Roter Oskar.«

Sie war überaus zufrieden, denn kein Mensch würde ihr Vorhaltungen machen können, weil sie sich nicht an gängige Regeln hielt.

Kurt wirkte erleichtert. »So mok wi dat! Dann ist das jetzt gesetzt.« Er friemelte erneut sein Glas aus der Hosentasche und genehmigte sich einen vierten Schnaps. »Weil alles seine Ordnung haben muss.« Wieder mit demselben Ritual. Schütteln, brummen, genießen.

»Ich finde, das mit dem Doppelnamen ist eine gute Entscheidung«, sinnierte Knut weiter. »Kommt ja im Prinzip auch von mir, und ich habe meist gute Ideen, auch ohne dieses Googeln. Und …«, er hob den Daumen, »es ist eine Hommage an den guten alten Fiete.«

»Da wird Oskar stehen, nicht Fiete«, wies Frauke den Skipper auf den minimalen Unterschied in der Namensgebung hin.

Knut winkte jedoch fröhlich ab. »Alte Liebe bleibt doch. So wie du immer Fietes Liebe warst.«

Frauke zuckte zusammen. »Wir waren nur Freunde.«

Knut zog kurz die Schultern hoch. »Er hätte sich das eben anders gewünscht. So, ich muss dann. Ein Netz ist noch zu flicken, morgen geht es vor Sonnenaufgang wieder raus – sonst ist alles aus.« Er kratzte sich hinterm Ohr. »Deine komische Residenz hätten sie mal so nennen sollen. Aufgang und nicht Untergang.«

Bevor er zurück an Bord seines eigenen Kutters ging, blieb er noch einmal stehen und sagte: »Ich weiß, dass du das mit Fiete nie gemerkt hast. Aber der Kutter gehört dir nicht nur, weil du einen Bootsführerschein besitzt. Fiete wollte, dass du ein neues Zuhause hast und aus dieser Residenz zurück ins Leben kommst. Alles sollst du wieder flottmachen. Die Alte Liebe und dein Leben!«

Verdutzt schaute Frauke dem Skipper nach. Langsam begann sie den tieferen Sinn dieser Erbschaft zu begreifen.

# Kapitel 2

Barbara saß missmutig am Tisch und wartete darauf, dass Frauke endlich aus Fedderwardersiel zurückkehrte.

Der Speisesaal in der Residenz war sehr geräumig und mit etlichen Tischen möbliert, an denen feste Gruppen von vier Personen saßen. Frauke gehörte zu der Gruppe von Barbara und ihrem Mann. Ein Stuhl war im Augenblick frei.

Überall standen große Grünpflanzen und Palmen in Hydrokulturen, die Fensterbänke waren stets passend zur Jahreszeit geschmückt. Im Augenblick sah man dort kleine Holzbäumchen, unten denen bunt bemalte Tulpen wuchsen.

Barbara hatte zuvor in ihrem Appartement, das sie sich mit ihrem Gemahl Heinz – Barbara sagte immer Gemahl, weil es in ihren Ohren vornehmer klang – teilte, roten Lippenstift aufgetragen und ihre grobgliedrige Goldkette angelegt. Dazu ein paar kräftige Sprühstöße des Parfüms Scandal, weil sie damit auffiel, denn die anderen Damen zogen Kölnisch Wasser vor. Aber das duftete ihr zu sehr nach einfachem Volk.

Ihre Freundin Frauke hingegen mochte es natürlich, was Barbara gar nicht verstehen konnte, denn sie war der Ansicht, dass man dem Alter am besten aktiv mit viel gutem Odeur entgegenwirken sollte. So oft war ihr schon zu Ohren gekommen, dass ältere Menschen rochen. Nicht mit ihr!

Sie war auf jeden Fall mit ihrem kleinen Wölkchen gegen solche Vorwürfe gewappnet, und ein bisschen Skandal auf der Haut machte doch nur interessant! Auch mit siebzig Jahren konnte man schließlich noch mit einer großen Portion Attraktivität aufwarten.

»Wartest du auf Frauke?«, fragte Heinz, der ihren Blick bemerkt hatte. Er steckte sich die Stoffserviette ins Revers und strich sie umständlich glatt, so wie alles, was er tat, umständlich und behäbig wirkte. Das war sicher ein Resultat aus seiner früheren Tätigkeit im Aufsichtsrat eines großen Limonadenkonzerns und im mittleren Management, wo ein Pokerface neben korrekter Haltung und nach außen getragener Ruhe ein Muss gewesen war. Seine Tätigkeit, gepaart mit der ruhigen Art, hatte ihnen ein überdurchschnittliches und solides Einkommen beschert, was ihnen nun ein Leben im Sonnenuntergang ermöglichte.

»Sie kommt sicher gleich.« Er prüfte noch einmal den Sitz der Serviette, war aber zufrieden mit dem Ergebnis.

Barbara bemerkte, dass seine Hände leicht zitterten. Wie so oft in der letzten Zeit.

»Ist was?«, fragte sie.

Er verneinte, aber sie nahm ihm die Unbekümmertheit nicht ab. Ihr Gemahl wirkte in der letzten Zeit fahrig, ganz anders, als sie es von ihm gewohnt war. Er reagierte manchmal ungewohnt unwirsch und wich jedem Gespräch aus, das sich um sein Befinden drehte, und wechselte dann stets das Thema – hin zu seinen Schinkenbroten am Abend oder dem anderen Essen, das er täglich mit großer Sorgfalt aussuchte.

Sie wurden unterbrochen, weil sich Frau Waltermann mit großen Schritten näherte, aber nicht auf ihre eigene Tischgruppe zusteuerte, sondern auf Barbara und Heinz zuhielt. Wie immer war sie auffällig gekleidet, heute hatte sie ein grelles Pink gewählt. Selbst ihre Brille war stets farblich akkurat auf die Kleidungsfarbe abgestimmt. Dafür gab sie bestimmt ein Vermögen aus, für Lippenstift, Nagellack und andere Restaurierungsversuche sowieso. Ihr Haar war blondiert, die Falten ließ sie sich regelmäßig beim Schönheitschirurgen Doktor Feuerlein weglasern oder aufspritzen. Barbara kannte die Methoden nicht so genau, aber sie beneidete Frau Waltermann ganz außerordentlich, denn mit glatt gebügeltem Gesicht sah man doch ein kleines bisschen besser aus als der Rest der Welt. Ihr Gemahl lehnte es allerdings ab, für so etwas zu zahlen, obwohl er sich sonst sehr großzügig zeigte.

Noch neidischer war Barbara allerdings auf die makellose Figur von Frau Waltermann. Sie zeigte kaum Fettpölsterchen an den Problemzonen und wirkte auch sonst kein bisschen schlaff.

Bestimmt hilft sie auch da nach, keine Frau in ihrem Alter besitzt normalerweise ein so pralles Gesäß, dachte Barbara. Sie hatte sicher gute Kontakte zu Doktor Feuerlein, der in der Gegend als Koryphäe auf dem Gebiet galt. Er war ein smarter Kerl mit Fliege und kariertem Anzug, der in der Klientel der sehr gut situierten Bewohnerinnen der Residenz großes Potenzial sah.

Frau Waltermann hatte offenbar etwas auf dem Herzen, was Barbara an der leicht vornübergebeugten Haltung erkannte. Ihre Lippen hielt sie gespitzt, und ihre Augen wanderten unruhig hin und her. Sie blieb wie erwartet am Tisch der beiden stehen und trommelte mit ihren lackierten Fingernägeln auf der Platte herum. Am kleinen Finger prangte ein Glitzersteinchen.

Zu Barbaras Genugtuung sah sie, dass aber an einem Zeigefinger vorn eine winzige Ecke vom Lack abgesprungen war. Ein Fauxpas, auf den sie Frau Waltermann gleich hinweisen würde. Diesen Joker würde sie an passender Stelle ziehen. Nämlich dann, wenn ihr diese Frau zu arg auf den Wecker fiel.

»Ist Frau Hansen gar nicht da?«, fragte Frau Waltermann und legte sichtlich bewusst einen besorgten Tonfall in ihre Stimme. »Sie war schon beim Mittagsessen vakant«, fuhr sie geschwollen fort. »Ihr wird doch wohl nichts zugestoßen sein? Sie tut ja manchmal so, als wäre sie noch dreißig.«

Zu Barbara wehte ein Parfümduft herüber, den sie noch nicht kannte und der sie ärgerte, weil er dem ihren Konkurrenz machte. Frau Waltermann hielt sich oft in der Parfümerie auf und deckte sich mit Pröbchen jeglicher Art ein. Dass man gut duften musste, war allerdings das einzig verbindende Glied zwischen ihnen. Na ja, und der kleine Tratsch, den man bei ihr immer brühwarm und gut gefiltert serviert bekam.

»Es geht ihr bestimmt gut«, sagte Heinz. »Frauke hat sicher andere Pläne als das gemeinsame Essen im Sonnenuntergang. Wir sollten uns da nicht einmischen.«

Frau Waltermann schnaubte. »Man wird sich ja wohl noch sorgen dürfen. Ich für meinen Teil tue das.«

Barbara trank einen Schluck Wasser. »Sie kommt gleich, Frau Waltermann.«

Die machte jedoch keine Anstalten, zu gehen. »Sie ist bestimmt wieder in Fedderwardersiel auf diesem stinkenden Kutter, den Fiete ihr vererbt hat.«

Barbara rollte mit den Augen. Warum war diese Frau eigentlich immer so unglaublich gut informiert? Frau Waltermann wusste einfach alles, und auch jetzt war sie mit ihren Mutmaßungen nicht zu stoppen. »Was macht Frau Hansen so lange da? Überhaupt, was will sie damit? Wir leben doch hier ganz wunderbar, und im nächsten Jahr wird sogar die Wellnessabteilung noch erweitert. Da braucht man doch keinen Kutter und nur Fischer als Nachbarn.« Sie schaute Barbara an, in der Hoffnung, sie und ihren Gatten aus der Reserve zu locken, aber die beiden reagierten nicht, was Frau Waltermann allerdings nicht davon abhielt, weiterzusprechen. »Frau Hansens Schiff sieht außerdem so aus, als würde es beim nächsten Sturm sinken!«

Heinz legte seine Hand auf Barbaras, was sie daran hinderte, unhöflich zu reagieren. »Unsere Frauke liebt eben die See, das war schon immer so, nicht wahr, Liebes?«, sagte er mit seinem unvergleichlich verbindlichen Lächeln. »Die See und die Freiheit! Ich glaube, sie fühlt sich im Sonnenuntergang längst nicht so wohl wie wir.«

Frau Waltermann stieß empört die Luft aus. »Wie kann man es hier nicht schön finden? Es ist ein Privileg, dass wir hier leben dürfen! Da geben Sie mir doch bestimmt recht, Frau Kanngießer.«

Barbara nickte kurz und zeigte dann auf den Zeigefinger mit der kleinen Macke im Lack, in der Hoffnung, Frau Waltermann würde sich zu ihrem Tisch trollen, wenn sie sie auf die mangelnde Perfektion hingewiesen hatte. Da reagierte sie erfahrungsgemäß empfindlich. Und an ihrem eigenen Tisch konnte sie den bedauernswerten Herrn Renken-Olthoff zutexten, wobei der beim Essen ohnehin nie sein Hörgerät trug – ein Schelm, wer Böses dabei dachte.

»Der Lack ist ab. Also da, an einer Stelle«, sagte Barbara.

Frau Waltermann ignorierte die Äußerung leider, krümmte lediglich den Finger, blieb aber stehen. Sie hatte sich gerade so richtig in Fahrt geredet und schien nicht willens, aufzugeben, über Frauke zu lästern.

»Ich hab da ja so meine Theorie, was Frau Hansen angeht.« Sie leckte sich genüsslich die Lippen, wobei deutlich wurde, dass sie kussechten Lippenstift verwendete, denn sie blieben unverändert in ihrem grellen Pink. »Frau Hansen und Fiete …«, sie senkte verschwörerisch die Stimme, »also da war doch was. Bestimmt hat sie das Einfache, das Ursprüngliche gereizt. Wenn wir auf seinem Boot waren, war diese Affinität gut zu erkennen. Es gibt doch auch ein Buch …« Sie verdrehte die Augen und überlegte kurz. »Genau: *Salz auf unserer Haut* heißt das. Da nimmt auch eine Frau einen einfachen Mann, weil …« Sie kicherte los. »Na ja, lassen wir das.« Ihr Gesicht wurde ernst, und Barbara wunderte sich, wie schnell sich die Emotionen auf Frau

Waltermanns Gesicht abwechselten. »Sie glauben doch nicht im Ernst, dass Fiete ihr den Kutter vermacht hätte, wenn da nichts zwischen ihnen gelaufen wäre.« Mit sich selbst zufrieden spitzte sie die Lippen.

Barbara beschloss, nicht auf die Mutmaßungen von Frau Waltermann einzugehen und das Gespräch in eine andere Richtung zu lenken.

»Ich möchte mich dazu nicht äußern, aber Frauke ist eine tatkräftige Frau, die sicher in der Lage ist, ein Schiff zu besitzen und es zu restaurieren.«

»Frau Kanngießer!«, brachte Frau Waltermann empört hervor und streckte entsetzt die Arme zum Himmel. »Frau Hansen ist wie wir nicht mehr die Jüngste! Wie soll sie das bewerkstelligen?« Ihre Stimme schraubte sich von Satz zu Satz höher.

Barbara wäre froh gewesen, wenn sich Frau Waltermann endlich zu ihrem Tisch begeben hätte, aber den Gefallen tat sie ihr nicht. Sie war dermaßen aufgebracht, dass ihr die Worte fehlten.

Glücklicherweise sprang ihr Gemahl ein und sagte noch immer freundlich lächelnd – obwohl er vor Wut die Kante vom Tischtuch knetete, das sah Barbara ganz genau: »Dann ist es ja gut, dass nicht Sie, sondern Frau Hansen den Kutter geerbt hat. Sie kann das.« Er schaute zur Tür, ob nicht schon bald das Essen serviert wurde. Barbara wusste, wie sehr er sich heute auf die bestellten Graubrotschnittchen mit Schinken und kleinen Gürkchen freute. Das hatte er Barbara seit gestern so oft vorgebetet, dass sie schon von Schinkenbergen geträumt hatte. »Wären Sie in den Genuss gekommen, Frau Waltermann, säßen Sie jetzt ganz schön in der Bredouille.«

Frau Waltermann schnaubte und schob die pinkfarbene Brille auf der Nase zurecht. Sie suchte sichtlich nach Worten, aber so recht schien sie nicht zu wissen, wie sie auf den Einwurf von Heinz reagieren sollte.

Barbara ahnte auch, warum. Wenn Frauke jetzt einen Kutter besaß, war ihr die Bewunderung der anderen Bewohner sicher, und das passte Frau Waltermann nicht in den Kram. Sie war hier die heimliche Königin, gut betucht und stets exklusiven Schmuck tragend. Sie sah fantastisch aus, wofür sie von den meisten Damen beneidet wurde. Natürlich wollte sie das Zepter nicht an Frauke Hansen abgeben, die zwar nicht schillerte, aber überall wegen ihrer offenen und herzlichen Art beliebt war. Ein eigener Kutter versprach zudem Exotik, und das gefiel Frau Waltermann nicht.

»Jetzt kommt sicher gleich das Essen«, sagte Heinz und schaute in Erwartung seiner Schinkenschnittchen sehnsüchtig zur Tür. Wieder drückte er beruhigend Barbaras Hand und lächelte auch Frau Waltermann zu. »Was ist denn so tragisch daran, wenn Frauke unser Abendbrot verpasst? Vielleicht hat sie sich bei der Fischereigenossenschaft ein Krabbenbrötchen gekauft. Das isst sie doch so gern«, resümierte er weiter. »Und frischer als dort bekommt sie es nicht.«

Frau Waltermann stieß einen Ton aus, den man als eine Mischung aus Pfeifen und Stöhnen deuten konnte, und machte sich endlich auf den Weg zu Herrn Renken-Olthoff, der sich ihre Litanei nun das ganze Abendessen lang anhören musste. Oder auch nicht, denn das Gerät steckte wieder nicht in seinem Ohr. In der Schule hätte man Frau Waltermann früher an einen Einzeltisch gesetzt, weil sie den Ablauf störte, aber so etwas war im Sonnenuntergang leider nicht vorgesehen.

In dem Augenblick öffnete sich die Tür zur Küche, und die ersten angerichteten Tabletts wurden in den Speisesaal gebracht.

»Das Essen hier ist wirklich ein Gedicht!« Heinz' Stimme überschlug sich fast vor Freude, als sein Tablett vor ihm landete. »Also, ich würde nirgendwo anders speisen, so charmant es auch anmuten kann. Was ist schon ein Krabbenbrötchen gegen diese Delikatessen hier! Sieh nur, wie schön die Schnittchen wieder mit Gürkchen und Petersilie angerichtet sind. Da läuft einem ja das Wasser im Mund zusammen.«

Barbara knurrte nun auch der Magen. Sie wartete auf ein Potpourri aus Hartkäse, Camembert und dünn geschnittenem Roastbeef mit Remoulade. Zum Nachtisch hatte sie einen Grießpudding mit heißen Kirschen bestellt. »Du hast recht. Hier schmeckt es richtig gut. Ich kann überhaupt nicht verstehen, dass Frauke sich woanders verköstigt. Krabbenbrötchen! Kutter! Das passt doch alles nicht mehr zu uns. Wir sind hier, um es uns gut gehen zu lassen. Wir müssen uns verwöhnen, damit wir später noch davon zehren können. Da hat Frau Waltermann auch recht, selbst wenn sie sonst anstrengend ist. Aber stell dir vor, du sitzt eines Tages im Rollstuhl und hättest nicht diesen Luxus genossen, sondern einen Kutter angestrichen oder auf einem zähen Krabbenbrötchen herumgekaut.«

Heinz schmunzelte und pickte sich ein Salatblatt vom Schinkenschnittchen. »Aber zum Schafkoppspielen bist du schon immer gern mit aufs Schiff gegangen.«

»Da gehörte es auch noch Fiete, und wir sind immer, wirklich immer im Hafen geblieben. Was soll ich auf See?«

Barbara schüttelte sich. Allein die Vorstellung, dass unter den Holzplanken das tiefe Meer war, machte ihr Angst.

Sie schaute, ob auch ihr Abendessen endlich kam, denn Heinz konnte es offenbar kaum erwarten, endlich anzufangen, war aber zu höflich, vor ihr zu beginnen.

»Ich bin nie gern auf dem Kutter gewesen«, fuhr Barbara fort, um die Zeit zu überbrücken. »Das kannst du mir glauben. Irgendwie stank es dort immer nach Fisch und Motoröl.«

Heinz nickte der Pflegerin freundlich zu, die Barbara jetzt das Tablett hinstellte. Er klaute ihr gleich ein halbes Radieschen, woraufhin Barbara ihm entrüstet auf die Fingerspitzen schlug. »Das ist mein Essen!«

Heinz entschuldigte sich, gab ihr im Gegenzug ein Stück Gurke, das als Stern ausgestochen war, und rückte erneut seine Serviette zurecht. Er warf einen prüfenden Blick zu Frau Waltermann, die noch immer auf Herrn Renken-Olthoff einredete. Der aber kaute genüsslich, weil er nichts von alldem verstand.

»Nun lass uns endlich in Ruhe speisen. Frauke wird schon wissen, was sie tut. Jetzt hat sie eine Aufgabe, und die nimmt sie ernst.« Heinz griff nach dem Besteck, und seine Zunge fuhr über die Oberlippe.

Barbara nahm ebenfalls Messer und Gabel in die Hand. Heinz nickte ihr freundlich zu, und sie wünschten sich gegenseitig einen guten Appetit.

»Warum sollte Frauke eigentlich eine Aufgabe haben müssen?«, begann Barbara nach den ersten Bissen wieder. »Wir können es uns doch hier gut gehen lassen und nicht mehr arbeiten. Man nennt das ›den Lebensabend genießen‹!«

Heinz kaute zufrieden mit geschlossenen Augen, ehe er seinen Bissen hinunterschluckte und mit abgespreiztem kleinem Finger nach der Teetasse griff, in die er den Pfefferminztee gegossen hatte. »Nun, meine Liebe, ein bisschen Abenteuer schadet doch auch im Alter nicht. Manchmal kann eine Seniorenresidenz, in der sich zwangsweise ja nur Senioren aufhalten, doch sehr ermüdend sein. Langweilig und öde, oder findest du nicht? Deshalb kümmere ich mich ja auch weiterhin um unsere Finanzen und darum, dass sich unser Vermögen vermehrt und wir uns auch noch etwas mehr Luxus leisten können. Ich denke da an eine Kreuzfahrt. Schließlich sitze ich nicht zum Spaß so oft am Computer! Du weißt, dass ich an der Börse spekuliere. Also, an einer besonderen … aber davon verstehst du ja nichts.«

Barbara hieb ihre Zähne in das Stück Camembert. »Nein«, grummelte sie mit vollem Mund. »Nein, und es interessiert mich auch nicht, solange du dir für mich genügend Zeit nimmst. Nächste Woche müssen wir dringend mal wieder nach Bremen fahren, ich brauche ein neues Kleid.«

»Aber sicher, Liebes. Nächste Woche gibt es übrigens bestimmt auch etwas zu feiern.«

Barbara sah ihren Gatten von der Seite her an, aber er schien nicht willens, ihr mehr zu verraten. Nur dass er ganz plötzlich wieder überaus nervös wirkte, machte sie stutzig. Eben fiel die Gewürzgurke von seinem Schinkenschnittchen und landete auf seiner Hose.

Mit ihrem Gemahl stimmte etwas nicht.

*

Frauke war froh, als Knut sich verzogen hatte, denn sie musste nachdenken. Der neue Name vom Kutter war ja nun geklärt, aber sonst? Auf sie wartete eine einzige Baustelle.

Fiete hatte in den letzten Jahren nicht mehr viel an dem Boot gemacht, und sie wusste nicht einmal, wo sie beginnen sollte. Überhaupt war ihr unklar, was genau sie mit dem Kutter anfangen würde, aber es war auch gleichgültig. Erst einmal konnte sie – wie früher mit Fiete – auf diesem wackeligen weißen Plastikstuhl an Deck sitzen, den Seehund, die Möwen und die Menschen am Kai beobachten und sich überlegen, ob dieses Schiff vielleicht ein wenig Schwung in ihr eintöniges Leben bringen konnte.

Natürlich hatte sie mit Barbara und Heinz richtig gute Freunde in ihrer Seniorenresidenz Sonnenuntergang, aber viele andere Bewohner und deren Lebensweise waren ihr doch sehr fremd. Ihre einzige Sorge bestand darin, wie sie sich zu den Mahlzeiten kleiden sollten, denn dass das stilecht und mit großer Sorgfalt erfolgen musste, stand für die meisten außer Frage. Für sie selbst dagegen eher nicht. Sie kam und ging, wie es ihr passte, und erhielt vor allem von Frau Waltermann, die um mehrere Ecken mit irgendeinem Adelshaus verwandt war und sich deshalb auch in der Seniorenresidenz als Gräfin aufspielte, ständig einen Rüffel.

Barbara war da etwas angepasster. Sie besaß immerhin einen Schrank, dank dessen Inhalt es ihr möglich war, sich dreimal täglich umzukleiden – und ihr Schmuckkontingent konnte sich ebenfalls sehen lassen, wobei Frauke unsicher war, ob es sich wirklich um wertvolle Ketten handelte oder ob der Schein doch so manches Mal trog.

Barbara und Heinz waren liebe Freunde, aber ganz anders als Frauke. Sie konnten ihre Geldscheine wunderbar durch die gepflegten Finger gleiten lassen oder ihr Likörchen mit gezierten Bewegungen zum Mund führen, und sie waren einfach keine Menschen, die sich die Finger schmutzig machten.

Trotzdem mochte Frauke sie. Weil sie für sie da gewesen waren, als sie nach dem Tod ihres Mannes Heiko in die Residenz gezogen war. Allein und froh über jede Zuwendung. Barbara hatte versucht, Frauke aufzumuntern, war mit ihr herumgefahren und hatte Ausflüge unternommen, damit Frauke wieder ein Licht am Horizont sehen konnte. Das würde sie ihr nie vergessen.

Frauke stand auf und rekelte sich. Danach sah sie sich um, und mit jedem Blick wurde ihr deutlicher, was alles auf dem Kutter zu tun war.

»Ich muss mir zuerst überlegen, wozu ich den Kahn nutzen will. Eher kann ich gar nicht sagen, was verändert werden muss«, murmelte sie. »Fischen werde ich auf keinen Fall, ich kann das nicht, und Tiere zu töten bringe ich nicht übers Herz. Aber soll der Kutter seetüchtig bleiben? Als Hausboot dienen?« Sie verstummte erschrocken, weil sie laut mit sich selbst geredet hatte.

Das taten doch nur wunderliche Menschen, und sie war schließlich noch klar im Kopf.

Frauke lehnte sich über die Reling und schaute übers Hafenbecken auf die andere Seite, wo das Ausflugsschiff Wega II eben festgemacht hatte und die Besucher ausspuckte. Sie sah an der Bordwand hinunter ins Wasser und genoss einen Moment den Duft nach Meer und Tang. Wie sie das liebte!

Fiete hatte gewusst, was ihr die See und die Freiheit bedeuteten, und in Gedanken hörte sie ihn sagen: »Du bist die Einzige von allen, der ich zutraue, meiner Alten Liebe das Beste zu geben und auch das Beste aus ihr zu machen.«

Frauke lächelte. Sie mochte dieses in die Jahre gekommene Boot wirklich. Egal, wie marode es war und weiß Gott schon bessere Zeiten gehabt hatte. So wie sie alle, die nur auf den Abwracktermin warteten.

Denk nicht so blöde Sachen, schimpfte Frauke in Gedanken. Schließlich standen ihr trotz ihres Alters vermutlich noch ein paar wunderbare Jahre zu. Nur empfand sie es nicht so, weil ihr die Perspektive für »wunderbar« fehlte. Obwohl – jetzt hatte sie doch die Alte Liebe und hoffentlich immer eine Handbreit Wasser unter dem Kiel.

Frauke ging ins Ruderhaus und stellte sich hinter das Steuer, wo sie auch die anderen Gerätschaften im Auge hatte. Ehrfürchtig umfasste sie das Holz, das trotz des hohen Alters glänzte. In ihrer Jeanstasche drückte der Schlüssel, als wollte er sie auffordern, ihn doch herauszunehmen und den Motor endlich zu starten.

»Du bist die Einzige aus der Runde, die einen Bootsführerschein und ein Kapitänspatent hat«, hörte sie wieder Fietes Stimme. Hier auf dem Schiff war es fast so, als stünde er neben ihr. »Du wirst meinen Kutter einmal erben.« Das hatte er öfter gesagt und jedes Mal mit einer Menge Kööm intus. Das war ein heller Korn, der mit Kräutern, Kümmel und Anis verfeinert war. Fiete trank ihn immer pur und nicht als Teepunsch.

Frauke hatte sein Gerede nie ernst genommen und abgewinkt. »Wahrscheinlich wirst du mich überleben. Ich wohne schließlich schon im Sonnenuntergang, während du dir jeden Tag noch die frische Meeresbrise um die Ohren wehen lässt.«

Frauke glitt bei dem Gedanken an dieses Gespräch ein Lächeln über die Lippen. Sie hatte seine Worte für einen Scherz gehalten, weil es für sie unvorstellbar war, Fiete nicht mehr an ihrer Seite zu wissen.

Und noch weniger greifbar war es, dass er ihr tatsächlich den Kutter vermacht hatte. Auch wenn sie seefest war und den Kahn steuern konnte und durfte. Mit ihrem Mann hatte sie eine ansehnliche Motorjacht besessen, mit der sie auf den Flüssen und der Nordsee herumgekreuzt waren.

Nach Heikos Tod hatte sie in ihrer Trauer jedoch alles verkauft und gedacht, dass es besser sei, die letzten Lebensjahre ohne Altlasten und Verpflichtungen zu verbringen. Und so hatte sich ihr Besitz schnell reduziert, während ihr Kontostand stetig gewachsen war und das ohnehin schon ansehnliche Vermögen vermehrt hatte. In ihrer kleinen Reetdachkate am Deich wohnte jetzt eine junge Familie, die Jacht schipperte in Südfrankreich und genoss die Sonne des Südens, während das Motorrad schon in der ersten Woche einen Unfall gehabt hatte, der aber glücklicherweise nur für die Maschine tödlich, für den Fahrer jedoch ohne größere Blessuren endete.

Frauke hingegen war ins Nordseebad Burhave in den Sonnenuntergang gezogen. Allein der Name hätte sie abschrecken sollen.

»Der Name Sonnenuntergang hat etwas Vergängliches und macht lediglich deutlich, wie nah alle Bewohner dem Thema schon sind«, hatte Fiete abschätzig gesagt.

Frauke war das nicht aus dem Kopf gegangen, und sie hatte die Heimleitung daraufhin angesprochen.

»Ach, Frau Hansen, was Sie schon wieder haben! Ein Sonnenuntergang ist doch romantisch! Der Name suggeriert Schönheit und Geborgenheit – wer ist nicht von diesem schönen Blutrot im Meer fasziniert?«

Fiete war dabei geblieben. Die Sonne ging unter, und der Tag war vorbei.

»Aber die Sonne geht doch am nächsten Morgen immer wieder auf«, hatte Frauke darauf geantwortet.

»Du wirst dort eingehen. Du brauchst die See«, hatte Fiete beharrt.

Natürlich hatte er recht gehabt, wie meist, wenn er seine Thesen mit einem verschmitzten Lächeln kundtat. Sie war dabei, zu verwelken. Erst trockneten nur die kleinen Blätter weg, dann wurden auch die Blüten welk, und inzwischen fühlte Frauke sich ein bisschen geschrumpft. Sie hatte sich einfach vertan, als sie glaubte, dass sie diese Komplettabsicherung brauchte und dass das neue Leben sie zufriedenstellen würde. Denn in der Folge gab es einfach nichts mehr, wofür es sie an jedem neuen Morgen aus dem Bett trieb, weil keine Ziele mehr da waren. Der Tisch war stets reichlich gedeckt, die Zimmer und die Umgebung sauber. Ab und zu kam ein Zauberer oder jemand anders, der für Abwechslung sorgte, regelmäßig wurden Feste veranstaltet. Und zur Seniorengymnastik hätte Frauke auch gehen können. All das war gut gemeint, und die meisten freuten sich auch darüber. Aber ihr fehlte die Herausforderung. Sie brauchte etwas, woran sie sich reiben konnte, etwas, was ihr nicht vorgekaut wurde, sondern was sie sich erarbeiten musste. So war sie schon immer gewesen, und das änderte sich auch nicht im Alter.

Zwar war ihr Leben an Heikos Seite auch eher ruhig verlaufen, aber sie hatten so viel zusammen unternommen, dass ihr die

Decke nicht auf den Kopf gefallen war. Jede der Ostfriesischen Inseln hatten sie erkundet. Manchmal waren sie auch nach Helgoland geschippert. Diese Freiheit, den Wind auf Wangen und Haar – einzigartig.

Natürlich war das kein Vergleich zu ihrem wilden Hippie-Dasein, das sie zuvor gelebt hatte, nur wäre das auch kein Zustand gewesen, den sie lange hätte durchhalten können. Immer auf der Überholspur, immer ein bisschen zu rasant. Ihre Ehe mit Heiko war ein guter Kompromiss gewesen, Abwechslung und Ruhe hielten sich die Waage.

Frauke waren in ihrem Leben zwei große Lieben begegnet. Eine hatte sie nicht auf Dauer behalten können, obwohl es wie ein rasanter Flug zu den Sternen gewesen war. Wild, gefährlich und unbeschreiblich. Doch hatte es damals nicht gepasst, sich einzugestehen, dass ein männliches Wesen dazu in der Lage war, ihr Herz in Flammen aufgehen zu lassen. Es war einfach nicht die Zeit, um zu sagen »Für immer«. Roter Oskar und sie, das war eine außergewöhnliche, farbenfrohe Woche gewesen. Lebendig. Zu kurz, um die Macken des anderen wirklich zu erkennen, aber lang genug, dass sich die Gefühle so tief in ihre Seele gebrannt hatten, um Frauke von Liebe sprechen zu lassen. Rückblickend war es trotzdem gut gewesen, dass jeder seinen eigenen Weg ging, denn das Leben war eben nicht immer nur farbenfroh. Deshalb waren sie in verschiedene Richtungen abgebogen und sich nie wieder begegnet.

Die andere Liebe kam später und leise wie auf Katzenpfoten. Hatte ihr Sicherheit und Wärme versprochen, und die hatte sie schließlich geheiratet. Auch ohne Kinder war alles in Ordnung gewesen. An Heikos Seite war es Frauke gut gegangen, und sie war dankbar dafür.

Sie schaute auf, weil sich über ihr zwei Möwen balgten und dabei grelle Schreie ausstießen. Wie gern würde auch sie sich mal wieder am Leben reiben und nicht nur an den dummen Bemerkungen von Frau Waltermann aus der Residenz! Allein um dieser Frau aus dem Weg zu gehen, lohnte es, den Kutter zu behalten.

»Na, Pläne schon geschmiedet?«, rief Knut von drüben rüber und winkte. »Ich mach mich dann vom Acker.«

Frauke winkte zurück.

Sie beschloss, heute nicht zum Abendessen in die Residenz zurückzukehren. Nein, sie hatte etwas anderes vor.

*

»Ich will nicht essen gehen, und wenn, dann nur einen Burger!«, maulte Keno.

Sanja war hilflos. Ihr Sohn war in der letzten Zeit arg aufsässig, und dabei wollten sie doch nur seinen sechzehnten Geburtstag feiern. Kenos Vater hatte sich schon damals während der Schwangerschaft aus dem Staub gemacht, und sie konnte zusehen, wie sie ihren Sohn durchbekam. Manchmal war sie mit allem überfordert, dabei wollte sie ihrem Kind doch so gern ein angenehmes Leben bereiten. Allen zeigen, dass sie als alleinerziehende Mutter nicht versagte. Zumindest eine glückliche Fügung hatte es in ihrem Leben gegeben: Ihr Schwiegervater war auch nach dem Verschwinden von Kenos Vater für sie und den Jungen da gewesen und kümmerte sich bis heute. Sonst gab es niemanden, auf den sie wirklich zählen konnte. Malte Willich wohnte zwar eine Stunde entfernt in Cuxhaven, aber wenn Not am Mann war, konnte sie sich auf ihn verlassen. Er ging auch mit Kenos Launen recht entspannt um. »Pubertät«, sagte er stets mit einem Augenzwinkern. Sanja hätte diese unsägliche Entwicklungsstufe bei ihrem Nachwuchs gern übersprungen. Diesen Wunsch hatte sie bestimmt mit vielen Eltern gemein, aber da musste sie nun durch.

»Keno, du hast heute Geburtstag«, versuchte sie jetzt, die Stimmung nicht kippen zu lassen, »da möchte ich, dass wir etwas zusammen unternehmen, wo doch schon Opa heute keine Zeit hat und ich bald die neue Stelle antrete. Wer weiß, wie viel Zeit dann noch für gemeinsame Aktivitäten bleibt!«

Keno rollte genervt mit den Augen, griff dann aber zu seiner Jacke. »Und wohin?«

»Nicht ins Schnellrestaurant, aber lass dich doch überraschen!«

Sie verließen die Wohnung, die im ersten Stock eines Zweifamilienhauses in Burhave lag, und steuerten auf das Auto zu.

»Es ist nicht weit«, sagte Sanja und schrak zusammen, als sie aus dem Augenwinkel wahrnahm, dass dort Alfons in seinem Cabrio saß und sie beobachtete.

Der Schönheitschirurg Doktor Alfons Feuerlein war ihr neuer Lebensgefährte, von dem aber Keno noch gar nichts wusste.

Es war auch besser, wenn ihr Sohn ihn angesichts seiner momentanen schlechten Laune nicht entdecken würde und womöglich seine Schlüsse zog, denn ein wenig misstrauisch war er in letzter Zeit schon, wenn sie abends öfter wegging.

Trotzdem fragte Sanja sich, warum Alfons dort im Auto saß und sie offenbar beobachtete. Er hatte die Praxis doch längst geschlossen und sie ihm gesagt, dass sie mit Keno essen gehen wollte. Aber er war furchtbar eifersüchtig, manchmal kontrollierte er auch ihr Handy. Das nahm Sanja hin, denn sie hatte keine Geheimnisse. Aber es war anstrengend mit ihm. Doch immerhin hatte sie wieder einen Mann – und dann noch einen Arzt. Sie waren sich bei der Kutterregatta in Fedderwardersiel begegnet und gleich voneinander fasziniert gewesen. Er ähnelte in seinem Äußeren ein bisschen dem Grafen aus der Geschichte von Bibi Blocksberg. Geschwungener Schnäuzer. Einstecktuch, gescheiteltes Haar und Blazer in knalligen Farben oder kariert.

Aber er hatte Charme und Sanja damit sofort um den kleinen Finger gewickelt. Und das so fest, dass sie über seine – zugegeben zahlreichen – Macken geflissentlich hinwegsah. Alfons hatte sie damals bei der Regatta angesprochen und schon nach einer Stunde zum Essen eingeladen. Seitdem waren sie ein Paar.

Sanja seufzte leise und zog die Brauen hoch. Sie wollte nicht, dass Keno etwas bemerkte, obwohl es in Wahrheit langsam Zeit wurde, ihren Sohn einzuweihen, dass sie eine neue Beziehung hatte. Aber der richtige Augenblick hatte sich bislang noch nicht ergeben. Einfach würde es nicht werden. Sie wusste, dass er sich mit seinen Kumpels über den Schönheitschirurgen das Maul zerriss und sowohl ihn als auch seine Arbeit lächerlich fand. Was Alfons tat, blieb in einem so kleinen Ort natürlich nicht verborgen.

Sanja winkte ihm kurz und unauffällig, woraufhin er den Motor startete, bevor er mit durchdrehenden Reifen an ihnen vorbeischoss.

»Was ist denn das für ein Idiot?«, motzte Keno.

»Das war Doktor Feuerlein. Er hat seine Praxis doch gleich um die Ecke.«

»Ach, der Lackaffe, der Frauen die Gesichter zu Masken aufspritzt und ihre Brüste aufpolstert, anstelle Leben zu retten, so wie es andere Ärzte tun?«

Sanja presste die Lippen zu einem Strich zusammen. Ihr Unterfangen würde wirklich schwierig werden.

»Vielleicht ist er ja ganz nett«, meinte sie, doch Keno lachte laut auf.

»Nett? Mama, guck doch nur, wie er aussieht, wenn er sich nicht gerade den weißen Kittel übergeworfen hat!«

»Man soll Menschen nicht nach dem Äußeren beurteilen«, erwiderte Sanja. Sie hatten den kleinen Ford erreicht, und sie öffnete die Fahrertür und setzte sich hinters Lenkrad.

Ihr Sohn war ebenfalls eingestiegen. »Na egal, mit dem haben wir ja glücklicherweise nichts zu schaffen.« Er lehnte sich gegen die Kopfstütze.

Sanja fuhr an und hoffte, der Abend würde schön werden. Zu blöd, dass Kenos Opa heute eine Stadtführung mit dem Ministerpräsidenten dazwischengekommen war. Er wollte sie deshalb erst morgen besuchen.

»Lass uns den Abend genießen«, sagte sie betont fröhlich.

Irgendwann würde sie Keno von Alfons erzählen. Irgendwann war er bestimmt nicht mehr so auf Krawall gebürstet.

# Kapitel 3

Frauke schloss die Tür der Kajüte ab. Erst hatte sie vorgehabt, sich ein Fischbrötchen bei der Genossenschaft, die direkt am Hafen von Fedderwardersiel lag, zu kaufen, aber dann hatte sie es sich anders überlegt. Gegenüber lag das Dat Havenhuus, ein kleines Restaurant, das erstklassige Fischgerichte anbot. Draußen war noch ein Tisch frei, es war mild heute, und so wollte sie ihr Abendessen zwar mit Jacke, aber allein und ohne die nervigen Kommentare von Frau Waltermann einnehmen.

Im Augenblick verspürte sie auch keine Lust, sich von Barbara vollquatschen zu lassen. Seit ein paar Tagen empfand sie ihre Freundin als ziemlich anstrengend. Normalerweise konnte sie überaus amüsant sein, nur erschien sie nach Fietes Tod eifersüchtig, weil Frauke den Kutter geerbt hatte. Aber Barbara würde sich schon wieder einkriegen, auch wenn sie sicher eine Weile brauchte, um zu akzeptieren, dass Frauke jetzt Eignerin eines Schiffes war.

So ganz verstand Frauke nicht, warum Barbara es ihr neidete, denn sie war noch nie mit draußen auf See gewesen, und wenn sie an Deck Karten gespielt hatten, hatte sie nur allzu oft die Nase gerümpft, weil sie sich vom Fischgeruch, der auf einem Kutter allgegenwärtig war, gestört fühlte. Frauke zuckte mit den Schultern, sie würde es kaum ändern können.

»Ich aber brauche wirklich eine Herausforderung«, murmelte sie, während sie auf den freien Tisch zusteuerte. »Knut hat recht. Fiete hat recht. Ich mag nicht mehr im Sonnenuntergang leben und keine Abwechslungen im Tagesablauf haben. Ich brauche den Sonnenaufgang, und am liebsten hautnah – deshalb muss ich raus aufs Meer, den Duft der Freiheit atmen und mich fühlen wie Möwen am Himmel.«

Frauke erschrak, als sie merkte, dass sie schon wieder laut mit sich selbst gesprochen hatte. Ihre Tischnachbarn schauten pikiert herüber, und sie versuchte sich an einem Lächeln, was die Sache vermutlich nicht besser machte, sondern sie noch dümmlicher dastehen ließ. Wirklich unangenehm, nicht, dass man sie noch als dement einstufte.

Frauke wandte sich der Speisekarte zu und bestellte die Scholle mit Bratkartoffeln, einen Beilagensalat und ein kleines Glas Pinot Grigio. Gut, dass sie den Schnaps vorhin über Bord gekippt hatte, so konnte sie nun etwas Wein trinken – zum Fisch ein wahrer Genuss!

Inzwischen war es kühler geworden, schließlich war erst März, und Frauke war dankbar, dass die Bedienung ihr eine Decke reichte. Sie legte sie über ihre Beine und genoss den Augenblick. Wie lange hatte sie das nicht mehr getan!

Es war einfach herrlich, in der sinkenden Abendsonne am Hafen zu sitzen und das Leben an sich vorüberziehen zu lassen. Dem Stimmengewirr und Kreischen der Seevögel zu lauschen und zu wissen, dass sie alle Zeit der Welt hatte.

Um Frauke herum klapperten Besteck und Geschirr, und gleich gegenüber vom Restaurant lag das Ausflugsschiff Wega II. Die Reinigungskräfte schleppten blaue Müllsäcke herunter, am hinteren Teil wurde das Schiff schon für die morgige erste Fahrt beladen.

Niemand wartete auf sie. Manchmal empfand Frauke das als bedrückend, heute gefiel ihr der Gedanke.

»Dürfen wir uns zu Ihnen setzen?«, fragte eine helle Frauenstimme.

Frauke schrak zusammen und sah auf. Vor ihr stand eine junge, überaus schlanke Frau mit blondem, kurzem Haar. Sie steckte in einer hautengen Jeans, über die sie ein bunt kariertes Hemd geknotet hatte. Hinter ihr baute sich ein Junge auf. Ein schlaksiges Wesen mit muffig pubertärem Gesichtsausdruck und einem dunklen, lockigen Wuschelkopf, der die spitze Nase betonte, weil man hinter der Mähne nur wenig Gesicht erkennen konnte und sie als einziges Teil herausragte. Er trug eine verwaschene Jeans und darüber ein locker fallendes blaues Hemd. Äußerlich glichen die beiden sich kaum, aber Frauke vermutete trotzdem, dass es sich um Mutter und Sohn handelte.

Eigentlich verspürte sie keinerlei Lust auf Gesellschaft, aber die Frau sah sie so bittend an, dass Frauke nicht gleich Nein sagte, sondern für einen Moment zögerte. Das schien die Blonde als Aufforderung zu sehen, eine Erklärung abzugeben.

»Tut mir leid«, entschuldigte sie sich. »Wir würden auch lieber allein sitzen, aber es ist alles voll. Auch drinnen passt keine Maus mehr rein, und das Wetter ist so fantastisch für einen Frühlingstag!«

Frauke sagte noch immer nichts. Sie war hin- und hergerissen, ob sie es wirklich zulassen sollte, dass ihre wohlverdiente Ruhe gestört wurde. Aber die Frau blieb hartnäckig. »Ich habe Keno zudem versprochen, dass wir heute hier essen gehen. Er hat Geburtstag und wird sechzehn!«

Fraukes Herz wurde bei diesen Worten doch weich. Sie musste sich schließlich nicht mit den beiden unterhalten. »Na, wenn das so ist, dann nehmen Sie bitte Platz«, forderte sie die Frau und ihren Sohn auf und wandte sich freundlich lächelnd an Keno. »Und herzlichen Glückwunsch! Ich dachte, mit sechzehn geht man lieber ins Fast-Food-Restaurant.«

»Gibt es hier ja nicht«, knurrte Keno, schleuderte den mitgebrachten Rucksack auf den Boden und lümmelte sich betont lässig an den Tisch.

Seine Mutter nickte Frauke verlegen zu, warf dann aber gleich einen mahnenden Blick zu ihrem Sohn, bevor auch sie sich setzte. Er zuckte nur mit den Schultern und griff gelangweilt nach der Speisekarte, die er lustlos drehte und wendete. Es gab eben keine Burger, von denen sich Jungen in dieser Altersklasse vermutlich am liebsten ernährten.

»Danke, dass wir hier sitzen dürfen«, sagte seine Mutter. »Das ist sehr nett, nicht wahr, Keno?« Sie stieß ihn auffordernd mit dem Ellenbogen an, aber ihr Sohn nickte nur so leicht, dass keines seiner Löckchen wackelte.

»Es ist wirklich nett«, betonte die Frau noch einmal und schenkte Frauke ein entwaffnendes Lächeln, was sie tatsächlich etwas gnädiger stimmte.

»Ich bin Sanja Maurer aus Burhave, meinen Sohn habe ich ja schon vorgestellt.«

»Frauke Hansen. Ich wohne im Sonnenuntergang, der Seniorenresidenz.« Am liebsten hätte sie sich sofort die Hand vor den Mund geschlagen. Warum erzählte sie einer wildfremden Person, wo sie wohnte? Sie war doch sonst auch keine Plaudertasche!

Verlegen angelte sie das Handy aus der Hosentasche. So machte sie deutlich, dass sie für sich sein und nicht noch weiterreden wollte, und ermöglichte es der Mutter, sich um ihren bockigen Sohn zu kümmern, der sich mangels Burger-Angebot lustlos für ein Schnitzel mit Pommes entschieden hatte.

Frauke klickte sich durch Nachrichten, die gar nicht vorhanden waren, und hoffte, damit den Anschein zu erwecken, dass sie sehr beschäftigt war. Denn hätte sie sich Konversation gewünscht, hätte sie auch im Sonnenuntergang bleiben können und sich von Barbara oder Frau Waltermann ein Ohr abkauen lassen.

»Diese Residenz ist schön«, sagte Frau Maurer unbeeindruckt von Fraukes Handytätigkeit. »Nächste Woche beginne ich dort zu arbeiten! Ich wollte mich mal verändern, zuvor hatte ich eine Stelle in Nordenham, aber das war doch viel Fahrerei, und jetzt bleibt mehr Zeit für Keno.«

Also ist sie vermutlich alleinerziehend, schlussfolgerte Frauke. Im Augenblick ringt sie darum, eine einigermaßen intakte Beziehung zu ihrem Sohn hinzubekommen. Warum aber muss sie das ausgerechnet an meinem Tisch tun?

Eigentlich wollte Frauke nicht antworten, aber das Schweigen wirkte plötzlich bedrückend.

»Ach, Sie arbeiten demnächst im Sonnenuntergang? Wo denn da? Im Büro?«, fragte sie höflich, ärgerte sich aber sofort wieder, dass sie sich nicht an ihr Vorhaben hielt, denn ihre Frage würde unweigerlich ein Gespräch anstoßen.

»An der Basis«, nahm Frau Maurer den Faden begeistert auf. Vermutlich war sie erleichtert, dass sie auf diese Weise der einsilbigen Konversation mit ihrem Sohn entfliehen konnte. »Ich bin Altenpflegerin, und das schon sehr lange. Deshalb werde ich für die Bewohner auf Station B5 verantwortlich sein.«

Frauke schluckte. Wie das klang! Altenpflegerin … Sie hasste das Wort. Zuständig für die Bewohner im Sonnenuntergang – ging es denn noch?

Wieder verfluchte Frauke den Umstand, den sie sich selbst zuzuschreiben hatte, nämlich in die Residenz gezogen zu sein. Welcher Teufel hatte sie eigentlich geritten, als sie meinte, ihr Häuschen und ihr Boot verkaufen und damit die Selbstständigkeit vorschnell aufgeben zu müssen?

»Ich werde nicht mehr lange dort sein«, hörte sie sich plötzlich sagen, und in diesem Augenblick wusste sie, dass es stimmte. Sie würde ihr Appartement kündigen, sobald sie absehen konnte, wann der Kutter einigermaßen flott war, und dort wohnen, bis sie zum Winter hin eine eigene Wohnung gefunden hatte. Das würde sich allerdings wohl problematisch gestalten. In Feriengebieten war vieles unerschwinglich teuer, und zugleich gab es nicht ausreichend Angebote für Dauermieter. Aber sie würde nicht umhinkommen, sich für den Winter eine feste Behausung zu suchen.

*Ich muss so schnell wie möglich weg aus dem Sonnenuntergang*, schoss es ihr fast panisch durch den Kopf. *Sonst wird die Residenz* mein *Untergang!*

»Wohin werden Sie denn ziehen?«, fragte Frau Maurer neugierig. Wahrscheinlich gab es das nicht oft, dass Bewohner eine solche Einrichtung auf eigenen Beinen und freiwillig verließen.

*Tja, dann bin ich wohl die Erste*, dachte Frauke mit einer gewissen Genugtuung.

»Ich möchte anders leben«, wich sie aus. Das ging Frau Maurer nun wirklich nichts an!

Diese hatte an der Antwort tatsächlich zu knabbern, und so schwieg sie zunächst.

Keno schaute derweil gelangweilt und mit hochgezogenen Brauen über den Kai, vermutlich konnte er sich Spannenderes vorstellen, als an seinem Geburtstag mit einer alten Dame, die seine Oma hätte sein können, am Tisch zu sitzen und über eine Zukunft außerhalb eines Seniorenheims zu diskutieren.

Gut, dass Frauke keine Wehwehchen hatte und die Themen Krampfadern, Beine wickeln oder gar Verdauungsprobleme nicht anfielen.

Seine Mutter war kurz abgelenkt, weil die Bedienung an den Tisch trat und sie die Bestellung aufgeben musste. Für Keno das gewünschte Schnitzel, sie selbst hatte sich für den Pannfisch entschieden. Beide tranken Cola, was Frauke als absoluten Stilbruch empfand. Cola war für sie kein Getränk, sondern pures Gift. Auch wenn »light« darauf stand und das Gesöff angeblich nicht dick machte. Aber zum Fisch trank man Weißwein oder Wasser. Keinen dunkel gefärbten Zuckersirup mit undefinierbaren Inhaltsstoffen.

Die Kellnerin rauschte ab, und Frau Maurer wandte sich erneut an Frauke. »Aber Sie können die Residenz doch nicht einfach so verlassen, Sie müssen doch konkrete Pläne haben!«

Frauke grinste innerlich. »Klar, die habe ich«, rang sie sich schließlich ab und deutete zum Hafenbecken, wo an der gegenüberliegenden Seite die Fischkutter festgemacht hatten. »Sehen Sie dort den dunkelbraunen Kahn, der ein bisschen so wirkt, als müsste er bald abgetakelt werden?«

»Ja, warum?« Frau Maurers Blick folgte Fraukes ausgestrecktem Zeigefinger.

»Weil es meiner ist. Ich mach da jetzt klar Schiff, und dann werde ich spätestens im Sommer in See stechen. Es sollte in drei Monaten zu schaffen sein, wenn ich mich richtig ins Zeug lege.«

Wieder war Frauke über ihre eigenen Worte erstaunt, aber wieder fühlte es sich richtig an. Es würde anstrengend werden und es setzte voraus, dass sie alle Handwerker rechtzeitig ins Boot bekam, aber sie war fest entschlossen.

»Sie wollen was?«, rutschte es Frau Maurer erstaunt heraus, und sogar Keno zeigte kurzfristig Interesse.

»In See stechen«, antwortete Frauke seelenruhig.

»Ja, können Sie das denn?«, hakte Frau Maurer nach. »Sie sind eine Frau und Sie sind schon …« Sie verschluckte das letzte Wort.

»Sprechen Sie es ruhig aus«, sagte Frauke lächelnd. »Ich weiß, dass ich nicht mehr die Jüngste bin, aber auch als Oma kann man noch Ziele haben. Das sollten Sie als Altenpflegerin doch wissen.«

Kurz verschlug es Frau Maurer die Sprache, Keno hingegen schob sich eine Haarsträhne aus dem Gesicht und musterte Frauke sehr interessiert. Nun erkannte sie, dass er recht hübsche Züge und volle Lippen hatte.

»Aber … aber doch nicht so etwas«, versuchte sich Kenos Mutter zu verteidigen. »Ich finde, es ist recht ungewöhnlich, wenn der Plan darin besteht, mit einem Kutter herumzufahren oder gar darauf zu wohnen. Sogar bei einem jungen Menschen würde mich das wundern.«

Fraukes Grinsen wurde breiter. Ihr gefiel die Situation mit einem Mal ungewöhnlich gut. Sie weidete sich an der Fassungslosigkeit von Frau Maurer, weil sie jetzt genauso merkwürdig schaute wie Frau Waltermann, wenn diese baff war. Und genau das spornte sie noch ein bisschen mehr an, richtig dick aufzutragen. Lässig strich sie eine Haarsträhne hinters Ohr und sagte genüsslich: »Ich besitze schon seit Jahren einen Bootsführerschein und damit auch das Kapitänspatent. Den Kutter habe ich geerbt, und ich werde ihn wieder auf Vordermann bringen.«

»Sie allein?«, entfuhr es Keno, und Frauke war überrascht, dass er tatsächlich wie ein normaler junger Mann sprechen und nicht nur nuscheln konnte. Keine ungewöhnliche Stimmlage mehr, kein merkwürdiges Zucken der Nasenspitze und kein eigenartiges Getue. Trotzdem hatte Frauke seine anfängliche Arroganz nicht vergessen, und es bereitete ihr diebische Freude, auch ihn ein bisschen aus der Fassung zu bringen.

»Natürlich ich allein. Mit wem sollte ich es sonst tun? Ich habe keinen Mann, keine Kinder, keine Enkel. Bin also eine Oma, ohne Oma zu sein.«

»Das tut mir leid«, sagte Keno, und es klang ehrlich, nur war es gar nicht Fraukes Absicht gewesen, Mitleid zu erhaschen.

»Das muss es nicht. Ich komme wunderbar allein zurecht.«

»Glaub ich nicht«, sagte Keno.

Frauke entging der warnende Blick seiner Mutter nicht, aber davon ließ Keno sich nicht beirren.

»Ich meine ja nur: Alleinsein ist großer Mist, und das will ja eigentlich niemand. Sie haben doch wenigstens Freunde, oder?«

Nun geriet Frauke ins Schwimmen. Barbara und Heinz waren echte Freunde, keine Lebensabschnittsgefährten, wie man so schön sagte, auch wenn sie zufällig zusammen in der Residenz gestrandet waren.

Und Fiete … der schaukelte jetzt zusammen mit Heiko über den Himmel.

»Na ja«, druckste sie herum. »Den Kutter hab ich von meinem besten Freund geerbt. Aber ich bin trotzdem nicht einsam, ich habe … Barbara und Heinz.«

Keno gab sich damit zufrieden, und Frauke sah erleichtert, dass die Bedienung die Getränke brachte. Sie bedankte sich und ließ den Wein im Glas kreisen. Keno trank einen Schluck und schaute Frauke dann abwartend an. »Wie soll der Kutter denn werden?«

»Er bekommt einen knallroten Anstrich, und ich erweitere den Namen, weil ich Alte Liebe nicht so super finde«, erklärte Frauke. »Und dann kann es losgehen.«

Keno trank noch einen Schluck Cola. Er wirkte, als ob er an ihrem Verstand zweifelte. »Ein roter Kutter und Sie als Kapitänin? Ganz sicher?«

Frauke zuckte mit den Schultern. »Ganz sicher. Ich erzähle keinen Blödsinn.« Sie räusperte sich, es war jetzt an der Zeit, die Dinge konkret beim Namen zu nennen. Auch wenn es ihr gleichgültig sein konnte, was die beiden von ihr dachten, wollte sie nicht, dass sie glaubten, sie spinne sich hier etwas zurecht. »Mein verstorbener Mann und ich hatten lange Zeit eine Motorjacht. Nach seinem Tod habe ich sie verkauft, und nun besitze ich eben einen Kutter, der förmlich danach schreit, von mir wieder flottgemacht zu werden. So ein Schiff gehört schließlich auf See, oder nicht?« Frauke fuhr sich durchs Haar, weil der Wind ihr die Strähne wieder über die Augen geweht hatte. »Den Motor lasse ich auch überholen. Dann werde ich den Schlafplatz angenehmer gestalten und eine anständige Kombüse einbauen. Die jetzige ist schon sehr alt und eigentlich nicht zum Kochen geeignet.« Frauke wunderte sich, wie selbstverständlich sie von ihrem Schiff berichtete und Pläne preisgab, von denen sie bisher noch gar nicht gewusst hatte, dass es sie gab. Aber jetzt, wo sie alles aussprach, war ihr klar, dass sie es genauso machen würde. So hätte Fiete es gewollt.

Nun musste sie aber erst einmal einen kräftigen Schluck Wein nehmen. Danach fiel die Anspannung ein wenig von ihr ab.

»Aber es ist schon sehr mutig.« Keno druckste herum. »So ein Leben finde ich komisch. Auf einem Kutter zu wohnen. Und wenn auch nur im Sommer.«

»Keno!«, entfuhr es seiner Mutter tadelnd. »Das geht dich doch gar nichts an!«

Aber Frauke lächelte nur. Mit jedem Satz, in dem sie, ohne nachzudenken, ihre heimlichen Wünsche formuliert hatte, war in ihr die Erkenntnis gewachsen, dass genau das der richtige Weg für sie war. »Lassen Sie ihn, Frau Maurer. Es klingt ja wirklich eigenartig, aber so ist es nun mal. Das Einzige, was sicher ist: Mit meinen zweiundsiebzig Jahren gehöre ich auf keinen Fall in eine Seniorenresidenz. Das hat mein Freund Fiete erkannt und mir seinen Kutter vermacht. Jetzt werde ich auf meine alten Tage noch einmal richtig Gas geben.«

Frau Maurer schaute zweifelnd, aber sie kommentierte Fraukes Ausführungen nicht weiter.

Keno hingegen schien vollends aus seiner Lethargie erwacht. »Und wie soll der Kutter heißen, wenn Ihnen Alte Liebe nicht gefällt?«

»Alte Liebe – Roter Oskar«, antwortete Frauke.

Keno prustete los. »Was ist denn das für ein merkwürdiger Name für ein Schiff?«

»Gegendert«, antwortete Frauke und nahm einen weiteren Schluck vom Weißwein. Er war leicht sauer, aber mild im Abgang. »Es hieß zuvor Alte Liebe, weil man Schiffe eher auf weibliche Namen tauft. Nun sind aber die meisten Eigner auch Männer. Bei mir ist es umgekehrt, ich habe zunächst einen Männernamen bevorzugt, aber bei näherer Überlegung fand ich es dann doch hervorragend, dem Boot sowohl einen männlich Namen zu geben als auch den alten weiblichen zu belassen. Deshalb heißt es so eigenartig. Aber ich kann mir das Schild schon jetzt ganz wunderbar vorstellen. Ich werde es eigenhändig malen. Auf jeden Fall kommen ein Seehund und eine Möwe darauf.«

Keno verschlug es nach der Neuigkeit regelrecht die Sprache.

Frauke kümmerte es nicht, denn jetzt wurden ihre Schollen gebracht, und ihr stiegen sofort der würzige Duft des gebratenen Fisches und der von Bratkartoffeln in die Nase. Sie verspürte keine Lust mehr auf Konversation. Nur hatte sie da die Rechnung ohne Keno gemacht.

»Ich dachte immer, alte Leute sind voll öde, aber Sie sind anders«, meinte er, sichtlich beeindruckt. »Eine Frage hab ich aber noch. Warum denn Roter Oskar? Versteh ich nicht.«

»Das war auch vor deiner Zeit, mien Jung, es hat mit meiner Jugend zu tun, die, wie du inzwischen festgestellt hast, schon ein paar Jährchen zurückliegt.« Frauke pikte in die Bratkartoffeln, bevor sie hinzufügte: »Ich war früher in der Protestbewegung. Da waren wir rot. So nannte man das, wenn man politisch eher linksgerichtet war.«

»Hä?« Keno verstand offenbar nichts.

»Revoluzzer. Und mein damaliger Freund war der Anführer unserer Gruppe. Wir haben gegen den Vietnamkrieg protestiert, gegen Gewalt und all so etwas. Da war richtig war los.«

»Und Ihr Freund hieß Oskar?«, hakte Keno nach.

»Mit Zweitnamen. Wir haben ihn aber nur Roter Oskar genannt. Ich hab ihn dann aus den Augen verloren.«

»Oskar, wie der Typ aus der *Sesamstraße.*« Keno kicherte.

Frauke kommentierte das nicht weiter, weil sie sah, dass Frau Maurer ihrem Sohn einen bitterbösen Blick zuwarf und zischte: »Nun lass Frau Hansen endlich in Ruhe essen!«

Dankbar sah Frauke sie an und spießte erneut eine Bratkartoffel auf. Sie genoss es, wie kross sie gebraten waren.

Kurz darauf kamen auch die Getränke und das Essen für Keno und seine Mutter.

Frauke aß langsam und bedächtig und ließ ihre Gedanken kreisen. Was eben noch so lässig und selbstsicher geklungen hatte, baute sich nun plötzlich vor ihr auf wie ein riesiger Berg. Sie hatte den Mund ziemlich voll genommen. So, als hätte sie sich schon richtig viele Gedanken gemacht.

War sie denn von allen guten Geistern verlassen, zu behaupten, ihr Appartement aufzugeben, um ein Vagabundenleben zu beginnen? Sie hatte schließlich noch nichts geklärt. Weder, wie teuer die Renovierung des Kutters werden würde, noch, wie lange es dauerte. Sie hatte sich kein bisschen darum gekümmert, ob sie sich zusätzlich eine kleine Wohnung würde leisten können. Und sie wusste nicht einmal, wie lang ihre Kündigungsfrist im Sonnenuntergang war.

Frauke aß schneller als beabsichtigt, weil sie so scharf nachdenken musste. Als sie den letzten Bissen hinuntergeschluckt hatte, entspannte sie sich etwas. Sie hatte ihre Gedankengänge zwar völlig unreflektiert herausposaunt, aber Keno und seine Mutter waren wildfremde Menschen und sie ihnen keinerlei Rechenschaft schuldig. Sie würde die beiden nie wiedersehen, und deshalb war es vollkommen gleichgültig, was sie ihnen eben erzählt hatte.

Frauke genoss den letzten Schluck Wein und tupfte sich den Mund mit der Serviette ab.

»Ich würde gern mal gucken kommen«, sagte Keno plötzlich. »Wenn Sie begonnen haben.«

Frauke schluckte. »Willst du kontrollieren, ob ich es kann?«

Keno schüttelte den Kopf. »Nein, aber ich mag alte Schiffe, und mich würde interessieren, wie es sich verändert und am Ende aussieht.« Er druckste herum. »Ich möchte mal Tischler oder Bootsbauer werden. Oder Restaurator. Auf jeden Fall so etwas in die Richtung.« Er ereiferte sich nun regelrecht. »Mein Opa hat mir viel gezeigt. Ich kann schon selbst Stühle bauen. Oder einen Tisch.« Jetzt senkte er verlegen die Stimme. »Deshalb interessiert es mich.«

Wieder wurde Frauke ganz anders. Warum nur hatte sie eben den Mund so voll genommen? Wie kam sie nun aus der Nummer raus, ohne sich vollkommen zu blamieren?

»Keno!« Seine Mutter versuchte, ihn zu bändigen. »Das geht nicht! Du kennst Frau Hansen doch gar nicht. Wir sitzen nur durch Zufall mit ihr am Tisch. Und was Opa dir so zeigt …«

Keno ignorierte den Einwurf und ließ nicht locker. »Wissen Sie denn schon, wann es losgeht? Übernächste Woche sind Osterferien. Mama muss in dieser Residenz arbeiten, und ich habe viel Zeit, um mal vorbeizuschauen.«

»Du sollst doch zu Opa nach Cuxhaven«, sagte Frau Maurer.

»Jaaaa«, kam es gedehnt. »Aber das ist voll langweilig, weil er in letzter Zeit nicht mehr viel Lust zum Herumwerkeln hat. Ich kann ihn ja ab und zu besuchen und dann mit ihm zusammen den Radieschen beim Wachsen zugucken oder ihn bei den Recherchen für seine Kostümführungen begleiten. Aber doch nicht die ganzen Osterferien über!« Er wandte sich an Frauke: »Also, wann geht es denn los?«

In ihr ratterten die Gedanken. Es gab wohl kein Zurück. Ihr brach der Schweiß aus. Aber sie konnte zumindest das Zeitfenster ein bisschen ausdehnen.

»Ich denke, später in der nächsten Woche«, sagte sie vage. »Ich muss mich ja erst ums Material kümmern.«

Sanja stand kopfschüttelnd auf und entschuldigte sich, weil sie auf die Toilette musste.

»Kann ich denn mal vorbeigucken und schauen, ob es gut läuft? Bitte! Es interessiert mich wirklich«, sagte Keno, als sie fort war. In seinem Blick lag etwas Flehendes.

Frauke zuckte mit den Schultern. »Ich weiß ja nie, wann ich dort bin«, wich sie aus.

Keno aber zückte sein Handy. »Geben Sie mir doch Ihre Nummer, dann rufe ich vorher an.«

Gut, das war unverbindlich. Frauke diktierte Keno die Zahlen. Er speicherte sie ab.

»Dann gib mir bitte auch deine, das ist nur fair«, sagte sie.

Keno schickte Frauke rasch eine Nachricht per WhatsApp, und sie speicherte auch seine Nummer.

Die Bedienung kam und räumte das Geschirr ab. Kurz darauf kehrte auch Sanja zurück und bat um die Rechnung.

»Meine können Sie auch gleich bringen«, sagte Frauke. Es wurde Zeit, zum Sonnenuntergang zurückzukehren, ehe Barbara und Heinz noch die Pflegedienstleitung verrückt machten und darauf beharrten, einen Suchtrupp loszuschicken. Barbara konnte diesbezüglich sehr penetrant sein, weil sie sich ständig sorgte und das Schlimmste annahm.

Sie bezahlten, und Keno und seine Mutter verabschiedeten sich. Ein paar Minuten später ploppte auf Fraukes Handy eine Nachricht auf.

Wir bleiben in Verbindung. Danke, dass Sie meiner Mutter nichts gesagt haben.
Keno

Frauke steckte das Telefon weg. Nun hatte sie also einen jugendlichen Freund, der sich für den Kutter interessierte. Na, sie würde sehen.

Gemächlichen Schrittes schlenderte sie über den Parkplatz zu ihrem Mini. Den würde sie auf jeden Fall behalten, egal, wie weit sie mit dem Schiff zukünftig fahren wollte.

*

Keno saß an diesem sonnigen Märzsonntag in der kleinen Küche ihrer Wohnung, von wo aus er aus dem Fenster auf die belebte Straße hinunterschauen konnte. Er war sehr zufrieden mit sich, denn das Essen gestern in Fedderwardersiel hatte eine wunderbare Wendung genommen. Er war im Nachhinein froh, dass Opa Malte verhindert gewesen war, weil er gerade eine prominente Gästegruppe durch Cuxhaven führen musste – seine Freizeitbeschäftigung, seit er in Pension war und er die Schüler nicht mehr mit seinem Wissen füttern konnte. Einmal Lehrer, immer Lehrer. Immerhin auch für den Werkunterricht, wovon Keno profitiert hatte. Opa Malte musste anderen etwas beibringen, sonst war er todunglücklich. Für Keno aber war es oft anstrengend, denn er fand es cool, ab und zu einfach mal zu chillen. Vor allem, wenn er in den Ferien oder am Wochenende bei Opa war.

Es war nicht so, dass er seinen Großvater nicht mochte, aber er war oft einfach nur langweilig, je älter er wurde. Opa Malte lebte in einer kleinen Wohnung im zweiten Stock und trug ständig unifarbene Hemden in dezenten Farben. Dazu Anzughose – niemals Jeans oder Joggingstyle –, weil er der Ansicht war, dass er auf diese Weise wunderbar Stil zeigte. Wobei Keno sich fragte, wozu das dienen sollte, wenn er lesend auf dem Sofa saß und nach weiteren geschichtlichen Erkenntnissen zur Cuxhavener Vergangenheit forschte.

Krass war die Verwandlung, wenn er bei seinen Gästeführungen unterwegs war. Dann schlüpfte er in irgendwelche historischen Gewandungen, trug eigenartige Mützen und Hüte und artikulierte sich, wie man vermutlich früher gesprochen hatte.

Keno fand es peinlich, die Teilnehmer seiner Führungen empfanden es jedoch als lebendig. Aber die waren ja auch schon älter. Da dachte man sicher anders.

Manchmal nahm Opa Keno ihn mit in seinen kleinen Garten. Weil die anderen Mieter kein Interesse hatten, durfte sein Großvater ein kleines Gemüsebeet anlegen. Darauf fristeten nun Radieschen und Pflücksalat ihr Dasein. Der Kampf gegen die Nacktschnecken war allabendliches Thema. Ermüdend, aber auch liebenswert. Wenn sein Großvater sonst keine Probleme hatte, war ja alles in Ordnung.

In die Werkstatt waren sie leider lange nicht mehr gegangen, aber ab und zu durfte Keno beim Bootsbauer Renke mithelfen. Das hatte er dieser Oma im Lokal aber nicht erzählt. Irgendwie war sie schon so viel zu nervös geworden. Auf jeden Fall hatte er jetzt einen Grund, nicht die ganzen Osterferien nach Cuxhaven zu müssen.

Als kleiner Junge hatte Keno die Aufmerksamkeit seines Großvaters in vollen Zügen genossen, denn Opa Malte war nun mal die einzige männliche Bezugsperson für ihn. Aber jetzt, wo er selbst langsam erwachsen wurde und eigene Vorstellungen von seiner Zukunft hatte, gerieten sie immer häufiger aneinander.

Kenos Plan, einen handwerklichen Beruf zu ergreifen, stieß sowohl bei ihm als auch bei seiner Mutter auf Widerstand. Mama ließ die Zügel allerdings lockerer und stellte lediglich die Bedingung, dass Keno trotzdem das Abi machte. Opa Malte hingegen vertrat lautstark und immer wiederkehrend die Ansicht, dass Keno auf jeden Fall erst studieren müsste, weil nur das in seinen Augen für ausreichende Sicherheit sorgte. Natürlich würde der es am besten finden, wenn sein Enkel ebenfalls Lehrer wurde, wo sich doch schon sein Sohn geweigert hatte, das zu tun, und lieber auf den Seychellen Schildkröten zählte.

Das wiederum fand Keno ganz cool, auch wenn er eigentlich sauer auf seinen Erzeuger hätte sein müssen, weil er sich einen Dreck um ihn scherte. Aber fürs Angeben in der Schule war seine Tätigkeit ganz brauchbar. Schließlich waren Schildkröten faszinierende Tiere. Sie wurden unglaublich alt und … Wäre sein Vater zugänglicher gewesen, er hätte ihn bestimmt gefragt, ob er die Ferien mal dort an seiner Seite am türkisfarbenen Meer verbringen durfte. Aber sein Erzeuger zog es vor, lieber allein abzutauchen. Irgendwann hatte das nicht mehr wehgetan. Auch, weil er Opa Malte an seiner Seite wusste. Und ein Großvater, der zwar alt, aber da war, war mehr wert als ein ständig abwesender Vater, der kein Interesse an seinem Sohn hatte.

Aber was Keno ganz bestimmt nicht wollte, war, später Typen, wie er selbst einer war, die Grundregeln der Mathematik oder genetische Grundsätze einzubläuen.

Nein, er wollte mit Holz arbeiten, Möbel designen und seinetwegen auch Kunststofffenster einbauen. Denn das musste man als Tischler auch. Wichtig war ihm allein, dass er mit seinen Händen arbeiten konnte.

Keno belegte das Toastbrot und schaute auf, als seine Mutter in die Küche trat. Sie sah ihn erstaunt an. »Was machst denn du schon hier? Sonst bleibst du sonntags doch immer bis in die Puppen im Bett. Es ist erst acht Uhr!«

Stimmt, das war eine Uhrzeit, bei der er sich unter normalen Umständen noch in seiner Traumwelt befand. Aber heute war alles anders. »Ich konnte nicht mehr schlafen«, sagte er.

»Weil?«

»Weil ich eben in diesen Osterferien nicht bei Opa Malte verschimmeln will. Lass mich wenigstens einen Teil der Zeit hierbleiben! Manno, ich bin doch kein Kind mehr!«

Seine Mutter seufzte. »Du weißt, dass es darum nicht geht. Dein Großvater freut sich auf dich. Er wollte dir in diesem Jahr zeigen, wie ein Gästeführer arbeitet, und er freut sich darauf, dir noch detaillierter zu erklären, wie er recherchiert und die Führungen konzipiert.«

»Das interessiert mich aber nicht«, gab Keno zurück. »Ich werde ganz bestimmt nicht mit Schlapphut durch Cuxhaven turnen und anderen etwas von der Stadtgeschichte erzählen.«

Seine Mutter gab nicht auf. »Er war doch schon so enttäuscht, weil er gestern nicht kommen konnte.«

»Weil er die Stadtführung angenommen hat und arbeiten musste«, stellte Keno klar.

»Er will am Nachmitttag herkommen«, meinte seine Mutter.

»Okay, ich bin ihm ja auch gar nicht böse«, antwortete Keno.

»Was möchtest du denn jeden Tag machen, wenn du während der Ferien in Burhave bleibst?«, nahm seine Mutter den Faden wieder auf.

»Chillen, zocken und Rad fahren«, gab Keno blitzschnell zurück.

»Die ersten beiden Dinge glaube ich dir«, antwortete seine Mutter, »aber *du* willst mit dem Rad rumfahren?«

Keno kratzte sich am Kopf und wusste selbst, wie unglaubwürdig das klang. Er hatte es bislang immer vorgezogen, sich chauffieren zu lassen. »Na ja, ich dachte, etwas frische Luft …«, druckste er herum.

»Keno, was ist dein wirklicher Plan?«, beharrte seine Mutter. Sie musterte ihn mit stechendem Blick, denn sie ahnte vermutlich, dass er nur die halbe Wahrheit gesagt hatte.

»Äh, ich dachte, ich kann doch mal bei diesem Kutter in Fedderwardersiel vorbeifahren und gucken, ob Frau Hansen nur rumgesponnen hat oder ob sie ihn wirklich umbauen will.«

»Und warum möchtest du das wissen?«

»Mama, es stehen Holz- und Malerarbeiten an. Genau mein Ding!«

»Ach, da liegt der Hase im Pfeffer!« Die Lippen seiner Mutter umspielte plötzlich ein leichtes Lächeln. »Du hast ernsthaft vor, ihr bei der Renovierung des Kutters zu helfen?«

Keno nickte. »Sofern sie uns nichts vorgesponnen hat. Ein bisschen schräg wirkte sie ja, oder?«

»Allerdings. Ich bin mir auch nicht sicher, ob sie dich wirklich mitarbeiten lassen würde.«

»Das gilt es herauszufinden.« Keno verlegte sich aufs Betteln, indem er einen erprobten Hundeblick aufsetzte. Er wusste, dass er seine Mutter damit immer erreichte.

»Okay? Wenigstens einen Versuch starten?«

»Gut, einen Versuch. Schmeißt sie dich von Bord, verbringst du deine Ferien bei Opa Malte.«

Keno grinste breit. »Frau Hansen wird mich nicht wegschicken, schließlich kann ich richtig was.«

Seine Mutter seufzte. »Da hast du recht.« Aber dann schaute sie ihn ratlos an. »Wir kommen allerdings nicht drum herum, einen Kompromiss zu finden, wenn wir Opa Malte nicht kränken wollen. Einen Teil der Ferien musst du schon bei ihm verbringen. Er bleibt schließlich deinetwegen zu Hause.«

»Mama!«, hob Keno an. »Als ob Opa je irgendwohin fahren würde außer zu uns. Er ist ein Nesthocker.«

Über das Gesicht seiner Mutter glitt ein Schmunzeln, denn Keno hatte den Nagel auf den Kopf getroffen. Opa Malte verließ sein geliebtes Cuxhaven freiwillig nur selten.

»Opa ist wirklich ein Langweiler«, sagte Keno. »Aber ein ganz liebevoller. Nur hilft mir das nicht. Also lösen wir das Problem so: Ich kläre, ob ich wirklich auf dem Kutter mitarbeiten kann, und ab und zu schlage ich bei Opa Malte auf. Ohne zu motzen, versprochen!«

Seine Mutter lächelte. »Dir liegt wirklich viel daran, stimmt's?«

»Mega viel!«, gab er zu. »Pass auf, ich kläre es mit Opa. Dann kannst du ganz entspannt bei deinem neuen Arbeitsplatz anfangen.«

»Ich kann auch mit Opa sprechen«, lenkte seine Mutter ein, aber Keno schüttelte heftig den Kopf. »Nein, ich mach das selbst. Schließlich bin ich kein Kind mehr.«

Seine Augen begannen zu strahlen. »Weißt du was, Mama? *Wir* fahren heute Nachmittag zu ihm. Dann muss er sich nicht extra herbemühen, und er sieht, dass er uns wichtig ist, und ich habe alles hinter mir. Das Wetter ist gut, wir können sogar an den Strand.«

Das zog immer, und zu seiner großen Freude willigte seine Mutter sofort ein. »Ich melde uns bei ihm an und packe einen richtig feinen Picknickkorb«, sagte sie.

»Danke!«

Na bitte, es lief doch!

# Kapitel 4

Barbara war an diesem Sonntagmorgen extra früh aufgestanden, weil sie vor Frauke im Speisesaal sein wollte. Sie durfte sie keinesfalls verpassen, schließlich war sie ihr gestern nicht mehr über den Weg gelaufen und hatte deshalb nicht herausfinden können, warum sie nicht zum Abendessen erschienen war.

Nun stand Barbara vor dem Spiegel und kontrollierte, ob der Lippenstift richtig verteilt war. Dazu presste sie die Lippen einmal fest aufeinander und gab beim Lösen ein zufriedenes Schmatzen von sich. Perfekt. Sie hatte sich für einen Blauton entschieden, weil das auffällig war und sie damit genug Aufmerksamkeit bekommen würde. Vielleicht sogar ein kleines bisschen mehr als Frau Waltermann, wobei die nie einzuschätzen war. Mal kam sie in Knallbunt, dann wiederum spielte sie die elegante Dame in Beige. Und alles bekam die blöde Tante so hin, dass es bei ihr außergewöhnlich wirkte. Sie fiel immer auf.

Barbara aber hätte sie so gern einmal übertrumpft! Einmal selbst die Königin des Speisesaals sein. Hach, sie sah sich schon durch den Saal schreiten, und alle drehten sich nach ihr um. Schade, dass der Raum um diese Zeit noch nicht vollständig gefüllt war, aber mit einem blauen Lippenstift standen ihre Chancen gar nicht so schlecht, wenigstens jene Mitbewohner, die wie sie Frühaufsteher waren, zu beeindrucken. Ein kleiner Teilerfolg, aber ein Schritt in die richtige Richtung.

Mit einem gezielten Griff schob Barbara eine Haarsträhne nach hinten, prüfte, ob die Kette optimal zu ihrem royalblauen

Kleid passte. Es hatte vorn einen eckigen Ausschnitt, und die weißen Perlen fügten sich wunderbar ein. Barbara drehte sich einmal nach rechts und einmal nach links. Ja, alles fein.

»Ich bin fertig«, flötete sie. »Nun lass uns gehen, Heinz. Ich hoffe, Frauke ist gleich da.«

Ihr Gemahl kam gerade aus der Dusche und schüttelte den Kopf mit dem grauen Resthaar, das ihm nun wie bei Dagobert Duck seitlich vom Kopf nach rechts und links abstand.

»Igitt, du machst ja alles nass!«, schimpfte Barbara. »Gut, dass hier eine Putzfrau sauber macht. Sieh dir den Spiegel an! Er ist voller Wasserspritzer!«

Heinz legte sich erschrocken das Handtuch um die Hüfte und wirkte ein bisschen ertappt. »Ich habe dich gar nicht reinkommen hören«, sagte er.

»Das ist doch kein Grund, zu randalieren«, sagte Barbara mit einem mahnenden Unterton.

Heinz verstand offenbar nicht recht, was sie von ihm wollte, und schüttelte sich noch einmal. »Ich zerschlage doch nichts, das ist nur Wasser! Ich und randalieren! Wie kommst du auf so etwas?«

»Also, was ist jetzt?« Barbara verspürte nur wenig Lust auf eine Diskussion und sah mit Entsetzen, dass auf ihrem Kleid ein paar Spritzer prangten. Furchtbar!

Heinz musterte sie mit einem befremdlichen Blick. »Du siehst krank aus, Liebes. So blass! Und deine Lippen wirken ungesund, als ob du frierst!«

Barbara schnappte nach Luft. Da hatte sie die Lippenstiftfarbe exakt auf ihr Kleid abgestimmt, und ihrem Gemahl fiel nichts anderes ein, als sie »krank« zu nennen?

»Es ist modern, Lippenstiftfarbe, Lidschatten und Kleidung farblich abzustimmen«, sagte sie und griff zur Parfümflasche. Sie wollte einen neuerlichen Sprühstoß absetzen, obwohl sie sich vorhin schon eingenebelt hatte und der Duft noch immer im Raum hing. Aber viel half viel. Außerdem musste sie sich nach Heinz' Äußerung ablenken, um ihn nicht auszuschimpfen. Wahrscheinlich waren seine Worte nicht böse gemeint. Doch schon wieder machte er ihr einen Strich durch die Rechnung.

»Lass es bitte«, sagte er und rümpfte die Nase. »Du hast schon gar keinen Eigengeruch mehr!«

»Na, das wäre ja auch katastrophal«, empörte Barbara sich. »Ich will doch nicht stinken!«

»Wer sagt denn, dass man dann stinkt?«, grummelte er.

»Ich!« Barbara machte einen Schritt rückwärts und wollte das Bad verlassen. Es reichte ihr. »Du hast doch gar keine Ahnung von Frauen.«

Heinz grinste und wischte mit einem anderen Handtuch den Spiegel sauber. »Ich hab doch dich, und da bin ich durch eine harte Schule gegangen. Und jetzt lernst du mal was von mir.«

Barbara verdrehte die Augen. »Was, bitte schön, sollte ich denn von dir lernen?«

»Die Parfümlektion. Ganz einfach: Einmal Pft reicht und duftet«, gab Heinz ungerührt zurück. »Zweimal Pft ist aufdringlich, und dreimal Pft lähmt die Nasennerven und lässt alle Leute beiseitetreten. Viermal Pft aber ist nutt…« Er verschluckte den Rest, weil Barbara ihm das Handtuch von der Hüfte riss und um die Ohren haute. »Du bist unverschämt!«

Heinz lachte. »Nein, nur ehrlich. Also bitte, geh schon mal vor mit deinem dreimal Pft und guck, ob du Frauke antriffst. Vielleicht hebt sich dann deine Laune. Ich komme nach, wenn ich fertig bin. Aber pass auf, dass sie keinen Krankenwagen rufen. Das Blau wirkt wirklich ein bisschen so, als wärest du ein Vampir!«

Barbara war empört. Es ärgerte sie, wenn Heinz so war, aber sie wusste, dass er unmutig darauf reagierte, wenn sie sich ständig mit Frau Waltermann maß und dann seiner Ansicht nach über die Stränge schlug.

Barbara hob den Kopf. Er hatte eben einfach keine Ahnung!

Sie wollte gerade wütend das Appartement verlassen, als Heinz ihr nachrief: »Vielleicht hat Frauke einen Liebhaber und ist die Nacht über dortgeblieben!«

Barbara schnellte entsetzt herum und stürzte zurück ins Bad. Immerhin steckte Heinz inzwischen in seiner Feinrippunterhose und wuschelte sich seine dünne Haarpracht trocken.

»Du meinst, sie hat nach Fiete schon wieder einen Neuen?«, rief sie aufgeregt.

»Ich meine, dass sie vielleicht endlich jemanden gefunden hat«, entgegnete ihr Gemahl. Er griff nach dem Kamm und fuhr sich damit ein wenig planlos durch sein Resthaar.

»Bist du dir sicher, dass sie mit Fiete nichts am Laufen hatte? Immerhin hat er ihr das Boot vermacht!« Barbara japste angesichts der Ungeheuerlichkeit von Heinz' Worten nach Luft. Frauke hätte doch mit ihr als Freundin reden müssen, wenn es so war!

»Sie hatte mit Fiete nix«, sagte Heinz nachdrücklich. »Das weiß ich ganz sicher.«

Barbara war beruhigt. Aber was, wenn Heinz jetzt richtiglag? »Meinst du wirklich, sie hat schon eine Woche, nachdem wir Fiete der See übergeben haben, einen Liebhaber? Sie ist doch noch in Trauer.«

»Barbara, sie waren Freunde, kein Ehepaar.« Er schlüpfte in seine Hose und zog gleich darauf auch das Hemd an, das Barbara ihm am Vorabend rausgelegt hatte. Es war wichtig, dies zu tun, er griff sonst gern bei den Farben daneben. Und das konnte sie sich im Sonnenuntergang nicht leisten.

Heinz setzte sich an den Tisch vor dem Fenster, wo sein Laptop schon aufgeklappt stand. »Und nun troll dich, ich komme gleich nach. Muss allerdings noch schnell was am PC erledigen.«

»Du und dein Computer«, keifte Barbara. »Du hast gar keine Zeit mehr für mich, seitdem du an die Börse gegangen bist.«

»Ich habe es ja schon öfter erwähnt: Wir wollen unseren Wohlstand vermehren, damit wir uns den Lebensabend im Sonnenuntergang und viele Dinge mehr noch lange leisten können«, sagte Heinz. »Ich schau auch nur kurz, was meine Bitcoins machen. Gestern sah es super aus!«

»Deine was?«, fragte Barbara verwirrt. »Bit… bitte was?«

Heinz grinste breit. »Kryptowährung. Ein ganz großes Ding!«

Barbara winkte ab. Von so einem Zeug verstand sie nichts und wollte es auch gar nicht. Sie interessierte viel mehr, wo Frauke gestern Abend gesteckt hatte und ob ihr Gemahl richtig damit lag, dass sie einen Liebhaber hatte. Nun ja, Frauke sah flott aus für ihr Alter, ein bisschen nachlässig gekleidet, das schon, aber es gab Männer, die mochten den legeren Look. Aber wenn Frauke sich mit einem Kerl traf, dann ging es sie als Freundin schließlich etwas an! Barbara war schon jetzt beleidigt, weil Frauke sie nicht ins Vertrauen gezogen hatte.

Sie verließ das Appartement und bestieg den Fahrstuhl, der sie bequem nach unten ruckelte.

Wie in Gedanken ausgemalt, durchquerte sie hoch erhobenen Hauptes den Speisesaal und steuerte auf den angestammten Platz zu. Ihr folgten tatsächlich ein paar Blicke, aber leider auch der von Herrn Renken-Olthoff, der jede und jeden anstarrte, weil er sich zu Tode langweilte und vermutlich täglich hoffte, von Frau Waltermann erlöst zu werden. Das war wie in der Schule, wenn man neben einem Mitschüler sitzen musste, der einem partout unsympathisch war. Einmal diese Sitzordnung, immer diese Sitzordnung. Da wurde nicht groß diskutiert, weil Wert auf Gemeinschaft gelegt wurde. Das hatten sie sogar unterschrieben.

Der zweite Blick gehörte Josef Eisenbichler, einem Bayern, den es nur deshalb in den Norden verschlagen hatte, weil seine Tochter hierhergezogen war und ihren Mann hierhin verschleppt hatte. Kamen sie zu Besuch, begrüßte Herr Eisenbichler sie immer mit: »Grüß Gott, ihr Saupreißn!«

Er litt allerdings unter grauem Star und konnte Barbara eigentlich gar nicht sehen, oder wenn, nur schemenhaft. Also war auch das nicht unbedingt ein Zeichen dafür, dass ihr Outfit gelungen war.

Und der dritte Blick kam von Marianne Zwergenrose, die sich auch zu jedem umdrehte, der hereinkam, weil sie Stoff sammelte, um den ganzen Tag über ihre Mitbewohner herzuziehen, immer in der Hoffnung, bei Frau Waltermann mithalten zu können.

Sie stand sofort auf und stürzte auf Barbara zu. »O mein Gott, Frau Kanngießer! Geht es Ihnen nicht gut? Ihre Lippen sind so blau! So sah das bei meinem verblichenen Mann auch aus, und am Abend war er tot. Gott habe ihn selig!«

Barbara seufzte. Immer wurde sie verkannt.

Frau Zwergenrose schnüffelte. »Und Sie riechen auch ungesund. Nach Azeton, das ist immer ein Zeichen von Diabetes, wenn man überzuckert ist! Da habe ich mich in der *Apotheken Umschau* schlaugemacht. O ja, Sie sollten tunlichst einen Arzt konsultieren, Frau Kanngießer!«

Barbara winkte ab. Ihr Plan war gründlich schiefgegangen, sie hätte tatsächlich auf das Urteil ihres Mannes vertrauen sollen. Sie hatte ihr Ziel verfehlt, und jetzt saß sie auch noch allein am Frühstückstisch. Jeder, der in den Speisesaal kam, musterte sie kritisch und fragte sich bestimmt, wo denn Heinz war. Ob sie Ehekrach hätten und all so etwas. Solch eine Residenz war schließlich beinahe wie ein Dorf. Jeder kannte jeden und jeder glaubte, etwas über den anderen zu wissen. Nur war es oft das Falsche.

Barbara biss sich auf die Lippen. Sie war einfach zu früh hier und hätte auf Heinz warten sollen! Denn Frauke war auch noch nicht da.

Barbara beschlich eine furchtbare Unruhe. Da stimmte doch was nicht!

*

Frauke sah Barbara schon am Tisch sitzen, als sie in den Speisesaal trat. Sie wirkte unnatürlich blass, was aber an der blauen Lippenfarbe liegen mochte, die zwar sehr gut zu ihrem Kleid passte, ihren Teint jedoch wie den der Eiskönigin wirken ließ.

Das Frühstücksbüfett war wie immer ansprechend aufgebaut, aber der Platz ihrer Sitznachbarin noch leer. Heinz konnte sie nicht entdecken. Er machte sich in der letzten Zeit rar und wirkte oft zerstreut, sodass Frauke sich schon manches Mal gefragt hatte, ob ihm das Alter doch zu schaffen machte.

»Moin.« Frauke lächelte Barbara zu. »Wo steckt denn Heinz?«

»Bitcoins checken«, gab Barbara zurück. Es klang ziemlich lässig, aber ihre Freundin schien sehr wütend zu sein, denn sie hatte ihre Finger so stark ineinander verschränkt, dass die Knöchel weiß waren.

Da Frauke keinen Schimmer hatte, was Bitcoins waren, sie sich aber auch keine Blöße geben wollte, nickte sie nur und tat ebenso lässig. Es war wichtig, immer die Contenance zu wahren, weil man sonst zum Gerede wurde, und darauf konnte Frauke wahrlich verzichten. Auch ihrer Freundin gegenüber wollte sie lieber nicht zugeben, dass sie nicht wusste, wovon diese sprach. »Ach so, ja. Da muss man dranbleiben«, sagte sie deshalb lächelnd.

Barbara ging nicht weiter darauf ein und musterte Frauke von oben bis unten. »Setz dich lieber schnell!«

»Warum?« Sie schaute an sich hinunter.

»Weil du nachlässig gekleidet bist«, gab Barbara zurück. »Kein bisschen schick! Die anderen gucken schon.«

»So bin ich eben«, meinte Frauke und ließ sich auf ihren Stuhl nieder. Was kümmerte sie das Geschwätz der anderen? »Aber wenn ich mir eine Bemerkung erlauben darf: Deine Lippenfarbe lässt dich krank wirken …«

Barbara hob die Hand und brachte Frauke auf diese Weise zum Schweigen. »Trägt man heute so«, gab sie patzig zurück, und Frauke sagte lieber nichts mehr.

»Du bist gestern nicht zum Abendessen gekommen«, sagte Barbara.

»Ich bin essen gegangen, weil ich mal Ruhe gesucht habe.«

Barbara lachte schrill auf, es klang aber unecht und ein kleines bisschen affektiert. »Und ich dachte schon, du hättest einen Liebhaber! Aber wohl eher nicht, sonst wärst du sicher eleganter gekleidet. Dann will man ja gefallen.«

Wenn blaue Lippen Marke Erfrierungstod neuerdings der Hit sind, dann will ich lieber nicht gefallen, dachte Frauke, lächelte aber freundlich und konterte: »Ich habe jetzt ein Schiff und keinen Lover. Als zukünftige Kapitänin brauche ich mich nicht zu behängen und bunt zu gestalten wie ein amerikanischer Tannenbaum.«

»Aber wir leben im Sonnenuntergang, meine Liebe!«, entgegnete Barbara leicht tadelnd. »Da muss man sich schon entsprechend zusammennehmen und etwas aus sich machen!«

»Äußerlichkeiten«, meinte Frauke. Sie war jetzt wirklich nicht motiviert, mit Barbara über die Klamottenfrage zu diskutieren. Ihre Freundin schien das Thema glücklicherweise auch abgeschlossen zu haben, denn sie beugte sich neugierig vor, bevor sie in verschwörerischem Ton fragte: »Nun verrate es mir endlich: Hast du denn wirklich keinen …« Sie zwinkerte. »Du weißt schon.«

Jetzt ritt Frauke der Teufel. Sie schürzte die Lippen, und als sie bemerkte, wie sehr Barbara darauf brannte, etwas vom gestrigen Abend zu erfahren, sagte sie genüsslich: »Ach, weißt du, als ich gestern in Fedderwardersiel essen war, habe ich jemanden kennengelernt.«

Barbara wurde blass und zuckte zusammen. »Nein! Tatsächlich? Erzähl, was passiert ist!«

Frauke lehnte sich genüsslich zurück. Hach, wie es ihr gefiel, Barbara ein wenig zu reizen! Ihre Bemerkung über die Klamotten saß doch noch tief, da hatte sie eine Retourkutsche verdient. Sie wiegte bedächtig den Kopf, um die Spannung zu erhöhen, bevor sie sagte: »Ein junger Mann hat sich zu mir an den Tisch gesetzt, und wir sind dann ins Plaudern gekommen. Stell dir das mal vor!«

Frauke bemerkte, dass Barbara sich das überhaupt nicht vorstellen wollte.

»Wie jung?« Sie war völlig fassungslos.

»Sehr jung.« Frauke musste sich das Lachen verkneifen. Über Barbaras Gesicht krochen sichtlich verschiedene Gefühle. Erst war da Fassungslosigkeit, dann tanzte der Neid ein paar Schritte, und darauf schlich ein Hauch von Angst heimlich um die Ecke. Ein Dreiklang der Emotionen, und es war nicht zu sehen, welche dominanter war. Frauke fand das herrlich!

Aber dann schämte sie sich ein wenig, weil sie sich in ihrer Überheblichkeit so wohlfühlte. Nur kam sie jetzt nicht mehr aus der Nummer raus, wenn sie ihr Gesicht nicht verlieren wollte.

Barbara leckte sich über die Lippen, und es dauerte, ehe sie sich wieder gefangen hatte. »Und was ist dann passiert? Ich meine, nachdem ihr euch kennengelernt habt?«

»Wir haben uns sehr angeregt unterhalten. War ein schöner Abend«, wich Frauke aus.

»Ja, und wie geht es weiter?« Barbara ließ nicht locker. Nun wollte sie es genau wissen.

»Mal sehen, was noch so kommt.« Frauke strich sich eine Haarsträhne aus dem Gesicht. Auch wenn es gemein war, Barbara hatte selbst schuld, dass sie sie jetzt hinhielt und ein bisschen auf die falsche Fährte führte. Gelogen war ihre Geschichte schließlich nicht.

Was sollte das auch eben mit den Bitcoins und ihrer Stichelei wegen der Klamotten? Freundschaft hin oder her, das passte nicht. Irgendwann würde Barbara von allein merken, dass Frauke sie hochgenommen hatte, aber dann würde ihr schon etwas einfallen.

»Gut, da hat sich also ein junger Mann für dich interessiert«, quetschte ihre Freundin zwischen den zusammengepressten Lippen hervor. »Mal sehen, ob er dich wirklich wiedersehen will. Immerhin bist du nicht mehr die Jüngste.«

»Nun, das weiß er doch«, sagte Frauke. »Und nun würde ich gern zum Büfett gehen.« Sie wollte schon aufstehen, als Barbara blitzschnell ihr Handgelenk umklammerte. »Warte. Aber was ist jetzt mit Fietes Kutter? Hast du eine Entscheidung getroffen, was du damit tun willst?«

»Natürlich. Den baue ich um.« Frauke löste sich aus der Umklammerung. »Ich werde dort jede Stunde auskosten.«

Barbara fiel die Kinnlade herunter. »Dann willst du also da deine Tage verbringen und nicht hier in der Residenz?«

»Nicht nur das«, gab Frauke unumwunden zu. »Ich werde meine Unterkunft hier kündigen und ganz auf den Kutter ziehen, sobald er bewohnbar ist. Ich habe vor, spätestens im Sommer in See zu stechen und von Hafen zu Hafen zu tuckern. Auf die Inseln, dann in die kleinen Häfen in Friesland und Ostfriesland. Das wird ganz wunderbar, glaub es mir!«

Barbaras Augen wurden noch größer, und Frauke erschrak ein bisschen vor sich selbst. Von Hafen zu Hafen zu fahren … Das war erneut eine spontane Idee, die ihr eben durch den Kopf geschossen war und die sie schon wieder gleich hinausposaunt hatte, ohne über die Konsequenzen nachzudenken. Und trotzdem fühlte es sich gut an.

»Aber du kannst doch nicht auf einem Kutter wohnen!« Barbara sprang auf und klatschte vor Entsetzen die Hände über dem Kopf zusammen. Sie hatte so laut gesprochen, dass sich die Bewohner an den Nebentischen zu ihnen umdrehten. Aber darauf nahm Barbara in ihrem Entsetzen keine Rücksicht. »Und dieser junge Mann – der will bestimmt nicht auf einem Schiff leben, das nach Fisch stinkt!«

»Abwarten«, sagte Frauke schmunzelnd und in voller Ruhe. »Abwarten.«

Barbaras Lippen verzogen sich erneut zu einem Strich. »Im Winter geht das gar nicht«, insistierte sie. »Das ist mit den Sanitäranlagen schlecht. Und überhaupt …«

»Da nehme ich mir eine kleine Wohnung«, antwortete Frauke.

Da Barbara sie offenbar nicht zum Büfett gehen lassen wollte, beschloss sie, wenigstens schon mal eine Tasse Kaffee zu trinken. Sie griff nach der Kanne, die stets gefüllt auf dem Tisch stand, schenkte sich ein und gab etwas Milch dazu. Versonnen rührte sie um und sagte: »Für alle Probleme gibt es eine Lösung. In der neuen Wohnung kann ich mich wieder selbst versorgen, und wenn ich nicht in See steche, dort leben. Es ist alles wunderbar durchdacht.«

Ja, ganz doll, Frauke Hansen. Mit dem Seehund im Hafen abgesprochen und mit deiner Fantasie!

Jetzt griff auch Barbara nach der Kanne. Sie schenkte sich mit einem so heftigen Schwung ein, dass der Kaffee in der Tasse überschwappte. Hektisch wischte sie mit der Serviette über den Fleck. Das waren wohl ein paar Informationen zu viel für sie.

Als Barbara den ersten Schluck nahm, verbrannte sie sich die Lippen. Sie stellte die Tasse ab und schüttelte wieder den Kopf.

»Das kann doch nicht dein Ernst sein, Frauke. Das alles hier willst du für Fietes stinkenden Kutter aufgeben? Das ist noch schlimmer als diese Bitcoins von Heinz, mit denen er mich nervt, weil er gar keine Zeit mehr für mich hat.«

Frauke nahm ebenfalls einen Schluck Kaffee, sie wollte Zeit gewinnen. Dann schlug sie einen versöhnlicheren Ton an, denn Barbara schien ernsthaft besorgt zu sein, und sie wollte keinen Streit, weil sie sie viel zu sehr mochte. »Ich fühle mich schon lange nicht mehr wohl in meinem Leben«, begann sie vorsichtig. »Mit seinem Erbe hat Fiete mir die Augen geöffnet. Im Sonnenuntergang komme ich mir inzwischen vor wie in einer Gruft.«

»Wir leben hier so wunderbar bequem, das kannst du nicht ernst meinen.« Barbara hieb wie zur Bestätigung mit dem Löffel auf die Untertasse, fuhr dann aber erschrocken zurück, weil wieder alle Köpfe zu ihnen herumflogen. Mittlerweile hatte sich der Speisesaal gut gefüllt, einzig Heinz war noch nicht aufgetaucht. Beschämt legte Barbara den Löffel wieder hin. »Entschuldige, meine Liebe. Ich wollte mich nicht so aufregen. Aber mir liegen gerade sowieso die Nerven blank. Wegen Heinz. Und dann kommst du auch noch mit solchen Neuigkeiten. Das hat mich völlig aus dem Konzept gebracht.«

Frauke umfasste ihre Hand. »Es ist, wie es ist. Ich habe selten etwas ernster gemeint. Erschrecken wollte ich dich nicht, aber ich möchte hier einfach nicht länger leben. So, ich hole mir jetzt mein Brötchen. Wir können gleich weiterklönen.«

Jetzt ließ Barbara sie gehen, und Frauke lief zum Büfett, das vor Köstlichkeiten überquoll. Es gab neben den klassischen Dingen, die ein gutes Frühstück ausmachten, auch gefüllte Lachsröllchen, kleine Wraps und Gemüsescheiben, die sich als Tiere getarnt zwischen Wurst und Käse schummelten. Mehrere Sorten frisch gebackenes Brot, Brötchen – einfach alles, was das Herz begehrte.

Barbara hatte ja recht. Es ging ihnen gut im Sonnenuntergang, aber für sie, Frauke, war es eben nicht die Erfüllung. Hätte man ihr früher, als sie noch mit einem Plakat in der Hand demonstrierend durch die Straßen lief, erzählt, dass sie mal so feudal und spießig wie jetzt wohnen würde, hätte sie denjenigen oder diejenige ausgelacht. Vielleicht änderte man sich im tiefsten Herzen nie, und sie hatte lediglich versucht, sich irgendwie anzupassen, weil sie es sich leisten konnte, aber auch, weil »man« im Alter eben vernünftig war.

Dass es allerdings schwierig werden konnte, dann tatsächlich so zu leben, hatte sie nicht vorausgesehen.

Fraukes Teller war vollgepackt mit einem Brötchen, Butter und Käse, dazu ein paar Gurkenscheibchen und einem Viertel Tomate. Dazu hatte sie sich einen Schwan gegriffen, der kunstvoll aus einer Mohrrübe geschnitzt war. Sie begab sich zu Barbara, die noch immer vor sich hin starrte.

»Möchtest du nichts essen?«, fragte Frauke, als sie sich auf den Stuhl fallen ließ.

»Ich warte auf meinen Gemahl«, sagte Barbara. »Du willst uns ja sowieso verlassen, dann habe ich nur noch ihn – und seine blöden Bitcoins. Weißt du was?« Sie schaute Frauke mit treuherzigem Blick an. »Ich weiß nicht einmal, was das ist. Diese Coins…«

Frauke zuckte mit den Schultern und schnitt das Brötchen auf. Wenigstens war Barbara jetzt ehrlich. »Ich auch nicht, aber ist das wichtig?«

»Ich weiß es nicht. Wenn einen der eigene Mann dafür so vernachlässigt, vielleicht schon. Und wenn du dann auch weg bist, hocke ich hier ganz allein, und Frau Waltermann wird sich auf mich stürzen wie eine Hyäne, weil ich keine Unterstützung mehr habe.«

Nun überkam Frauke doch Mitleid mit Barbara. Sie legte das Messer kurz beiseite und nahm wieder ihre Hand.

»Hey, du kannst mich jederzeit auf dem Kutter besuchen kommen«, versuchte Frauke, sie zu beruhigen. »Die Tür steht für meine Freunde immer offen.«

»Danke. Ich weiß das zu schätzen«, sagte Barbara.

»Hol dir doch etwas zu essen, dann kaue ich dir nichts vor. Vielleicht beschäftigen diese Bitcoins deinen Mann noch länger.«

Barbara stand auf. »Du hast recht«, sagte sie entschlossen. »Ich hole mir jetzt mein Frühstück, und dann machen wir es uns schön. Solange es noch geht und dir dein junger Freund nicht neben dem Kutter den Kopf völlig verdreht.«

»Guter Plan.« Frauke lächelte Barbara freundlich an. Sie eilte zum Büfett.

Na bitte, geht doch, dachte Frauke und tauchte ihr Messer in die weiche Butter. Anschließend belegte sie das Brötchen mit dem wunderbaren Biokäse, der auf der Zunge zartschmelzend zerfloss. Den würde sie vermissen. Bevor sie die Residenz verließ, sollte sie unbedingt noch herausfinden, woher der Käse stammte.

Kurz darauf kam Barbara wieder. Sie hatte sich Müsli in eine Schale getan und verrührte nun den Joghurt darin.

»Kein Brötchen?«, fragte Frauke erstaunt, denn mit einer Körnermahlzeit hatte sie Barbara noch nie vom Büfett zurückkehren gesehen. War sie jetzt kurzfristig auf einem Gesundheitstrip?

»Ich möchte ein paar Kilos abnehmen, und Brötchen kann man sich ja gleich eins zu eins auf die Hüfte tackern. Das sind alles leere Kalorien«, erklärte sie.

Frauke schwieg mitfühlend. Es ging hier in Wahrheit nicht ums Müsli oder ein paar Pfunde. Es ging um Heinz, dessen Bitcoins schienen größere Probleme zu machen. Und es ging um ihren, Fraukes, Fortgang. Und um die Verzweiflung, mit der sich Barbara blaue Lippen schminkte, um in diesem Laden aufzufallen. Ihr ging es nicht gut.

Trübsinnig versenkte ihre Freundin den Löffel in ihrem Müsli. »Wenn mein Gemahl nicht kommt, bin ich eben Rebellin und frühstücke ohne ihn«, sagte sie mit matter Stimme. »Und etwas ganz anderes, als er mag. Er wird sich noch umschauen, wenn ich dann gertenschlank bin, während er weiter seinen mit Schinkenbroten gefüllten Bauch vor sich herschiebt.«

Frauke zog erstaunt die Brauen hoch. Solche Töne war sie von Barbara nicht gewohnt. Sie musste wirklich sehr genervt von Heinz sein.

Aber wenn Barbaras Rebellion darin bestand, ohne ihren Mann zu frühstücken, dann war sie selbst mit ihren Plänen wohl militante Terroristin.

Sie aßen schweigend, und Frauke überlegte dabei, wie sie den heutigen Sonntag nutzen wollte. Außer Frage stand, dass sie den Tag auf dem Kutter verbringen würde und auf keinen Fall in der Residenz.

Ich könnte grob planen, was genau ich auf dem Schiff renovieren möchte und was ich selbst in Angriff nehmen kann, überlegte sie. Ich brauche ja nicht für jeden Pinselstrich einen Fachmann.

Hatte sie das geklärt, konnte sie morgen zum Baumarkt fahren und die Materialien besorgen oder bestellen. Für etliche Verrichtungen würde sie allerdings Handwerker verpflichten müssen, am besten einen Bootsbauer. Fiete hatte ihr in seiner Weitsicht sogar die Adresse von einem gewissen Renke hinterlassen. Dort konnte sie gleich morgen als Erstes hinfahren.

Es war besser, im Sonnenuntergang erst zu kündigen, wenn sie einschätzen konnte, wann sie in etwa mit dem Umbau des Kutters fertig sein würde. Schlecht wäre es sicher auch nicht, gleich im Sonntagsblatt nach Wohnungsanzeigen zu schauen.

»Da kommt er«, sagte Barbara plötzlich gefährlich ruhig und riss Frauke aus ihren Überlegungen.

Wenn ihre Freundin so sprach, war sie kurz vorm Platzen. So gut kannte Frauke sie inzwischen, um das beurteilen zu können. Auf ihrer Oberlippe zeigten sich zudem kleine Schweißperlen, was als untrügliches Zeichen zu werten war, dass Barbara im wahrsten Sinne des Wortes vor Wut schäumte.

Frauke schaute Heinz ebenfalls entgegen und erschrak, denn er war so bleich, als wäre er eben seinem eigenen Geist begegnet. »Was ist denn mit ihm los?«, rutschte es ihr heraus.

»Das wird er uns sicher gleich erzählen«, sagte Barbara spitz und pfefferte den Löffel in die leere Müslischale.

# Kapitel 5

Warum bist du so blass?«, fragte Barbara, als ihr Gemahl sich setzte.

Ihm standen Schweißperlen auf der Stirn, und seine Hände zitterten. Er lehnte auch ab, als Frauke ihm die Kaffeekanne reichen wollte.

»Ist heute aber stark genug«, sagte sie, weil er sonst regelmäßig über die Plörre schimpfte.

Barbara strich ihm nun doch liebevoll über die Halbglatze und wirkte ernsthaft besorgt. Vergessen schien die Wut, die sie noch eben auf ihn gehabt hatte.

»Du schwitzt ja wie verrückt«, sagte sie. »Ich rufe sofort einen Arzt. Nicht, dass du einen Infarkt hast und gleich tot umfällst!«

»Noch sind meine Lippen nicht so blau wie deine«, gab er zurück, was Barbara leicht hochfahren ließ.

Frauke tätschelte ihren Arm und bedeutete ihr, keine Panik zu verbreiten und ihn vor allem jetzt nicht zu maßregeln.

Selbst wenn er wirklich ernsthaft krank war, war es besser, ihn nicht noch zusätzlich zu ängstigen. »Nun mach ihn mal nicht nervös«, flüsterte sie.

»Und wenn es so ist, was dann?« Barbaras Stimme wurde mit jedem Wort schriller.

Heinz aber wehrte müde ab. »Nein, nein, ich bin nicht krank«, stieß er hervor.

»Ja, was hast du denn dann?«

»Die Bitcoins«, sagte er. »Sie haben uns aufgefressen.«

»So was können die?«, fragte Barbara entsetzt. »Wie denn das?« Sie schaute hilflos zu Frauke, die aber mit den Schultern zuckte und seine Antwort ebenfalls nicht deuten konnte.

»Mit Bitcoins kenne ich mich nicht aus. Ich bin Kuttereignerin und weiß nicht mal, was das für Dinger sind. Kleine Münzen?«

»Aber die können dann ja nicht fressen!« Barbara schien kurz vor einem hysterischen Anfall zu sein, sodass Frauke sich genötigt sah, aufzustehen und sie tröstend in den Arm zu nehmen. Das hatte Barbara auch mit ihr selbst getan, als es ihr schlecht ging. Es dauerte nicht lange, und Barbaras Schnappatmung beruhigte sich etwas. »So, und nun hören wir deinem Mann mal in Ruhe zu, was es mit den Bitcoins und seinem Entsetzen auf sich hat.«

Sie setzte sich wieder und wandte sich an Heinz. »Also, schieß los!«

»Kryptowährung«, sagte er. »Einfach Kryptowährung.«

Frauke verstand nur Bahnhof. »Was soll das sein?«

Heinz machte eine wegwerfende Handbewegung. »Ist kompliziert.«

»Ich möchte es wissen, und zwar bitte ganz genau«, forderte Frauke ihn auf.

Heinz räusperte sich und erschien jetzt ein kleines bisschen gefasster. »Das sind digitale Zahlungsmittel und keine realen Währungen. Trotzdem kann man damit Geld verdienen, indem man handelt oder auf Trends setzt. Auf Gold zum Beispiel.«

Frauke winkte ab. Etwas, was gar nicht da war und mit dem man trotzdem Gewinn machen konnte, war ihr suspekt. Allerdings verstand sie auch nicht, warum Heinz vor diesem Nichts derart erschrocken war.

»Ich hab das nur im Ansatz verstanden – oder eher gar nicht«, sagte sie. »Aber erkläre uns doch bitte deinen … desolaten Zustand!«

Heinz legte den Kopf in die aufgestützten Hände. »Man kann eben nicht nur gute Geschäfte machen, sondern leider auch verlieren«, druckste er herum. »Eine ziemlich große Menge.«

»Man kann Geld verlieren, obwohl Bitcoins gar kein richtiges Geld sind – und eben umgekehrt?«, fasste Barbara seine Worte zusammen. Vermutlich begriff sie von alldem ebenso wenig wie Frauke.

Die hätte wiederum nicht geglaubt, dass sich Barbaras Stimme in noch höhere Sphären schrauben konnte. Wären die Gläser auf dem Tisch zersprungen, so wie bei dem kleinen Oskar in dem Roman von Günter Grass – es wäre nicht verwunderlich gewesen. Aber die Gläser hielten und der Schrecken in den Gesichtern ihrer Tischnachbarn ebenfalls, als Barbara ausstieß: »Heinz! Was soll das heißen?« Sie boxte ihren Mann in die Seite. »Hast du unser wohlverdientes Guthaben verzockt mit einer Währung, die es nicht gibt? In einer Scheinwelt?« Sie sprang auf, und dabei schwappten die Kaffeetassen über. »Ist das so wie der Börsencrash, als alle Banker aus dem Fenster gesprungen sind?«

Frauke sah Barbara erstaunt an. Sie hätte nicht gedacht, dass sie davon wusste. Die Freundin überraschte sie doch immer wieder.

»Ich springe nicht«, sagte Heinz und gab damit wohl alles zu. »Versprochen.«

Barbara ließ sich schwer atmend wieder auf den Stuhl fallen. Sie legte die Hände vors Gesicht.

Heinz hingegen saß hilflos da und wirkte wie ein Schuljunge, dem man eben mitgeteilt hatte, dass die Versetzung nicht nur gefährdet, sondern verpasst war.

Frauke fühlte sich berufen, zwischen den beiden zu vermitteln. Das war sie ihren Freunden schuldig. »Dann ahnen wir jetzt, was in etwa passiert ist. Ich fände es aber gut, wenn du es uns bitte ganz in Ruhe erzählen würdest. Ich glaube, das wäre auch für deine Frau sehr wichtig.«

»Es … es hat erst so gut ausgesehen«, begann Heinz stotternd. »Es konnte gar nichts schiefgehen. Da hab ich gedacht: alles oder nichts! Dann aber schrumpfte unser Vermögen, und es hieß immer wieder, ich müsse nachjustieren, alles absichern. Dann würde schon bald der richtig große Gewinn folgen. Und das habe ich geglaubt.«

»Mehr richtiges Geld reingesteckt, um diese Kryptowährung abzusichern, die dann verpufft ist und deine Kohle mitgenommen hat?«, sagte Frauke. »Das heißt es doch, oder?«

Heinz nickte fast unmerklich. »Bis gestern Abend haben die von der Anlageberatung mir suggeriert, dass ich heute Morgen richtig absahnen könnte – aber … das war dann nicht so. Dabei wollte ich Barbara damit überraschen. Wir hätten eine richtig lange Kreuzfahrt machen können oder …«

»Du hast unsere ganzen Ersparnisse verpulvert?« Seine Frau raufte sich das Haar. »Einfach so?«

Heinz nagte verlegen an der Unterlippe. Ihm zitterten noch immer die Hände, aber er versuchte es zu verbergen. »Wir hätten ein Vermögen machen können, und es sah wirklich sicher aus. Da dachte ich: Wer nicht wagt, der nicht gewinnt. So über Nacht noch einmal reicher werden.« Er schluckte. »Ich wollte dir auch ein schickes Boot kaufen, damit du Frauke in nichts nachstehst. Eine schnittige Motorjacht, weißt du?«

Frauke sah Barbara an, dass sie genau die richtig gern gehabt hätte, auch wenn sie mit Fietes Kutter nie in See stechen wollte. Mit einer eigenen Jacht hätte das natürlich ganz anders ausgesehen. Und da lag die Chance, dass sie ihrem Heinz verzeihen konnte. Immerhin hatte er es versucht! Dennoch herrschte zunächst einmal eine schreckliche Stille. Frauke nahm nur am Rande wahr, dass ringsum das Geschirr klapperte, und auch das

Stimmengemurmel drang nur noch gedämpft zu ihr durch. Es war eine surreale Situation.

Es dauerte, ehe sich einer von ihnen regte, und es war Barbara, die das Schweigen brach. »Wir sind folglich pleite«, fasste sie das Gesagte tonlos zusammen. In Worte gekleidet klang es harmlos, und doch war es eine so furchtbare Situation, wie sie kein Mensch erleben wollte.

Pleite bedeutete, nichts mehr zu haben. Nicht zu wissen, wie sie ihr Leben zukünftig finanzieren oder gestalten sollten.

»Und die Rente?«, stammelte Barbara fassungslos.

»Die hilft uns auch nicht wirklich. Ich habe mich hoffnungslos überschuldet.«

Heinz hatte den Kopf erneut in die Hände gestützt. »Jo, so ist das. Ich habe uns so gut wie ruiniert.«

Barbaras Augen schienen nun noch tiefer in den Höhlen zu liegen, ihr Mund wirkte noch eine Spur blauer, und dieses Mal schien es die echte Farbe zu sein. Frauke hätte so gern etwas Tröstendes gesagt, aber ihr fiel einfach nichts Vernünftiges ein.

Wieder ergriff Barbara das Wort und sagte: »Frauke hat also einen jungen Mann zum Freund und einen eigenen Kutter, und ich – habe nichts mehr.«

Abermals schwiegen die drei eine Weile. Frauke war zwar kurz versucht, die Sache mit dem jungen Mann aufzuklären, doch jetzt war nicht der richtige Moment, Barbara zu sagen, dass sie sie nur auf den Arm genommen hatte. Die musste erst einmal das andere Desaster sacken lassen.

Frauke hatte großes Mitleid mit den beiden. Sie schenkte Heinz jetzt doch eine Tasse Kaffee ein und holte ihm ein Brötchen mit Käseaufschnitt. Dankbar sah er sie an, als sie es auch belegte. »Nun iss erst mal was. Ohne wird das auch nicht besser.«

Barbara knabberte an ihrem Löffel, das Müsli hatte sie längst verdrückt. So saßen sie still da und hingen ihren Gedanken nach. Sie trösteten sich allein durch die Anwesenheit der anderen.

»Können wir denn im Sonnenuntergang bleiben?«, fragte Barbara schließlich leise. »Behalten wir unser Zuhause?«

»Wir werden zwar einigermaßen leben können, aber nicht hier in der Residenz.«

Barbara erstarrte, und Frauke befürchtete das Schlimmste.

*

Keno saß neben seiner Mutter im Wagen. Sie waren auf dem Weg nach Cuxhaven zu Opa Malte.

»Ich hoffe, er ist nicht sauer, dass ich nicht die gesamten drei Ferienwochen bei ihm bleiben möchte«, sagte er. »Aber mal ehrlich, Mama, ich bin sechzehn, ich kann auch tagsüber allein zu Hause bleiben und brauche keine Rundumbetreuung mehr.« Er grinste frech. »Oder muss ich inzwischen etwa auf Opa achtgeben?«

Kenos Mutter strich ihm übers Haar, aber er wich aus. »Mama!«, sagte er entrüstet. »Das macht man bei Jungs in meinem Alter doch nicht mehr!«

Sie seufzte, und Keno tat es schon wieder ein bisschen leid, dass er sie so angefahren hatte. Aber mit sechzehn wollte kein Teenager mehr wie ein junger Hund gekrault werden. Zum Glück nahm seine Mutter es sportlich. »Schon okay. Ich lass das in Zukunft.«

»Und du sagst auch nicht mehr kleiner Großer zu mir!«, stellte Keno klar. Dann war auch das leidige Thema erledigt, wenn sie schon dabei waren.

»Sag ich nicht mehr!«, versprach seine Mutter. »Opa wird schon zurechtkommen, ich dachte wirklich eher an dich, weil ich dir ein bisschen Abwechslung bieten wollte. Du weißt ja, dass wir uns keine Reise leisten können. Und ohne den Besuch bei Opa Malte hängst du in Burhave fest. Der Hit ist das schließlich nicht. Du betonst oft genug, dass wir hier in Hinterwald wohnen. Zumal deine Freunde alle in den Urlaub fahren werden.«

»Ich sag nicht Hinterwald, ich sah am Ar…«

»Stopp!«, unterbrach seine Mutter ihn. »Ich mag es nicht, wenn du so redest.«

»Okay, dann nicht am A… der Welt, sondern eben Hinterwald«, lenkte Keno überraschenderweise schnell ein.

Seine Mutter hob kurz die Hand, als wollte sie Keno doch wieder das Haar durchwuscheln, überlegte es sich dann aber anders und zog sie zurück.

Keno grinste.

»In Ordnung. Wir besprechen es gleich in Ruhe mit Opa. Dann müssen wir ihn eben zwischendurch immer mal besuchen. Und du hast recht: Für ihn ist es inzwischen wichtiger als für dich. Aber das darf nicht deine Sorge sein. Auch im Alter ist jeder seines Glückes Schmied, und Opa könnte noch eine Menge mehr aus seinem Leben machen, wenn er nur wollte. Vielleicht nimmt er es sportlich und sieht es als Chance, dass er nicht mehr für dich verantwortlich ist.«

*

Malte Willich freute sich, dass Sanja und Keno am Nachmittag kommen wollten, denn ein bisschen plagte ihn das schlechte Gewissen, weil er gestern nicht zu Kenos Geburtstag hatte fahren können. Aber die Reisegruppe war immens wichtig gewesen – immerhin war viel politische Prominenz dabei, und er ließ sich ja nur auf Termin buchen. Malte war froh, dass er auf diese Weise eine Aufgabe hatte, die ihm Freude bereitete und die ihn ein wenig aus seiner Einsamkeit holte.

Er war nach Sanjas Anruf schnell zu einem Café mit angeschlossener Konditorei gelaufen und hatte eine Platte Streuselkuchen gekauft. Seine Schwiegertochter liebte diesen Kuchen. Was Keno mochte, erschloss sich ihm nicht mehr. Seit etwa einem Jahr lebte sein Enkel in einem anderen Universum, zu dem er, der Opa, nicht gelangte, weil ihm die richtige Rakete und Abschussrampe fehlten. Es war anstrengend geworden, seit der Junge kein richtiger Junge mehr war, aber eben auch noch kein Mann.

Auf Malte machte Keno einen planlosen Eindruck, aber das war er von seinen Schülern gewohnt, sodass es ihn zwar nicht beunruhigte, aber durchaus öfter ein befremdliches Gefühl auslöste.

Ein bisschen fürchtete er Kenos Besuch in den Osterferien, denn sein Enkel konnte sich einfach nicht mehr für die Themen des Großvaters begeistern. Was ihm früher einen neugierigen Blick beschert und viele Fragen entlockt hatte, interessierte ihn nun nicht mehr. Keno war es vollkommen gleichgültig, wie alt die Gebäude in der Stadt waren. Es ließ ihn kalt, wie sich die Seefahrt entwickelt hatte, von seinen Forschungen zu den verschiedenen bedeutenden Persönlichkeiten in Cuxhaven ganz zu schweigen. Und selbst das einst so geliebte Gemüsebeet entlockte Keno nur noch ein müdes Lächeln.

»Aber wir werden schon etwas finden, wie ich die Zeit mit dem Jung rumkriege«, murmelte Malte. »Schließlich ist er alles, was mir geblieben ist.«

Manchmal überkam Malte große Wehmut. Sein Sohn war weit weg und meldete sich nur, wenn man sich eben hören lassen musste. Zum Beispiel, weil Feiertage anstanden und es schäbig gewesen wäre, den alleinstehenden Vater nicht anzurufen.

Oft war Malte versucht, Keno zu begeistern, indem er ihm von vergangenen Zeiten erzählte, aber das interessierte seinen Enkel wohl auch nicht. Und wenn er ehrlich war: Alles sollte er auch nicht wissen, sonst kam er noch auf dumme Gedanken und würde sich womöglich ähnlich benehmen wie sein Großvater damals.

Es gab Dinge, die behielt man besser für sich. Immerhin hatte er seinerzeit sogar eine eigene Cannabis-Plantage gehabt und sich mit dem Verkauf der Pflänzchen die Fahrtkosten zu den Demos verdient. Außerdem war Malte auch immer gut darin gewesen, Fruchtweine zu keltern und Biere zu brauen.

Das hatte ihm damals viel Anerkennung gebracht, denn seine Sorten waren einzigartig und sehr speziell, weil sie wunderbare Geschmacksnuancen aufwiesen.

Malte zupfte sein Hemd zurecht und ärgerte sich wieder einmal über sich selbst, weil ihm heutzutage wichtig erschien, dass es sauber gebügelt war und akkurat saß, während er sich früher keinen Deut darum geschert hatte, wie er aussah. Damals war es einzig und allein darum gegangen, dass man überhaupt etwas anhatte, und am wichtigsten war es natürlich, auf keinen Fall spießig herumzulaufen. Karierte Hemden waren angesagt gewesen und am liebsten Jeans mit Flicken, um nur ja nicht den Anschein zu erwecken, man trüge etwas Neues. Das Gesicht wurde von einem langen, dichten Bart umrahmt, Friseure waren nur was für Leute aus dem Establishment, die keinen Hintern in der Hose hatten. Klamotten wurden auf dem Flohmarkt gekauft oder untereinander getauscht, weil das ein sinnvoller Beitrag zum Umweltschutz war, denn das wurde schon damals plötzlich zum Thema. Anders musste man sein. Anders als der Rest der Welt.

Und heute? Heute war er so angepasst, dass er in der Masse einfach unterging.

Sein Weg in diese Richtung war schleichend gewesen und hatte begonnen, nachdem seine Windsbraut der Ansicht gewesen war, es sei für sie besser, ohne ihn durchs Leben zu gehen, und von einem Tag auf den anderen davongeschwebt war. In der Zeit danach war es anstrengend geworden, täglich vor dem großen Nichts zu stehen. Das Nichts, das beinhaltete, dass man zwar zum Schein studieren ging und in der Uni abhing, aber kein richtiges Ziel hatte, auf das man hinarbeiten konnte. Seine Freunde schienen das Problem etwas eher erkannt zu haben als er, und sie dezimierten sich nach und nach. Plötzlich gingen sie arbeiten und waren von einem Tag auf den anderen genau jenen Zwängen ausgesetzt, gegen die sie zuvor lautstark protestiert hatten – nur gab es keiner zu.

An Maltes Seite geblieben waren nur verkrachte Existenzen, bei denen sich schnell herausstellte, dass sie eher an den Cannabis-Pflanzen interessiert waren als an ihm. Als er seine Plantage über Nacht rodete und die Gewächse verbrannte, waren die sogenannten Freunde schlagartig verschwunden und Malte allein.

Und so wurde aus dem Roten Oskar ganz langsam wieder Malte Willich. Er studierte in einer atemberaubenden Geschwindigkeit zu Ende, absolvierte sein Referendariat und fand eine Stelle am Gymnasium in seiner Heimatstadt Bremen. Dort versuchte er, den Schülerinnen und Schülern Geschichte und Werken beizubringen, was ihm aber meist nur halbwegs gelang, denn ihm fehlte bei seinen Unterrichtsmethoden der Pfiff.

Dann lernte er Wilma kennen und lieben. Er heiratete sie vom Fleck weg, weil er nicht wollte, dass sie wieder ging, so wie die Windsbraut. Als ihr Sohn auf die Welt kam, erschien Malte das Leben perfekt, und er war zufrieden.

Das ging so lange, bis Wilma starb und ihm klar wurde, dass sie wirklich nie mehr zu ihm zurückkommen würde. Und dann, im Laufe der Zeit, gewannen die Erinnerungen an seine wilden Jahre immer stärker die Oberhand und mit ihnen auch die an seine Windsbraut. Aber von ihr hatte er sich ja nun endgültig mit der Flaschenpost verabschiedet und konnte sich folglich wieder von den seichten Wellen des Daseins treiben lassen.

Malte wagte nicht mehr, die Segel neu zu setzen und in stürmischere Gewässer zu segeln – und er hätte auch gar nicht sagen können, was er hätten ändern wollen.

Er schrak zusammen, weil es klingelte. Das mussten Keno und Sanja sein! Und er saß hier herum und hing seinen Tagträumen nach. Er wurde langsam alt und sollte sich zusammenreißen.

Malte schlurfte zur Tür. Seine Wohnung befand sich im ersten Stock, sodass er den Knopf betätigte, der die Haustür öffnete. Zuvor fragte er aber routinemäßig nach, wer unten stand. Man konnte nie vorsichtig genug sein.

Kurz darauf kamen ihm Sanja und Keno auf der Treppe entgegen.

»Da seid ihr ja«, sagte er voller Freude. »Wie schön, dass ihr mich besuchen kommt! Ich wäre sonst zu euch gefahren, schließlich muss ich Keno doch noch zum Geburtstag gratulieren!« Er wollte seinem Enkel übers Haar streichen, doch der neigte den Kopf zur Seite.

»Ich bin jetzt sechzehn!«, sagte er mit einem Grinsen.

»Dann herzlichen Glückwunsch!«

Sanja drückte ihn. Sie roch immer frisch, ein bisschen nach Pfirsich. »Wir wissen, dass du uns gern besucht hättest, aber so passt es doch auch. Danke, Vater.« Sie nannte ihn immer Vater, weil es keinen anderen gab, den sie so hätte nennen können.

»Es ist wunderbar, dass ihr da seid. Dann kommt mal rein. Ich habe extra Streuselkuchen besorgt, den mögt ihr ja gern.« Malte schaute zu Keno, der lässig mit den Schultern zuckte. »Zucker ist ungesund«, gab er zurück, lächelte dann aber und sagte: »Hauptsache, es ist genug da!«

Sie schoben sich in den engen Flur und von dort ins Wohnzimmer, von wo aus man in Richtung der Alten Liebe, dem Wahrzeichen der Stadt, gucken konnte. Von der Küche aus hatte er einen Blick in den Garten, sodass er das Gemüsebeet immer bewachen konnte. Katzen, die sich dort erleichtern wollten, ließen sich so fortjagen, aber gegen die Nacktschnecken war er von hier oben aus machtlos.

Malte hatte den Tisch bereits gedeckt. Die Servietten lagen akkurat gefaltet auf den Tellern, Löffel und Kuchengabeln in einem exakten Winkel. Als Malte seine Perfektion bemerkte, war es ihm direkt ein wenig unangenehm. Denn es setzte sich in der gesamten Wohnung fort. Die Räume trugen noch Wilmas Handschrift, aber er musste zugeben, dass er sehr altbacken und ordentlich eingerichtet war. Die gute deutsche und dunkle Eiche hatte Oberhand in allen Räumen, dazu hingen Gardinen vor den Fenstern und sperrten das Sonnenlicht aus.

Es war ihm einfach nicht gelungen, Dinge in seinem Leben zu verändern. Deshalb standen auch die Goldrandvasen noch genauso auf den Spitzendeckchen, wie Stickbilder die Wände zierten. Das Bad war noch immer in Dunkelgrün gefliest, obwohl Malte die Farbe furchtbar fand und es längst hätte renovieren sollen. Stattdessen floh er oft aus der Wohnung und beschäftigte sich lieber mit der Geschichte seiner Stadt.

»Wollen wir Kaffee trinken und dann ein bisschen am Meer spazieren gehen?«, fragte er.

»Gern, Vater«, sagte Sanja.

Sie und Keno nahmen Platz. Malte legte ihnen jeweils ein Stück Kuchen auf die Teller und goss Kaffee ein. »Lasst es euch schmecken.«

Danach herrschte für eine Weile betretenes Schweigen. Malte wurde das Gefühl nicht los, dass den beiden etwas auf der Seele brannte. Als er es nicht mehr aushielt, beschloss er, die Flucht nach vorn anzutreten. »Wann kommt Keno denn in den Ferien und wie lange? Ich muss es ja planen. Wegen des Einkaufs und so.«

»Genau darüber wollten wir mit dir reden«, sagte Sanja, sichtlich erleichtert, dass er es angesprochen hatte. »Keno hat für die Ferien diesmal ein paar andere Pläne.«

Fragend schaute Malte seinen Enkel an.

Keno wurde wider Erwarten rot. »Ja … es ist so, dass ich gestern eine Frau kennengelernt habe.«

»Bist du dafür nicht ein bisschen jung?«, unterbrach Malte ihn. Das klang doch besorgniserregend, warum also zuckten Sanjas Mundwinkel, als könnte sie das Lachen kaum zurückhalten?

»Eine Frau, die so alt ist wie du«, stellte Keno klar. »Sie hat einen Kutter, will ihn umbauen, und ich dachte, dass ich ihr vielleicht ein bisschen dabei helfen kann. Du weißt ja, wie gern ich herumhämmere oder anstreiche.«

Malte schürzte die Lippen. Entgegen seiner Befürchtung plante Keno nicht, sich drei Wochen lang hinter seinem Computer zu verschanzen. Handwerkliche Arbeit hatte noch keinem geschadet, so gesehen befürwortete er das Vorhaben. Ein weiterer Vorteil bestand darin, dass er dieses schwierige Wesen nicht die ganze Zeit bespaßen musste. Soweit die eine Seite. Die andere aber stimmte ihn traurig. Er würde weiterhin allein sein und hätte keine oder nur wenig Abwechslung.

»Dann kommst du gar nicht her?«, hakte er nach und hoffte, dass seine Enttäuschung nicht zu sehr durchklang.

»Doch, aber nicht die ganze Zeit.« Keno wirkte sichtlich erleichtert, jetzt, wo es heraus war.

Malte war sehr froh, dass er doch noch eine kleine Rolle bei der Planung spielte. Er beschloss, das Beste daraus zu machen. Etwas anderes blieb ihm ohnehin nicht übrig. Er schenkte allen etwas Kaffee nach und zeigte auffordernd auf die Kuchenplatte, die schnell geleert war.

»Wenn du dann bei mir bist, machen wir es uns schön«, sagte er schließlich. »Wie ich es sehe, seid ihr satt? Hat euch der Streuselkuchen gut geschmeckt?«

»War lecker, danke, Opa«, sagte Keno, und Malte wurde das Gefühl nicht los, dass seinen Enkel doch das schlechte Gewissen plagte. Er lächelte ihm aufmunternd zu. »Du musst dir keine Gedanken machen, Keno. Es ist für mich kein Problem, wenn du in Burhave bleibst. Du bist kein kleiner Junge mehr, und es ist in Ordnung, wenn du deine Ferien ein bisschen anders gestalten möchtest.«

Keno stand auf und umarmte seinen Opa kurz, ließ ihn dann aber erschrocken los und räusperte sich.

Malte versuchte, die Situation etwas zu entschärfen, indem er sagte: »Und nun ab zum Meer! Wenn ihr doch schon mal hier seid, müsst ihr wenigstens einmal am Strand gewesen sein.«

Keno lachte auf. »Opa, wir wohnen selbst am Wasser.«

»Aber nicht richtig am Meer«, beharrte Malte. »Das ist die Wesermündung und etwas völlig anderes. Hier habt ihr die Weite und die echte See.«

Keno winkte ab, und Malte biss sich auf die Lippen. Er sollte sich abgewöhnen, immer recht haben zu wollen. Es war zu schön, dass sein Enkel trotz der neuen Pläne auch bei ihm vorbeischauen wollte. »Ist auch egal, etwas frische Luft tut uns gut.«

# Kapitel 6

Frauke saß an Deck ihres Kutters und ließ sich die Nachmittagssonne ins Gesicht scheinen. Es war ein so wunderbarer Tag! Die Wellen klatschten leise gegen den Rumpf des Schiffes, das dabei allerdings nicht schaukelte, denn dazu waren sie nicht kräftig genug. Am Kai stritten sich zwei Silbermöwen um ein gestohlenes Brötchen, und über ihr keckerten zwei Lachmöwen. Eine wagte sich schließlich heran und beäugte Frauke mit schräg gestelltem Kopf. Als sie darauf nicht reagierte, kreischte der Vogel einmal kurz auf und hob wieder ab. Frauke grinste. Sie ließ sich doch von einer Möwe nicht foppen! Ach, wie liebte sie es, einfach nur hier zu sitzen, in dem Wissen, dass sie das von nun an jeden Tag würde tun können! Niemand konnte sie davon abhalten. Wenn erst alles fertig war, musste sie nie mehr in den Sonnenuntergang zurück. Nur wenn ihr danach war, weil sie vielleicht Barbara und Heinz besuchen wollte. Wobei es wohl fraglich war, ob sie noch lange dort wohnen konnten. Ganz deutlich war Heinz nicht geworden, aber rosig erschien die ganze Situation nicht.

Die beiden waren nach dem Frühstück in ihr Appartement verschwunden, denn sie wollten erst einmal allein sein und besprechen, was der Verlust dieser hohen Summe tatsächlich für sie bedeutete.

Frauke befürchtete, dass mögliche Einschränkungen vor allem für Barbara ein harter Schlag sein würden. Das große Geld hatte Heinz also machen wollen mit so komischen Sachen wie Bitcoins. Das war doch nichts für Leute in ihrem Alter! Sie hatten gelernt, dass man sein Einkommen durch Arbeit verdiente und nicht in einer Scheinwelt. Er hätte sie nur fragen müssen, sie hätte es ihm schon gesteckt. Frauke seufzte und hoffte, die beiden fanden eine gute Lösung für ihr Problem.

Als am Kai ein Kind aufschrie, kniff sie die Augen zusammen und schaute hin. Auf der gegenüberliegenden Seite war an diesem Sonntagnachmittag viel los, denn Fedderwardersiel war ein beliebter Ausflugsort. Viele würden gleich in die kleinen Restaurants stürmen oder sich Fisch aus der auch am Sonntag geöffneten Genossenschaft mitnehmen. Zuvor bestaunten sie die bunten Kutter, die hier aufgereiht festgemacht hatten und – bis auf die Alte Liebe – Roter Oskar – morgen schon sehr früh mit der Flut zum Fischen in See stechen würden, um mit frischem Granat, Butt und anderem Fang zurückzukehren.

Frauke griff nach der Wasserflasche, die sie neben sich auf den Boden gestellt hatte. Heute war ein ganz besonders schöner Tag, noch ein bisschen wärmer als gestern. Sehr ungewöhnlich für März. Frauke brauchte nicht einmal eine Jacke. Ihre Steppweste hatte sie über die Lehne gehängt. Sie würde sie später benötigen, wenn die Sonne tiefer stand. Aber jetzt – jetzt genoss sie die Wärme in vollen Zügen.

Vorhin hatte sie inspiziert, wo die größten Baumaßnahmen anfallen würden, und alles auf einem langen Zettel vermerkt. Je länger sie herumgegangen war, desto mehr Schäden waren ihr aufgefallen. Wenn sie tatsächlich vorhatte, die Sommermonate über auf dem Kutter zu leben und ab und zu aufs Meer hinauszufahren, gab es eine Menge zu tun. Grundsätzlich war das Schiff natürlich voll funktionstüchtig, aber sie wollte auf dem Kutter leben, und dazu bedurfte es einfach mehr als eines funktionierenden Motors.

Morgen würde sie damit loslegen, ihre Pläne umzusetzen, und seit Langem regte sich in ihr zum ersten Mal wieder so etwas wie Lebensfreude. Erneut schloss sie die Augen.

Jetzt hörte sie nicht nur das leise Glucksen der Wellen gegen den Schiffsrumpf, sie spürte nicht nur die Sonnenstrahlen auf ihren Wangen. Nein, sie genoss alles mit jedem ihrer Sinne. Sie saugte es in sich auf und freute sich, dass ihr das Schicksal eine solche Chance bot.

Für sie lief es gut, sie würde sich alles leisten können, was sie sich wünschte, denn sie verfügte noch immer über erhebliche finanzielle Mittel. Gut, dass sie keine Ahnung von solchen komischen Coins hatte, die offenbar Begehrlichkeiten weckten, die dann nicht erfüllt wurden.

Dann wanderten ihre Gedanken weiter. Ob dieser Keno tatsächlich einmal vorbeikommen würde? Es wäre prima, sie schätzte ihn als sehr aufgeweckt ein, und er würde ein bisschen Farbe in ihren Alltag bringen. Es war spannend zu erfahren, wie die Jugend von heute so tickte.

»Ich kann ihm doch mal ein Bild vom Kutter schicken«, murmelte sie. »Dann weiß er zumindest, dass ich keine durchgeknallte Alte bin und wirklich ein Schiff besitze.«

Frauke griff zu ihrem Handy, holte die Lesebrille aus der Tasche und suchte die Nummer von Keno. Dann tippte sie mit flinken Fingern eine Nachricht.

Ich sitze auf meinem Kutter und habe alles kalkuliert. Morgen kümmere ich mich um Material und Handwerker.
Liebe Grüße
Frauke Hansen

Sie schickte die Nachricht los. Und nun noch das Beweisfoto. Sie setzte sich so hin, dass man auch das Ruderhaus im Hintergrund erkennen konnte. Selfie nannte man das.

Dann lächelte sie freundlich, drückte auf den Knopf und sendete das Foto mit dem Untertitel: Ich auf meinem Kutter!

Zufrieden wollte sie das Handy zurückstecken, doch dann schaute sie sich das Bild vorsichtshalber noch einmal an und zuckte zusammen. Verdammt, das hätte sie vorher tun sollen! Was hatte sie denn jetzt angestellt? Auf dem Foto war nicht nur sie abgelichtet. Sie hatte vielmehr die Möwe hinter sich fotografiert. Gut getroffen, das ja, denn sie hielt schelmisch den Kopf schief, und der Farbkontrast zwischen dem weißen Gefieder und dem Wasser war auch phänomenal. Leider setzte sie gerade sichtlich einen legendären Klecks ab, was Frauke auch wunderbar eingefangen hatte. Störend auf dem Foto war einzig sie selbst oder besser das, was man von ihr sah. Dieses Stück Haarkranz mit einem Hauch von faltiger Stirn. Das mit den Selfies musste sie definitiv noch üben, aber passiert war passiert. Frauke wusste, dass man die Nachricht irgendwie löschen konnte, aber ihre digitalen Kenntnisse reichten nicht so weit, sie auch ausführen zu können.

Erst wollte Frauke ein weiteres Foto machen, aber bevor sie dazu kam, sah sie, dass Heinz und Barbara mit strammen Schritten auf den Kutter zusteuerten. Na gut, dann glaubte Keno eben, sie wäre neuerdings eine kackende Möwe. Frauke steckte das Handy weg.

»Hallo, ihr beiden!« Sie winkte fröhlich, doch den Gesichtern ihrer Freunde war anzusehen, dass sie ihre gute Laune wohl erst einmal in die Mottenkiste gepackt hatten. Frauke senkte den Arm wieder. Die Situation war schwierig. Sie befand sich mit großem Schwung vor dem Umbruch ihres Lebens – und die beiden?

»Hallo, Frauke«, antwortete Heinz, als sie den Kutter erreicht hatten. »Dürfen wir an Bord kommen?«

»Klar. Es sind noch Sitzgelegenheiten da.« Frauke sprang auf und holte aus der Luke zwei Plastikklappstühle, die einen überaus desolaten Eindruck machten. Heinz war recht beleibt, und sie hoffte, dass es zu keinem Unfall kam. Es wäre gut, wenn er nur sehr vorsichtig Platz nahm.

Barbara warf einen angewiderten Blick auf die vergilbten Sitzflächen. »Die passen überhaupt nicht auf einen Kutter«, sagte sie. »Und sie sind sehr schmutzig.«

Frauke zog die Mundwinkel bedauernd nach unten. »Das stimmt, aber ihr habt zum Kartenspielen auch immer darauf gesessen. Das ist allerdings schon über ein halbes Jahr her, und besser sind diese Möbelstücke den Winter über nicht geworden.« Sie zuckte bedauernd mit den Schultern. »Ihr kennt sie mit Kissen. Aber etwas anderes habe ich zurzeit nicht. Auf solche Dinge hat Fiete einfach keinen großen Wert gelegt.«

In Gedanken fügte sie ihrer Liste noch Stühle und einen hübschen Tisch hinzu. Das Ganze mit rot-weiß gestreiften Auflagen und einer passenden Tischdecke. Beides würde sich harmonisch in die Farbgestaltung des Kutters einfügen. Hach, würde das schön aussehen! Auf dem Tisch sollten stets frische Blumen stehen. Jetzt im März Tulpen, im Sommer eine bunte Mischung aus Sommerblumen und im Herbst Astern.

»Ich gucke mal, ob ich die Kissen oder Auflagen finde«, sagte sie, denn irgendwo musste Fiete sie ja vergraben haben. Frauke tauchte ein zweites Mal mit dem Kopf in die Luke und beförderte drei Stuhlauflagen heraus, die wegen der Löcher an den Kanten und den vielen Flecken allerdings zum Fürchten aussagen. Der Stoff hatte ein braunes, florales Muster, das aber von zahlreichen Ölflecken überlagert wurde.

Barbara verzog das Gesicht ein weiteres Mal. »Ich sag dann mal nichts«, rang sie sich schließlich ab. »Besser auf den Dingern sitzen, als auf dem kahlen weißen Kunststoffsitz und sich womöglich eine Blasenentzündung zu holen. Am Mors ist es dann doch immer schnell kühl.«

Frauke verkniff sich ein Grinsen, weil Barbara, so vornehm sie sich auch sonst gab, doch immer mal wieder norddeutsche Begriffe verwendete. So wie sie nun nicht Gesäß, sondern Mors gesagt hatte. Es zeigte, dass sie eigentlich nur eine Rolle spielte und tief im Herzen einfach Barbara war.

Dann aber schien ihrer Freundin eine weitere Idee zu kommen. »Hast du vielleicht ein Handtuch, das ich darauflegen könnte? Das hat der gute Fiete auch immer getan.«

Frauke runzelte leicht die Stirn, ging in die Kajüte und fand tatsächlich ein zerschlissenes, gelbes Handtuch, das aber wenigstens sauber war.

Derweil hatte Heinz die Auflagen schon auf den Stühlen platziert. Barbara legte das Handtuch auf die Sitzfläche und prüfte den Sitz bestimmt dreimal, ehe sie sich darauf sinken ließ.

»Kannst du dich vorsichtig setzen?«, bat Frauke Heinz.

Er sah sie fragend an. »Die Stühle sind alt, und ich weiß nicht, welchem Gewicht sie noch standhalten«, rückte sie heraus. Hoffentlich war ihr Freund jetzt nicht beleidigt.

Doch Heinz nahm es locker und prüfte die Festigkeit tatsächlich erst einmal.

Erst dann nahm auch Frauke Platz und genoss es, ein weiches Kissen unter dem Po und im Rücken zu haben. Sie hätte auch selbst darauf kommen können, eine Auflage herauszuholen. Nur hatte sie das den ganzen Nachmittag nicht vermisst, warm wie es war.

Nun aber stand die Sonne schon tiefer, und es kühlte sich ein wenig ab. Sie saßen eine Weile beisammen, redeten über den warmen März, suchten den Seehund, und das Gespräch plätscherte träge vor sich hin.

Frauke wusste allerdings, dass die beiden nicht nur gekommen waren, um mit ihr Small Talk zu machen. Vermutlich wussten sie nur nicht, wie sie mit dem eigentlichen Thema beginnen sollten. Am besten, ich biete ihnen etwas an, dachte sie bei sich. »Käffchen?«

Kaffee war immer gut, schaffte eine entspannte Atmosphäre und würde ihren Freunden guttun.

Heinz nickte sogleich erleichtert, während Barbara jetzt vor sich hin stierte, was Frauke als Zustimmung wertete. Sie stand auf und schob den Plastiktisch, der ähnlich wie die Stühle eine grau gefleckte Färbung angenommen hatte, zu den Stühlen.

Dann ging sie in die Kajüte, um den Wasserkocher anzumachen. Vorsichtshalber warf sie einen Blick hinein. Es war sicher eine gute Idee, ihn vor dem Gebrauch auszuspülen, ihn bei Gelegenheit zu entsorgen und gegen ein neues Modell zu tauschen.

Sie reinigte ihn notdürftig und gab dann frisches Wasser hinein. Anschließend sah sie sich um. Wie sie vorhin schon festgestellt hatte, musste in der Kajüte renovierungstechnisch am meisten passieren, wenn sie eine anständige Kombüse haben wollte, in der sie auch wirklich kochen und gemütlich sitzen konnte, sollte das draußen mal des Wetters wegen nicht möglich sein.

Zwar gab es im hinteren Teil ein schmales Bett im Anschluss an den Wohnbereich, der mit einer eingebauten Bank und einem Tisch ausgestattet war, auf dem man notfalls nächtigen konnte, aber alles war viel zu eng, roch nach Fisch, und sowohl das Holz als auch die aufgelegten Polster waren ähnlich schäbig wie die Stuhlkissen draußen. Für einen Fischer bei der Arbeit hatte all das gereicht, aber nicht für jemanden, der hier wohnen und leben wollte, so wie sie es plante. Am liebsten hätte Frauke alles rausgerissen und anders eingebaut.

Die Küche bestand derzeit aus einem Hängeschrank, der sich nach vorn neigte und bei dem sich Frauke fragte, wie er die Kutterfahrten bislang überstanden hatte, ohne von der Bordwand zu fallen. Vor allem, wenn Seegang herrschte.

Dann gab es eine zerkratzte und braun gefärbte Spüle und eine verkrustete Herdplatte nebst diesem Wasserkocher, der jetzt eigenartige Töne von sich gab und wirkte, als wäre er kurz vor dem Verrecken.

Fiete hatte sich höchstens mal einen Kaffee oder Tee aufgebrüht und ein Fertiggericht aus der Dose in dem einzigen Blechtopf erhitzt. Teller gab es keine, denn er hatte seinen Pichelsteiner Eintopf oder die Mockturtle aus dem Topf gelöffelt. Immerhin gab es ein wenig zusammengewürfeltes Besteck.

Frauke betätigte die Schiebetür des Hängeschranks und war froh, als sie dahinter vier Henkelbecher aus Emaille vorfand. In einem hockte eine freundlich aussehende Spinne mit langen Beinen, die sich über Fraukes Besuch allerdings nicht freute und eilig in der hintersten Ritze verschwand.

»Leider muss ich dich bei Gelegenheit aus deinem Zuhause entfernen«, sagte Frauke.

Wo waren bloß die Gläser abgeblieben, aus denen sie beim Kartenspiel getrunken hatten? Vermutlich hatte Fiete sie den Winter über mit in seine Wohnung genommen, um sie mal gründlich abzuwaschen – und sie dann vergessen. So wie er in der letzten Zeit viele Dinge vergessen hatte, weil anderes so viel wichtiger gewesen war als Gläser auf dem Kutter.

Frauke reinigte die Becher mit einem Rest Spülmittel, das sie auf der Spüle fand. Dann suchte sie nach Kaffee.

Zum Glück entdeckte sie eine Dose mit löslichem Pulver, das allerdings schon ziemlich eingetrocknet war. Um ein paar Portionen daraus zu lösen, schlug sie die Büchse ein paarmal gegen die Kante der Spüle, dann konnte sie für jeden einen Teelöffel entnehmen.

Hauptsache Barbara bemerkte nicht, was genau sie ihnen zubereitete, denn Frauke mochte nicht einmal selbst darüber nachdenken.

Der Kocher zischte und brummte noch immer. Er brauchte eine Weile, bis er das Wasser erhitzt hatte, aber schließlich konnte sie den Kaffee aufgießen. Er roch wider Erwarten gut, und Frauke genoss die leichten Röstaromen, die jetzt durch die Kombüse waberten und den Fischgestank überdeckten. Nur mit Zucker und

Milch konnte sie nicht aufwarten. Aber Luxus war im Augenblick auf der Alten Liebe – Roter Oskar eben nicht zu erwarten.

Als Frauke aus der Kajüte trat, saßen Barbara und Heinz noch immer mit unbeweglichen Mienen auf ihren Stühlen und wandten kaum den Kopf, als sie ihnen die Kaffeebecher reichte. Es sah aus, als hätten sie die ganze Zeit kein einziges Wort miteinander gewechselt.

Nun galt es, die Stimmung ein wenig aufzulockern, denn es war wichtig, dass die beiden loswurden, was genau das Verspekulieren von Heinz für ihre Zukunft bedeutete. Deshalb versuchte es Frauke mit einem lockeren Tonfall. »Ich kann euch den Kaffee leider nur schwarz anbieten, weil ich weder Zucker noch Milch hierhabe. Ich hatte mir aus dem Sonnenuntergang eine Thermoskanne mit Tee mitgenommen, aber die ist schon leer. Sobald ich mit dem Umbau fertig bin, bekommt ihr alles, was ihr möchtet. Bis dahin gibt es leider nur das lösliche Gebräu.«

»Wir sind auch mit wenigem zufrieden«, antwortete Barbara mit weinerlicher Stimme. »Mit ganz wenigem. Uns bleibt zukünftig schließlich nichts anderes übrig, nicht wahr, Heinzi?«

Frauke sah sie verdutzt an. Das waren völlig neue Töne aus Barbaras Mund. »Ach Barbara«, begann sie mitleidig. »So schlimm?«

Barbara nickte. »Ich kann mir zukünftig keinen Luxus mehr leisten«, stöhnte sie theatralisch. »Unser Leben ist vorbei!« Dann sagte sie leise: »Und du hast alles. Den Kutter, die Liebe …«

Frauke wollte eben ansetzen, jetzt endlich klarzustellen, dass sie gar keinen Liebhaber hatte, als sich Heinz räusperte, es förmlich aus ihm herausbrach und ihre Chance vertan war. »Wir sind am Ende! Barbara wird sogar ihren Schmuck veräußern müssen. Sehr ärgerlich, dass ich nicht immer zu hochwertigem Material gegriffen habe, als es noch ging. Doch da war ich zu geizig, und das rächt sich nun. Wäre nicht so viel Tand dabei, hätten wir jetzt wenigstens ein paar Rücklagen mehr.«

Frauke zog die Brauen hoch. Immerhin hatte sie mit der Vermutung richtiggelegen, dass an Barbaras Hals nicht alles Gold war, was glänzte.

»Geht es etwas genauer? Also, wie ist eure Lage wirklich?« Frauke nahm einen Schluck und verzog angewidert das Gesicht. Der Kaffee mochte zwar nach Röstaromen duften, er schmeckte jedoch nach Plörre und abgestandenem Wasser und war eine Beleidigung für den Gaumen eines Genießers, der wusste, wie Kaffee zu schmecken hatte.

Heinz und Barbara nippten ebenfalls daran, bemerkten aber den faden Geschmack offenbar nicht. Ihre Sinne waren wegen ihrer Pleite wohl völlig lahmgelegt.

Frauke wartete, bis Heinz sich gesammelt hatte. »Also wir sind arg abgebrannt«, rang er sich schließlich ab. »Ich habe all unser Privatvermögen verzockt, und uns bleibt nur die stinknormale Rente, von der wir aber die Residenz keineswegs bezahlen können, wenn wir uns noch ein bisschen Leben drum herum leisten wollen. Deshalb werden wir den Sonnenuntergang wirklich verlassen müssen.«

Frauke zuckte zusammen. Dass es so dramatisch war, hatte sie nicht erwartet. »Ihr müsst wirklich ausziehen?« Sie schluckte und war versucht, die beiden in den Arm zu nehmen, aber ihre versteinerten Gesichter hinderten sie daran. Frauke schüttelte fassungslos den Kopf. Sie hatte es schon schlimm gefunden, dass Heinz offenbar viel Geld verballert hatte, aber wegen Bitcoins, die etwas so Vages und für sie Unvorstellbares waren, ihr geliebtes Zuhause unfreiwillig verlassen zu müssen, überstieg dann doch alles. Es dauerte, ehe sie sich gefangen hatte. Nun verstand sie die versteinerten Gesichter und begriff, dass Barbara dieses Mal nicht übertrieben hatte.

»Das kann doch nicht sein …«, stammelte sie. »Ihr wart immer gut betucht … Habt ihr denn keinerlei andere Rücklagen, von denen ihr euer Appartement bezahlen könnt?«

Heinz schüttelte den Kopf. »Nein, ich habe tatsächlich alles verzockt, weil ich dachte, ich mach was ganz Großartiges und kann meiner Frau am Lebensabend noch einmal so richtig etwas bieten. Ja, das habe ich wirklich geglaubt.« Er hatte ziemlich rote Augen und schien den Tränen nahe.

»Alles einfach so weg«, bestätigte Barbara mit düsterer Stimme. »Klingt komisch, dieses … weg.«

»Und deine Rente, Barbara?«, fragte Frauke. »Seht mal nicht so schwarz. Andere kommen auch mit weniger aus.«

Barbara stotterte: »Ich … ich habe mir meine Rente auszahlen lassen, weil sie ohnehin gering war. Ich habe doch nicht gearbeitet, sondern Heinz versorgt. Da ist also nichts mehr, weißt du.«

Frauke schüttelte über so viel Dummheit den Kopf. Wie konnte Barbara so unvorsichtig sein! Vermutlich hatte sie sich von ihrer Altersvorsorge irgendeinen Kram gekauft, der ihr nun kein bisschen nützte.

»Es ist blöd, dass ihr aus dem Sonnenuntergang ausziehen müsst«, sagte Frauke schließlich. »Wenn ihr aber auf etwas kleinerem Fuß lebt, dann könnt ihr von Heinz' Rente einigermaßen leben. Ihr seid nur zu zweit, und er muss doch gut verdient haben, sonst hättet ihr nie im Sonnenuntergang einziehen können«, fuhr Frauke fort.

Barbara schluchzte auf. »Das wird nichts, weil wir zudem horrende Schulden haben. Heinz hat immer wieder in seine Bitcoins nachgezahlt. Er hat Geld gesetzt, das wir gar nicht haben, sondern dafür einen Kredit aufgenommen. Jetzt werden wir von seiner Rente auch noch die Schulden abtragen müssen! Viel bleibt am Ende nicht.«

»Puh!«, entfuhr es Frauke. Der Berg wurde immer größer.

Die ganze Sache hatte etwas von diesem Märchen vom Fischer und seiner Frau. Barbara war nie zufrieden und wollte immer mehr, als da war – und jetzt waren sie ziemlich tief gefallen. So schnell wusste auch Frauke keinen Rat.

»Bestimmt sitzen uns schon bald die Schuldeneintreiber im Nacken!« Barbara steigerte sich wieder in ihre Panik hinein. »Nachher ermorden sie uns noch, weil wir nicht schnell genug mit der Rückzahlung sind! Das sieht man auch immer in Krimis. Zack, hat man eine Kugel im Kopf!«

Das fand Frauke dann doch übertrieben. »Ihr habt die Schulden bei der Bank?«

Heinz bestätigte das und griff nach der beringten Hand seiner Frau, die noch blasser schien als vorhin. Immerhin haftete der blaue Lippenstift inzwischen am Rand der Kaffeetasse, die nun aussah, als hätte man sie mit Filzstift angemalt.

»Dann kann ich euch beruhigen«, sagte Frauke. »Banken arbeiten in der Regel nicht mit Killern.«

»Aber im Fernsehen …«, wiederholte Barbara und nagte an ihrer Unterlippe.

»Wir leben aber in der Realität, und mir ist kein einziger Fall bekannt, bei dem eine Bank ein Killerkommando losgeschickt hat«, beschwichtigte Frauke sie weiter.

Barbara atmete erleichtert aus. »Dann ist es ja gut. Ich war schon in Sorge, dass sie gleich hier anrücken. Sonnenbrille auf und peng.«

Frauke erwiderte darauf nichts. Solche Ideen konnte auch nur Barbara haben. Heinz sollte das gemeinsame Fernsehprogramm mal überdenken. »Ihr seid also verschuldet, weil ihr alle Ersparnisse und einen Kredit für diese Bitcoins verwendet habt«, fasste sie die Lage zusammen.

»Heinz hat das gemacht«, sagte Barbara. »Nicht ich.«

»Gut, dann Heinz.« Frauke fand das jetzt unerheblich, aber wenn Barbara darauf bestand, dann eben Heinz.

»Habt ihr schon mit der Leitung vom Sonnenuntergang gesprochen?«, fragte Frauke. »Es muss doch Wege geben, damit ihr ein Dach über dem Kopf habt und vielleicht auch wohnen bleiben könnt.«

Wieder schüttelten beide den Kopf. »Die Residenz ist einfach zu teuer, und du weißt selbst, was auch andere Seniorenunterkünfte kosten, wenn man keine Pflegestufe hat.«

Frauke seufzte. Da hatte Heinz natürlich recht. Menschen mit einem Durchschnittseinkommen konnten es sich nicht leisten, so zu wohnen wie sie.

Wieder ein Grund mehr, etwas bescheidener zu werden, dachte Frauke. Beide Füße zurück auf den Boden stellen und mit weniger zufrieden sein.

Der Kaffee in den fleckigen Emaillebechern war inzwischen kalt, keiner der drei hatte mehr Appetit darauf.

Frauke konnte den Anblick ihrer beiden Freunde ohnehin kaum aushalten, so sehr war sie vom Mitleid gepackt. Nichts war mehr übrig von Barbaras Überheblichkeit. Nichts mehr von Heinz' Besserwisserei. Vor ihr saßen zwei alte Menschen, die über Nacht ihrer Existenz und ihres Lebensglücks beraubt worden waren. Zwei Menschen, die Frauke in den letzten Jahren viel gegeben hatten, weil sie für sie da gewesen waren, als es ihr mies ging. Sie dachte an die Ausflüge auf die Ostfriesischen Inseln. An die Besuche im Jaderberger Zoo und in Thüle. An ihre Busfahrt an den Bodensee. Alles hatten sie gemeinsam gemacht, damit Frauke vergessen konnte.

Sie wäre eine schlechte Freundin, wenn sie Heinz und Barbara jetzt im Stich ließ. Frauke überlegte hin und überlegte her. Zunächst wollte ihr keine Lösung einfallen. Sie rieb sich die Nase, und plötzlich erging es ihr wie Wickie, dem kleinen Wikingerhelden, denn sie hatte eine Idee.

»Passt mal auf«, begann sie vorsichtig, denn sie wollte nicht, dass ihr Vorschlag übergriffig oder gar gönnerhaft rüberkam. »Ich wüsste da vielleicht einen Weg.«

»Für uns gibt es keinen«, sagte Barbara düster und warf ihrem Gemahl einen bitterbösen Blick zu. Er hatte sich vermutlich heute schon eine Menge anhören müssen. Aber was Frauke an beiden schätzte, war, dass sie ihre ehelichen Konflikte nicht nach außen trugen, sondern untereinander ausmachten. Darum musste sie sich folglich nicht auch noch kümmern.

»Nun warte doch erst einmal, was Frauke sich überlegt hat«, warf Heinz ein. »Was hast du denn für eine Idee?«

Frauke presste die Lippen aufeinander und überlegte noch einmal kurz, ob sie sich sicher war, Heinz und Barbara ihren Vorschlag unterbreiten zu wollen. Doch dann holte sie einmal tief Luft und ratterte ihre Gedanken blitzschnell herunter. »Ihr könnt vorerst mit in mein Appartement ziehen, bis ihr eine Bleibe gefunden habt, wo ihr euch wohlfühlt. Ich habe ja zwei Räume und trete euch einen ab. Sollte eure Wohnungssuche länger dauern, schlage ich vor, dass ihr, sobald der Kutter fertig ist und ich die Residenz verlasse, zusammen mit mir auf dem Schiff lebt, bis sich eine andere Lösung ergeben hat. Noch habe ich auf dem Festland keine neue Bleibe, und ich möchte mich auch zunächst um das Schiff kümmern, damit es fertig wird. Es wird zudem vermutlich nicht leicht sein, vor Ort eine erschwingliche Wohnung zu bekommen, wie überall in den Touristenregionen. Ich muss mir meine Zeit aber einteilen, und der Kutter hat oberste Priorität.« Frauke fand, das hatte sie gut gesagt.

Sie erwartete nun alles – große Ablehnung und Sprüche wie: »Das geht doch nicht.« Oder: »Das hast du dir nicht gut überlegt.« Wobei die anderen damit gar nicht so unrecht gehabt hätten, denn seit gestern waren viele der von ihr geplanten Dinge nicht in Ruhe durchdacht.

Aber es kam: nichts.

Barbara und Heinz starrten Frauke an wie ein Alien, und als hätten sie nicht richtig mitbekommen, was ihre Freundin gesagt hatte.

Folglich wiederholte Frauke ihre Worte.

»Wir haben das schon verstanden«, sagte Heinz schließlich. »Aber ist das nicht zu viel verlangt?«

»Nein«, gab Frauke kurz und knapp zurück. »Das ist Freundschaft.« Sie schluckte. »Ich könnte euch auch Geld anbieten, aber dann müsste ich meinen neuen Traum aufgeben, und das möchte ich nicht. Ich will euch helfen, und da ist mir die Idee gekommen, dass wir diesen Traum doch eine Weile gemeinsam leben könnten.« Sie musterte die beiden. Barbara schwieg noch immer beharrlich.

»Ja, ich weiß, dass es nicht euer Traum ist, aber ihr müsst euch doch ohnehin neu sortieren. Und warum nicht einfach mal in eine andere Richtung denken und erst dann wieder aufsatteln, wenn ihr wisst, wohin euer Weg gehen soll?«

Barbara stand auf. Sie hatte feuchte Augen, ging auf Frauke zu – und nahm sie in den Arm. »Danke«, sagte sie nur. »Danke!«

Frauke drückte sie, und so standen sie eine Weile da. Dann schob sie Barbara ein Stück weg.

»Guckt euch doch um! Es ist so schön hier, und das erleben wir dann gemeinsam Tag für Tag. Keiner ist allein, und wir sind frei wie der Wind. Dann finden wir das Glück auch für euch schon wieder. Besser als im Sonnenuntergang, wo wir uns doch selbst lebendig begraben haben, ist es doch überall.«

Ein bisschen kam sich Frauke jetzt vor wie bei den Bremer Stadtmusikanten: Etwas Besseres als den Tod finden wir überall. Da wollte auch erst nur der Esel losziehen, und plötzlich war er umringt von Gleichgesinnten. Erst Keno, jetzt Barbara und Heinz. Mal sehen, wer ihnen noch so begegnete und sich ihnen anschloss.

Sie gaben wirklich eine lustige Truppe ab auf ihrem Kutter. Obwohl – langsam wurde es auf der Alte Liebe – Roter Oskar eng. Das musste sie bei ihren Umbauplänen beachten. Zum Glück war Fiete Eigner eines etwas größeren Modells gewesen.

Barbaras Augen hatten noch immer einen feuchten Schimmer, und sie tupfte sie ständig trocken. Es nützte nicht viel, denn immer wieder bahnten sich Tränen den Weg.

»Du gibst uns wirklich Asyl?«, sagte sie. »Und was ist mit deinem neuen Freund? Also, dem jungen?«

»Ich wollte es dir schon lange sagen«, begann Frauke, aber dann schrie sie auf, weil Barbara eine plötzliche und hektische Bewegung machte, die dazu führte, dass der Kaffeebecher umfiel und sich der Inhalt in einem braunen See auf dem Schiffsboden verteilte. Frauke beschloss, später einen Eimer Wasser darüberzukippen und die Lache ins Hafenbecken zu fegen.

»Oh, das tut mir so leid!«, entschuldigte Barbara sich. »Aber er schmeckte sowieso nicht«, ergänzte sie bedauernd.

Frauke mochte ihr da nicht widersprechen. Wieder war die Chance vertan, Barbara über Keno aufzuklären, denn sie war schon mit dem internen Umzug im Sonnenuntergang beschäftigt.

»Wie soll das denn in deinem Appartement vonstattengehen? Wir alle zusammen?«

Frauke wiegte den Kopf. »Ganz einfach«, begann sie. »Ihr werdet dort auf dem Sofa schlafen, mein Bett behalte ich natürlich. Ich muss für den Umbau hier fit sein und kann mir keine Rückenschmerzen leisten.« Frauke fand, das war im Alter ein wichtiger Aspekt, denn nicht selten schmerzten ihre Glieder beim Aufstehen.

»Wir schlafen gern auf der Couch«, sagte Heinz. »Hauptsache, wir haben ein Dach über dem Kopf. Soll ich das mit der Heimleitung klären?«

Frauke überlegte kurz. »Das mache ich, weil ich ohnehin kündigen muss. Allerdings hatte ich ursprünglich vor, das erst zu tun, wenn ich weiß, wie teuer der Umbau wird. Ich kann ja nicht alles in Eigenleistung machen.«

Heinz öffnete kurz den Mund und wollte ihr offenbar seine Hilfe auf dem Kutter anbieten, aber er sagte zum Glück nichts. Denn was die Hilfe beim Renovieren anging, konnte sie Heinz und Barbara ausschließen. Sie auch nur ansatzweise einzubinden, wäre zu gefährlich – sie waren lieb, aber hoffnungslos ungeschickt. Frauke befürchtete, dass keiner der beiden die Wörter Hammer oder Säge überhaupt buchstabieren konnte, geschweige denn wusste, wie man ein Werkzeug in der Hand hielt. Das würde nur zu unnötigen Verletzungen und Schnittwunden führen, es war besser, sie gar nicht erst darauf anzusprechen. Nicht, dass sie aus Höflichkeit zustimmten und alles in einem Desaster endete. Frauke sah Heinz schon mit einem Elektrokabel hantieren und Barbara ein Loch in die Bugwand schneiden, weil sie glaubte, einen Pool im Schiffsrumpf anlegen zu müssen.

Heinz schaute sich auf dem Kutter skeptisch um. »Hier wird das bannig eng, wenn wir zu dritt sind«, gab er zu bedenken. »Es gibt nur ein einziges Bett in der Kajüte, das ich eher als Notbehelf bezeichnen würde. Ich nehme mal an, du planst nicht, dass wir zu dritt darin nächtigen.«

Frauke lachte auf. »Erstens heißt es Koje, und zweitens hast du recht: Ich würde es vorziehen, meine eigene zu haben. Wir werden eine andere Lösung finden, da sei dir sicher.«

Heinz wirkte augenblicklich zufriedener, und Frauke fuhr fort: »Ich möchte die Kajüte von Beginn an anders planen, damit es passt. Da gibt es bestimmt Möglichkeiten, schließlich benötigen wir vieles von dem nicht, was Fiete zum Fischen brauchte. Netze, Stauraum für den Fang und so. Das schafft Platz für unsere Ideen. Ich suche morgen einen Bootsbauer auf, der uns ein paar Vorschläge unterbreiten kann. Und dann können wir kündigen und die neue übergangsweise Wohnsituation klären.«

Plötzlich beflügelte Frauke die Idee, das alles nicht allein, sondern zusammen mit ihren Freunden zu stemmen. Sie würden sich oft streiten wie die Kesselflicker, das hatten sie schon immer gemacht. Ihr würde die Umständlichkeit von Heinz tierisch auf die Nerven fallen und Barbaras Getue erst recht. Und doch hätte sie zwei Menschen an ihrer Seite, auf die sie sich immer verlassen konnte.

Langsam wurde auch das Gesicht ihres Freundes weicher. Es spiegelten sich darin eine große Portion Hoffnung und Zuversicht, und auch Barbara wirkte merklich gelassener.

»Auch wenn es eng wird – ein Schiff ist immer noch besser als gar nichts. Und wir sind nicht allein, bis wir wissen, was genau wir uns leisten können«, sagte Heinz. »Einer für alle – alle für einen!«

»Also ist es abgemacht?«, fragte Frauke.

Die beiden nickten erleichtert. »Ja, es ist abgemacht!« Nun stand Barbara noch einmal auf und umarmte Frauke erneut. »Danke. Danke, danke!«

Danach inspizierte sie den Kutter. »Im Winter wird es kalt sein, und das Wasser könnte einfrieren. Und ich weiß nicht, ob ich wirklich rausfahren möchte.«

Frauke räusperte sich. »Mit der Motorjacht wärst du schließlich auch rumgefahren«, begann sie. »Ich hätte auch für den Rest eine passable Lösung. Solltet ihr bis zum Herbst noch keine zufriedenstellende Unterkunft haben, können wir uns gemeinsam eine Wohnung nehmen. So wie früher, da habe ich auch in einer WG gewohnt.«

»In einer Kommune?«, entfuhr es Barbara.

»Wohngemeinschaft. Man teilt sich Küche, Bad und Wohnzimmer, aber jeder hat einen Raum für sich.«

»Das klingt komisch«, ereiferte sich Barbara, aber sie verstummte, als sie das Strahlen ihres Mannes bemerkte.

»Das war schon immer mein Traum. Aber als ich studiert habe, wollten meine Eltern nicht, dass ich so lebe, und sie haben mir eine eigene Butze bezahlt.«

»Dann kannst du dir also auf deine alten Tage noch einen Jugendtraum erfüllen«, sagte Frauke. »So schlecht war das mit diesen Bitcoins dann wohl doch nicht.«

»Sollte es finanziell trotzdem eng werden, müssen Barbara und ich eben arbeiten gehen.«

Frauke zuckte mit den Schultern. Zwar war es ihr egal, aber sie verstand, dass Heinz seinen Stolz hatte und ihr nicht auf der Tasche liegen wollte. »Kleine Gelegenheitsjobs findet man auch als Rentner oder Rentnerin«, sagte sie zustimmend.

Barbara taumelte vor Schreck gegen die Reling und japste: »Ich soll arbeiten?« Nervös betrachtete sie ihre speckigen Finger. »Die können nichts. Gar nichts.«

»Doch«, meinte Heinz. »Diese Finger können den besten Apfelstreuselkuchen in der ganzen Wesermarsch backen.«

Jetzt strahlte Barbara. »Ja, backen kann ich! Wie gern habe ich das früher gemacht!«

»Du kannst backen?«, fragte Frauke erstaunt. »Dein Ernst?«

»Aber ja!«, rief Barbara begeistert. »Ich habe früher sogar selbst Kuchen erfunden.« Sie stutzte. »Sagt man das so?«

Frauke zuckte erneut mit den Schultern. Es war gleichgültig, denn wichtig war einzig und allein, dass ihre Freundin sich etwas beruhigt hatte und sich an dem Projekt beteiligen wollte.

Doch plötzlich wurde sie still und nachdenklich. Vorsichtig tastete Frauke nach Barbaras Hand. »Alles okay?«

Sie nickte und zog die Nase kraus. »Ja, schon. Aber ich überlege gerade was.«

Fragend sah Frauke sie an. Wollte sie ihnen morgen vielleicht einen leckeren Kuchen backen? In der Residenz gab es eine Gästeküche, in der sich die Bewohner nach Herzenslust austoben durften. Ihr lief schon jetzt das Wasser im Mund zusammen.

Plötzlich ging ein Ruck durch Barbara, und sie setzte sich aufrecht hin. Dann deutete sie mit der Hand einmal rund um den Kutter. »Mir ist da eine Idee gekommen! Wenn wir sowieso hier wohnen und alles neu machen und auch noch Geld reinkommen soll, dann könnten wir doch ein Kuttercafé eröffnen! Du kaufst einen Kaffeevollautomaten, und zusätzlich gibt es Ostfriesentee. Ich backe dazu himmlischen Kutterkuchen!« Jetzt rieb sie sich die Nase. »Drei Sorten sollten genügen. Wir geben ihnen maritime Namen und bieten sie den Gästen im Hafen an. Die mögen auch nicht immer nur Fisch!«

»Dazu brauchen wir aber einen Backofen«, warf Heinz ein.

»Na, das sollte doch machbar sein«, sagte Barbara. »Ich habe es schon genau vor Augen. Der ›himmlische Kutterkuchen‹ wird ein Apfelstreuselkuchen sein, den wir mit frisch geschlagener Sahne servieren. Dann werde ich noch einen Rührkuchen nach Muddis Rezept backen, der heißt dann … ›Meerbrise‹, und als Drittes gibt es einen trockenen Schokokuchen mit Kaffeepuderzuckerguss und Kokossplitter, und er bekommt den Namen ›Nordseeplatte‹. Die Leute werden ihn uns aus den Händen reißen.«

Frauke sah ihre Freundin erstaunt an. Nachdem eben noch alles so unglaublich düster erschienen war, hatte sich das Blatt plötzlich komplett gewendet. Es gab wieder eine Perspektive!

Ein solches Engagement hatte sie von Barbara absolut nicht erwartet. Aber es klang gut. Nur wollte sie doch eigentlich in See stechen, herumfahren und nicht immer in Fedderwardersiel vor Anker liegen.

»Aber wir werden ja oft unterwegs sein«, wandte sie deshalb vorsichtig ein. »Das ist für ein Café ja nicht so gut.«

Barbara winkte strahlend ab. »Das ist doch kein Hindernis! Wir schippern von Hafen zu Hafen und sind eben ein mobiles

Kuttercafé!« Sie schluckte. »Das trau ich mich dann auch. Mitzufahren!«, ergänzte sie tapfer. Sie hob die Arme ausgebreitet zum Himmel. »Ich sehe schon vor mir, wie die Menschen in den Häfen auf uns warten, um sich das beste Kuchenstück zu sichern. Wir können doch nach Fahrplan die unterschiedlichen Häfen ansteuern. Mal in Neuharlingersiel, dann in Hooksiel, in Dangast. Wieder in Fedderwardersiel oder eben die Ostfriesischen Inseln samt Helgoland. Unser Kuttercafé wird legendär, Frauke!« Barbaras Wangen glühten voller Vorfreude.

»Aber wir haben doch gar nicht so viele Tische und Stühle«, gab Heinz zu bedenken.

»Das müssen wir auch nicht«, sagte Barbara eifrig. »Wir sind mehr so ein Kutter-Backbistro und bieten Kaffee und Kuchen nur als Stehimbiss an. Damit die Umwelt nicht belastet wird, brauchen wir einfache Teller und Besteck, dazu Becher. Alles gegen Pfand, damit es keiner klaut.«

Frauke fand Barbaras Ideen höchst interessant. Nicht nur, weil damit etwas Geld reinkam. In erster Linie gefiel es ihr, weil sie dann auch eine Aufgabe hätten.

»Wir machen das«, rutschte es ihr raus. »Ja, wir machen das!«

Barbara sprang auf und tanzte hüftwackelnd übers Deck. Ihre zahlreichen Armbänder klimperten im Takt. »Da werde ich also noch Bäckerin. Das wollte ich schon immer! Ja, guckt nur: Mein ganzes Leben lang habe ich davon geträumt, ein kleines Café zu haben und dort genau diese drei Sorten Kuchen anzubieten!«

»Davon wusste ich gar nichts«, sagte Heinz. »Dass du wunderbar backen kannst, das ja, aber dass du ein Café führen wolltest …«

Barbara lachte laut auf. »Ich fand es ja selbst verrückt, wo wir doch ein wunderbares Haus hatten und später das Appartement im Sonnenuntergang.« Sie ging auf ihren Mann zu und küsste ihn auf die Wange. »Ich bin so froh, dass du das mit diesen Bitcoins gemacht hast! Jetzt, wo wir arm wie die Kirchenmäuse sind, sind wir in Wahrheit richtig reich und können uns jeden Tag auf etwas freuen.« Sie umarmte Frauke. »Und dein Freund kann sicher mithelfen. Wir wollen ihn ja nicht ausschließen.«

»Also, mein Freund«, begann Frauke, verstummte dann aber. Je länger sie hinauszögerte, zu beichten, dass es diesen Menschen gar nicht gab, jedenfalls nicht als echten Freund, desto schwieriger wurde es. Frauke fand einfach nicht die richtigen Worte.

Heinz wirkte merklich erleichtert, und ihm schien es schnurzegal zu sein, ob Frauke eine Affäre hatte oder nicht. Es musste ihn sehr bedrückt haben, dass er seiner Frau den Wohlstand genommen hatte. Und nun freute sie sich auch noch darüber!

»Aber was mache ich, wenn ihr backt und verkauft? Ich werde nicht mit einer Schürze herumlaufen und Kuchen anbieten.«

»Na gut«, sagte Frauke, »dann wirst du hiermit eben zum Booker ernannt. Jemand muss die Hafentermine buchen und sich darum kümmern, dass wir dort gegen Gebühr liegen und verkaufen dürfen. Ich habe als Kapitänin schließlich andere Dinge zu tun.«

Jetzt nickte auch Heinz zustimmend. Papierkram war seins, das konnte er.

Obwohl Frauke sich nach außen hin euphorisch gab, schlichen sich durch die Hintertür doch ein paar Bedenken ein. Sie hatte in den letzten vierundzwanzig Stunden eine Menge Entschlüsse gefasst, ohne nachzudenken und sie zu überprüfen. Dadurch hatte ihr Leben plötzlich gewaltig Schlagseite bekommen.

Es gab jetzt so viel zu tun, so viel zu regeln. Nicht, dass ihr alles über den Kopf wuchs!

Doch bei näherer Überlegung fiel ihr auf: Sie mochte es. Nicht zu wissen, wann sie wieder geradeaus fuhr. Wann das Schiff durch ruhiges Gewässer stampfen würde.

In Gedanken fasste Frauke zusammen:

1. Ich werde morgen im Sonnenuntergang kündigen und übergangsweise mit Heinz und Barbara in meinem Appartement leben.
2. Wir werden uns zum Winter gemeinsam eine Wohnung suchen und die WG dort fortsetzen.
3. Wir werden den Kutter so umbauen, dass man darauf leben und zugleich backen kann.
4. Es wird ein mobiles Kuttercafé geben, in dem wir exakt drei Kuchen anbieten, die Barbara backt.

Sie wiederholte die Punkte noch einmal für sich und war dann sehr zufrieden. So würden sie es machen.

Und ja: Es fühlte sich nicht nur gut, es fühlte sich fantastisch an.

»Dann beginnen wir also, nachdem du alles mit der Heimleitung geklärt hast, in den nächsten Tagen damit, unser Zimmer im Sonnenuntergang zu räumen«, riss Heinz sie aus den Gedanken. »Die sind bestimmt froh, dass wir Zimmer freimachen. Bei der großen Nachfrage auf der Warteliste …«

Die drei schlugen ein.

# Kapitel 7

Keno strahlte, als sie in Duhnen aus dem Auto stiegen und zum Strand liefen. Eben rollte an ihnen eine der gelben Kutschen mit zwei Pferden vorbei, die gleich ins Watt fahren würden. Cuxhaven hatte zwar Flair – aber es reichte nicht, wenn die Landschaft rings umher schön war, aber man sonst keinerlei Abwechslung fand. Nur am Strand zu sitzen war langweilig, und sich ständig Opas Ausführungen anzuhören erst recht. Nun aber hatte sich Frauke gemeldet. Gut, das Foto der kackenden Möwe war etwas daneben, aber wahrscheinlich hatte sie ihm ein Selfie schicken wollen. Netter Versuch einer alten Dame, dachte er und fand sich selbst ein bisschen gehässig, weil es doch eigentlich voll niedlich war. Immerhin stimmte es wohl, dass sie einen alten Kutter besaß. Echt cool, welche Omi konnte das schon von sich behaupten?

Keno hoffte nur, dass Frau Hansen sich bei den notwendigen handwerklichen Tätigkeiten auf dem Schiff etwas geschickter anstellte als beim Knipsen eines Selfies, sonst konnte es heikel werden. Aber vermutlich hatte sie Handwerker, die ihr die groben Dinge abnahmen. Er konnte ihr sonst auch Renke empfehlen …

Keno folgte seiner Mutter und seinem Opa zum Strand. Es war Ebbe, und viele Badegäste tummelten sich teils barfuß, teils mit Gummistiefeln im freigelegten Watt. Kinder liefen am Strand mit ihren Sonnenkäppis und Schaufeln in der Hand hin und her, die Jeans meist dunkel mit Schlamm bespritzt. Die Eltern sonnten sich derweil in den Strandkörben, die sie so gestellt hatten, dass sie vor dem Wind geschützt waren.

Keno zog die Schuhe aus, denn er mochte es, wenn sich der feine weiße Sand zwischen den Zehen verteilte. Das hatte er schon als kleiner Junge geliebt.

»Ist dir das nicht zu kalt?«, fragte seine Mutter. »Es ist doch erst März.«

»Nö, sonst würde ich es ja nicht machen«, gab Keno fröhlich zurück. Seine Mutter konnte wohl nicht raus aus ihrer Haut und glaubte, ihn immer noch beschützen zu müssen. Er sprang fröhlich hin und her und genoss es, wenn der Sand neben ihm aufspritzte. Es war schön hier, da hatte sein Opa recht, und er würde in der Zeit, wenn er hier war, auch Spaß mit ihm haben.

Gemeinsam spazierten sie weiter. Der Strand in Duhnen hatte wirklich ein besonderes Flair und unterschied sich sehr von ihrem Küstenstreifen in Burhave, der auch schön, aber anders war.

Vom Strand in Burhave schaute man links in Richtung Nordsee. An der Stelle ergoss sich die Weser ins Meer. Gegenüber der Mündung schraubten sich die mächtigen rotblauen Kräne von Bremerhaven in den Himmel, was überaus imposant anzuschauen war.

Hier aber blickte man in die endlose Weite der Nordsee. Herrlich. Keno mochte das, denn am Meer fühlte er sich frei. Das durfte er natürlich nicht laut aussprechen, weil es eher ein Opa-Spruch war. Aber denken war schließlich erlaubt.

Die drei liefen in Richtung Kugelbake, blieben aber immer wieder stehen, um das leise Spiel der Wellen am Spülsaum zu betrachten.

»Du siehst aus, als ob du dich freust«, sagte Opa Malte zu ihm. »Dein breites Grinsen sagt alles.«

Keno nickte. »Ja, ich habe gute Laune. Stell dir vor, Frau Hansen hat sich gemeldet. Sie besitzt tatsächlich einen Kutter, und ich hoffe so, dass sie mich mitarbeiten lässt! Wäre super. Holz bearbeiten, streichen, sägen …« Keno geriet förmlich ins Schwärmen.

»Ich wäre beruhigter, wenn du auch noch an geistigen Dingen interessiert wärst. An berühmten Schriftstellern wie Goethe oder Heine. Friedrich Schiller. Oder denk nur an die berühmten Malerinnen und Maler, die unser Land hervorgebracht hat. Nicht weit von hier in Worpswede hat zum Beispiel Paula Modersohn-Becker gelebt. Sie hat sich in ihren Bildern auf die Suche nach dem inneren Ich gemacht und …« Sein Opa brach ab, als er bemerkte, dass er Keno damit nicht erreichte. »Ich meine ja nur«, sagte er.

Keno drückte seinen Unterarm. »Ach Opa! Klingt alles gut, aber meine Interessen liegen nun mal nicht darin, über so einen Kram nachzudenken. Ich will etwas mit meinen Händen schaffen! Du kennst doch das Sprichwort: Handwerk hat goldenen Boden! Wer da was kann, wird immer genügend Arbeit haben.«

Sie suchten sich einen Platz in der Mitte vom Strand, wo sie die Decke samt Picknickkorb platzieren konnten. Einen so schönen Märztag gab es selten, das mussten sie einfach nutzen.

Während Kenos Mutter die Köstlichkeiten wie kleine Käsestücke, Oliven, salzige Kekse und ein paar Weintrauben auspackte – Keno wunderte sich immer, dass sie es stets schaffte, solche Dinge aus dem Nichts zu organisieren –, fragte Opa Malte ihn: »Was fasziniert dich eigentlich so sehr an dieser Frauke Hansen? Außer, dass sie einen Kutter hat, an dem du herumsägen und malen willst. Das habe ich schon verstanden.« Er griff nach einem kleinen Käsestück, dekorierte es mit einer Olive und schob sich beides in den Mund.

Keno zog es vor, auf einem Salzplätzchen zu kauen, er war noch satt vom Streuselkuchen. »Sie ist anders als andere ältere Menschen«, entfuhr es ihm dann. Er biss sich sofort auf die Lippen, denn er wollte seinen Opa auf keinen Fall verletzen. Deshalb rang er jetzt nach Worten, wie er Frauke einerseits beschreiben sollte und andererseits seinen Fauxpas wiedergutmachen konnte, denn seine Aussage ließ sich eindeutig interpretieren: Er fand seinen Opa langweilig.

Keno schnalzte mit der Zunge. »Also, ich meinte das so: Sie ist irgendwie cool und hat Sachen erzählt, zum Beispiel, dass sie früher oft demonstrieren war. So wie sie drauf ist, kann ich mir das richtig gut vorstellen.« Verlegen angelte er nach einem weiteren Keks, winkte aber dankend ab, als seine Mutter ihm die Schale mit den Trauben reichte.

»Ich hab das früher auch gemacht«, sagte Opa Malte ein bisschen trotzig. Er griff nach einem zweiten Käsestück und hieb seine Zähne hinein. »Ja, das habe ich«, nuschelte er mit vollem Mund.

»Du?«, entfuhr es Keno, und er konnte sich das Lachen kaum verkneifen bei der Vorstellung, wie sein überkorrekter Großvater in grauem Anzug, das Transparent akkurat und kerzengerade in die Höhe haltend, in einem Demonstrationszug mitmarschierte und laut Parolen brüllte. Da Opa Malte aber nie log oder übertrieb, entsprach es wohl der Wahrheit.

»Du hast wirklich demonstriert? Ja, gegen was denn?«

Keno wurde tatsächlich neugierig auf seinen Großvater. Es gab offenbar Seiten an ihm, die ihm vollkommen fremd waren. Er konnte sich aber durchaus vorstellen – so gern wie Opa Malte dozierte –, dass er eventuell am Rednerpult gestanden und in seiner typisch umständlichen Art Vorträge gehalten hatte. Mit Inbrunst, um die anderen von seinen Idealen zu überzeugen.

Allerdings fehlte ihm die Fantasie, gegen was genau er demonstriert haben könnte. Gegen das zu langsame Wachstum der diesjährigen Radieschen? Gegen die Tatsache, dass alte Mauern nicht mehr reden konnten? War er auf die Straße gegangen, weil die Rosinenmenge im Brötchen zu gering war? Opa Malte war nun mal kein Mann, der laut wurde, wenn ihm etwas nicht passte.

Bestimmt behauptete er das jetzt nur, obwohl er allein unterwegs gewesen war, um irgendwelchen alten Steinen die Leviten zu lesen. Bestimmt hatte er ihnen klargemacht, was in der Vergangenheit unter den verschiedenen Herrschern alles schiefgelaufen war.

Keno musste sich bei der Vorstellung ein Lachen verkneifen.

»Da bist du baff, was?«, fragte Opa Malte, der seine Fröhlichkeit offenbar missverstanden hatte und nun stolz erklärte: »Ich war sehr aktiv damals, aber eines Tages musste ich lernen, dass man die Welt doch nicht im Großen verändern kann. Wir können alle nur vor der eigenen Haustür kehren, weißt du?«

Keno hätte sich fast mit der Handfläche an die Stirn geschlagen, aber er wollte seinen Opa nicht brüskieren. Nur hatte ihm der Spruch wieder klargemacht, wie wenig von dem einstigen Demonstranten übrig geblieben war. Der letzte Satz war ein typisch spießiger Opa-Malte-Satz gewesen. Diese merkwürdigen Lebensweisheiten haute er oft raus.

Erst überlegte Keno, gegen Opa Maltes These aufzubegehren und ihm klarzumachen, dass eine solche Haltung feige war, aber dann verkniff er sich den Kommentar. Es hätte zu nichts geführt. Opa Malte war eben kein Schüler oder Student mehr, sein Lebensmittelpunkt war eine Dreizimmerwohnung und nicht die Demonstrationszüge in den Großstädten. Das gehörte der Vergangenheit an.

»Vielleicht bist du Frau Hansen ja früher sogar mal auf einer Demo begegnet«, sagte Keno versöhnlich. Er hoffte, Opa Malte auf diese Weise zu vermitteln, dass er ihm glaubte und ihn ernst nahm.

Der griff auch sofort den Faden auf und antwortete versonnen: »Vielleicht. Da waren Tausende, aber ich hatte nur Augen für eine. *Die* eine.« Opa Malte schloss schwärmerisch die Augen.

Keno und auch seine Mutter schauten ihn befremdet an. Was war denn das jetzt?

»Oma Wilma?«, fragte Keno, allerdings hatte er im Kopf, dass sie sich unspektakulärer kennengelernt hatten als auf einer

Demo. Und bei Oma Wilma, die er nur mit Kittelschürze und perfekt ondulierter Dauerwelle kannte, war die Vorstellung, sie könnte an einer Protestkundgebung teilgenommen haben, noch abstruser als bei seinem Opa.

Der schüttelte auch sofort den Kopf. »Nein, nicht deine Oma. Sie kam erst später, hat mich glücklich gemacht und zur Ruhe kommen lassen.«

Keno war unsicher, ob er etwas über eine andere Frau hören wollte, aber die Neugierde siegte. »Und wer war es dann?«

»Das würde ich aber auch gern wissen«, sagte Kenos Mutter und schob sich eine Weintraube in den Mund.

Opa angelte sich eine Olive vom Teller, behielt sie dann aber in der Hand und sagte: »Meine Windsbraut.«

»Nie gehört«, sagte Kenos Mutter.

Opa Malte kaute erst die Olive und schien darüber nachzudenken, wie er es am besten beschreiben konnte. »Sie hatte etwas von einer Piratin«, erzählte er schließlich. »Verwegen war sie und laut. Ist immer für alle Ziele eingestanden. Immer.«

»Und warum hast du sie nicht geheiratet?«, entfuhr es Keno.

Opa Malte schmunzelte. »Weil es dich dann nicht gäbe.«

Keno stöhnte auf. Er hasste solche Antworten. »Opa!« Als ob er hätte voraussehen können, dass er entstehen würde!

Sein Opa grinste jetzt. »Nein, wir haben uns einfach aus den Augen verloren. Das passiert, wenn man jung und ungestüm ist. Andere Sachen waren wichtiger. Sie ist in eine andere Stadt gezogen, und ich bin deiner Oma begegnet. Mit ihr war das Leben warm und kein Kampf, wie es mit meiner Windsbraut gewesen wäre, denn auch ich war ziemlich wild und ungezügelt. Ganz zum Leidwesen meiner Eltern.« Er lachte auf. »Oma hat mich ein wenig gezähmt, und das war auch gut so. Wahrscheinlich hätte ich sonst jetzt schon einen Herzinfarkt gehabt.«

Kenos Mutter stimmte ihm zu. »Oma Wilma hat ein scharfes Schwert geschwungen, aber sie war trotzdem eine herzensgute Frau.«

Keno schaute zweifelnd von seinem Opa zu seiner Mutter. Würde er sich zähmen lassen wollen? Im Leben nicht. Er wollte auch wild sein und tun und lassen, was ihm gefiel. Die Generation seines Opas tickte da etwas anders, aber es war müßig, mit ihm darüber zu diskutieren.

Keno griff jetzt doch nach den Trauben und schob sich eine nach der anderen in den Mund. Sie waren köstlich! Fragend schaute er noch einmal zu Opa Malte, doch der schien die Themen Demonstrationen und alte Liebe abgeschlossen zu haben. Trotzdem tanzten sie weiter durch Kenos Kopf, weil beides so unfassbar schlecht zu seinem Opa passte.

Er beschloss, das Thema zu wechseln, nahm sich die letzte Olive und wandte sich an Opa Malte. »Wie wollen wir es denn in den Ferien machen, damit ich zwischendurch auch mal bei dir in Cuxhaven sein kann? Wäre es möglich, dass du mich mit dem Wagen abholst? Aber dann sitzt du jeweils eine Stunde im Auto.«

Sein Großvater nickte. »Das macht mir nichts aus, ich habe Zeit. Du kannst kommen, so oft du willst und so lange du möchtest. Ich habe schließlich auf dich gezählt und deshalb keine weiteren Pläne. Hauptsache, wir haben immer mal ein paar Männertage. Es kann ja auch sein, dass dir das Frauenzimmer schnell auf die Nerven fällt.« Er schob die Brust vor. »Dann bin ich für dich da!«

Für Kenos Geschmack schwang da ein bisschen zu viel Hoffnung, aber er würde sehen. Zum Glück konnte er alles in Ruhe auf sich zukommen lassen.

*

Heinz hatte verdammt schlecht geschlafen. Zwar gab es jetzt für ihn und Barbara eine Alternative, wie es weitergehen konnte, aber es behagte ihm nicht besonders, dass er sich vollkommen abhängig von Frauke machte. Es war so lieb von ihr, dass sie ihnen, ohne zu zögern, dieses Angebot unterbreitet hatte, aber er war doch ein Mann und der Versorger, da fiel es ihm schwer, darauf einzugehen.

»Dann hättest du auf dein Geld eben besser aufpassen müssen«, beschimpfte ihn eine leise Stimme, die ihn seit seinem Desaster ständig belästigte. Er schob sie erneut erfolgreich weg. Sie sollte still sein.

Trotzdem steckte er selbst verschuldet in diesem unsäglichen Dilemma. Ohne Fraukes Unterstützung mussten sie in irgendeine hässliche Wohnung ziehen, die sie sich leisten konnten. Ihnen blieb folglich keine Wahl, und doch machte es Heinz großen Kummer.

Frauke gehörte der Kutter. Mit ihr zusammen würden sie in der gemeinsamen Wohnung die besagte WG gründen. Sie mussten übergangsweise in ihrem Appartement leben, und ganz automatisch würde sich daraus ergeben, dass sie das Sagen hatte. Einfach würde es nicht werden – im Gegenteil.

Barbara sah nur ihre drei Kuchensorten und das Kuttercafé. Sie konnte im Denken unglaublich eindimensional sein. Die Idee mit dem Kuttercafé klang zwar romantisch und gut, war aber nach längerem Nachdenken ebenso wenig umsetzbar wie die Schnapsidee vom Umbau des Schiffes. Nein, basta! So gut es auch zu Beginn geklungen hatte: Er konnte sich nicht vorstellen, mit den beiden Frauen über einen längeren Zeitraum auf engstem Raum zusammenzuleben und ständig eine Handbreit Wasser unter dem Kiel zu haben. Das klang zugegebenermaßen ganz romantisch, aber es entbehrte jeglicher Realität.

Zudem hatte Barbara sich bislang stets geweigert, den Hafen von Fedderwardersiel auf dem Schiff zu verlassen, er wusste nicht einmal, ob sie seekrank war oder ob sie es nur nicht vornehm genug gefunden hatte. Über die Jacht hätte sie sich auch nur gefreut, weil sie dann mit Frauke hätte mithalten können.

Aber angenommen, sie war tatsächlich seefest und könnte sich langfristig für dieses Café auf dem Kutter begeistern – wo blieb er, außer dass er Liegeplätze in den Häfen buchen und aushandeln sollte? Niemals würde Barbara ihn Kuchen backen lassen, ganz abgesehen davon, dass er nicht wusste, wie das ging. Den Kutter konnte er auch nicht lenken, im Gegensatz zu Frauke besaß er nämlich kein Kapitänspatent und hätte erst eins machen müssen, wenn er Barbara ein Boot gekauft hätte. Das war genauso wenig zu Ende gedacht wie seine Geldeinsätze für die Bitcoins. Wurde er doch schon alt? Solche Fehler wären ihm früher niemals unterlaufen. Dann hätte er seinen Posten schneller verloren, als ihm lieb war. Er hatte in seinem Beruf früher viel Verantwortung getragen und war nun zu einem Mann ohne Perspektive und ohne Aufgabe mutiert. Ein Mann vor dem Nichts.

Gerade wurde Barbara neben ihm wach. Sie strahlte ihn an und wirkte vollkommen entspannt, wofür er angesichts der Umstände eigentlich dankbar sein sollte. Andere Frauen hätten sicher mit Scheidung gedroht – und wie er zugeben musste, wäre das auch nicht ganz zu Unrecht gewesen. Sie aber freute sich tatsächlich.

»Es wird in Zukunft so herrlich werden! Stell dir vor, wenn wir im Sommer aufwachen und die Wellen schlagen an die Bordwand. Und ich backe nach dem Frühstück die drei Kuchen, deren süßer Duft verführerisch durch die Kombüse zieht und die Touristen in Scharen anlockt.«

Ihr Umschwung ging ihm eine Spur zu schnell. Da stimmte etwas nicht! Aber ihm fehlte die Kraft, das jetzt zu hinterfragen, weil ihn doch ganz andere Dinge quälten.

»Wir machen das nicht«, brachte er mühsam hervor. »Ich will das nicht.«

Barbaras Gesichtszüge wurden starr. »Wie, du willst das nicht? Was soll das denn heißen? Es war doch abgesprochen!«

Heinz zählte seine ganzen Bedenken auf. Wie abhängig sie sein würden und all das. Er schloss mit den Worten: »Du und Frauke, ihr habt dann ganz viel zu tun – und ich? Ich sitze an Bord und schaue euch zu oder buche alle paar Tage einen Liegeplatz! Vergiss es! Ihr entmannt mich geradezu.«

Barbara brach in lautes Lachen aus. »Wir tun was? Mach dich nicht lächerlich. Dann wäre ich ja in all den Jahren total entfraut gewesen, um bei deiner Wortwahl zu bleiben.«

Nun war es an Heinz, eigenartig zu gucken.

»Ich war jahrelang das weibliche Schmuckstück an deiner Seite, mein Lieber. Ich habe dein Heim sauber gehalten und deine Gäste bewirtet. Ich habe den ganzen Tag auf deine Rückkehr gewartet, das war meine Aufgabe, und ich habe das gern getan. Du hast den Macher gegeben. Nun stell dich mal nicht so an, wenn sich das jetzt ändert. Du wirst dir eben eine Aufgabe auf dem Kutter suchen, ich denke, wir haben genug zu tun. Zur Not schrubbst du das Deck!«

Heinz fuhr zurück. »Ich soll was?«

»Das Deck schrubben, so wie ich früher die Fliesen. Wo ist das Problem?«, gab Barbara ungerührt zurück, und er glaubte, doch eine Spur von Rache in ihrer Äußerung zu erkennen. Denn solch harte Töne kannte er von seiner Frau nicht.

»Aber das war doch was anderes …«, stammelte er.

Barbara stützte sich auf den Ellenbogen und sah Heinz mit einem Augenzwinkern an. »Und warum? Weil es einer Frau besser ansteht, wenn sie auf ihren Gemahl wartet, als umgekehrt? Weil es etwas anderes ist, wenn ich den Boden wische oder du das Deck?«

»Ich habe schließlich richtig Geld verdient!«, empörte er sich.

»Jetzt hast du es verspielt, und ich verdiene das Geld mit meinem Backen. Rollentausch. Wir sind eben ganz modern. Genau wie das Schiff mit dem neuen Namen.«

Heinz schwante Übles. »Was für ein neuer Name?«

»Ach, hat Frauke es dir noch nicht erzählt? Der Kutter wird zukünftig Alte Liebe – Roter Oskar heißen. Das ist gegendert.«

Heinz zuckte mit den Schultern, das Wort kannte er nämlich nicht, aber seine Frau klärte ihn sofort auf. »Das bedeutet, dass man Worte und Bedeutungen beiden Geschlechtern anpasst, weil unsere Sprache ja eher männlich geprägt ist.«

»Das verstehe ich aber nicht«, insistierte er. »Alte Liebe ist doch weiblich, und nun kommt ein Männername dazu?«

Barbara rollte mit den Augen. »Heinzi, es geht doch nicht darum, dass jetzt alles weiblich benannt werden soll. Es geht um die Diversität.«

Woher hatte sie denn dieses Wort schon wieder? Heinz kannte auch das nicht und war nicht einmal sicher, ob Barbara es richtig angewendet hatte. Bei Fremdworten lag sie nämlich manchmal daneben.

Er nagte an der Unterlippe, aber Barbara war noch immer Feuer und Flamme von allem. »Angesichts dieser Umstände ist unser neues Ehearrangement mit dem Rollentausch ein sehr kleines Element im Zuge der Emanzipation, meinst du nicht?«

Sie reckte das Kinn. »Ich habe mich gestern Abend auch mal ein wenig schlaugemacht. Über die Gleichberechtigung und so. Weil du – ohne mich zu fragen – auch mein Geld über den Jordan hast gehen lassen.«

Heinz verschlug es den Atem. Woher hatte Barbara denn solche Sprüche? Emanzipation. Gendern! Das war doch nichts mehr für sie beide! Und so hatte sie noch nie geredet. Da hatte er ziemlich was angerichtet! Immerhin waren sie fünfundvierzig

Jahre ohne so etwas ausgekommen. »Ich kann aber doch nicht nur rumsitzen«, beharrte er.

Barbara aber zuckte nur mit den Schultern. »Kannst du schon, nur haben wir ja gesehen, dass du dann nur dummes Zeug machst, weshalb ich es durchaus begrüßen würde, wenn du dich irgendwie einbringen könntest. Am besten machst du dir darüber mal ein paar Gedanken.«

»Was soll ich denn tun? Sahne schlagen?«, empörte Heinz sich.

»Zum Beispiel«, gab Barbara ungerührt zurück. »Sahne werden wir ziemlich viel benötigen. Du kannst auch unser Einkäufer sein, schließlich brauchen wir ständig frische Zutaten.«

»Sahneschläger. Einkäufer. Booker«, wiederholte Heinz ergeben. Was für ein Abstieg! Die Strafe war einfach zu hoch für sein Versagen.

Barbara schien zu bemerken, wie schlecht er sich fühlte. Mitleidig nahm sie ihn in den Arm. »Ach, du Guter. Das stimmt dich unglücklich, nicht wahr?«

Heinz nickte stumm. »Mehr als unglücklich, glaube mir.«

Barbara drückte ihn und hauchte ihm einen Kuss auf die Glatze. »Ich rede mit Frauke. Vielleicht überträgt sie dir vorerst die Bauleitung. Dann hast du etwas Verantwortung und kannst dich dabei an den Gedanken gewöhnen, dass du uns zuarbeiten wirst.«

Heinz richtete sich auf und küsste Barbara. Das war doch eine wunderbare Idee! Das klang nach Verantwortung!

»Bauleitung«, wiederholte er. »Da kann ich was bewegen.« Die Idee gefiel ihm, das war fast wie der Chef!

Dass er keine Ahnung hatte, wie man einen Kutter umbaute, fand er an dieser Stelle irrelevant.

# Kapitel 8

Malte war früh aufgestanden und hatte schon seine tägliche Morgenrunde am Hafen entlang und dann durch die Innenstadt von Cuxhaven erledigt. Auf dem Rückweg kaufte er sich zwei Brötchen, eins mit Mohn und ein normales rundes. Seit Jahren hatte er denselben durchgetakteten Alltag. Mit der Tüte in der Hand spazierte er zu seiner Wohnung und pfiff dabei das Lied »Im Märzen der Bauer die Rösslein anspannt …«.

Zu Hause stellte er die Kaffeemaschine an, nahm die Tageszeitung und schlug sie auf. Er las immer die Schlagzeilen, während der Kaffee durchlief. Erst wenn er die Brötchen vertilgt hatte – eine Hälfte mit Biogouda, eine mit Ziegenkäse vom Deich, eine mit Hühnersalami und die letzte fingerdick mit Butter und wunderbarer, selbst gekochter Erdbeermarmelade –, würde er die Artikel gründlich lesen und sich dabei einen Überblick über das aktuelle Tagesgeschehen verschaffen.

Als der Kaffee fertig war, belegte er die Brötchenhälften und sortierte sie in der üblichen Reihenfolge. Lediglich die Marmeladenhälfte bekam einen gesonderten Teller, damit nur ja nichts von der Süße an Käse oder Wurst kam. Da war er nämlich sehr pingelig.

Anschließend widmete Malte sich der Tageszeitung. Er war jemand, der jeden Artikel akribisch las und sich auch Gedanken darüber machte.

Doch er konnte sich heute nicht wie sonst auf den Inhalt konzentrieren. Ständig schweiften seine Gedanken ab und beschäftigten sich mit dem Gespräch von gestern. Keno fand diese Frau

Hansen mit dem Kutter also »cool«, wie er sich ausgedrückt hatte. Eine Frau, die wie er früher versucht hatte, die Welt ein bisschen besser zu machen, die aber nicht in einer düsteren Dreizimmerwohnung gelandet war, sondern an ihrem Lebensabend noch plante, ein altes Schiff flottzumachen. Dafür zollte er ihr Respekt, und er verstand, dass sein Enkel das spannend fand.

Plötzlich war es Malte zu still in seiner Wohnung. Er legte die Zeitung weg, und seit Langem wurde ihm wieder mal deutlich, wie einsam er eigentlich war. Sanja hatte ihm kürzlich vorgeschlagen, sich doch einen Hund anzuschaffen, aber noch sträubte er sich dagegen. Irgendwie empfand er das als Verzweiflungstat, denn es wäre ein Eingeständnis, dass er sich nur noch mit einem Tier unterhalten konnte, weil ihm die menschlichen Freunde fehlten. Am Ende würde er sich verhalten wie dieser Professor Habakuk Tibatong von *Urmel aus dem Eis,* der auf der Insel Titiwu den Tieren das Sprechen beibrachte. Nein, so sonderbar wollte er nicht werden.

Malte ging in die Stube und suchte nach einem bestimmten Fotoalbum, um sich aus den trüben Gedanken zu befreien. Es hatte einen dunkelgrünen Kunstledereinband und war eines von denen, die damals modern gewesen waren, als er begonnen hatte, seine Vergangenheit in Bilderalben zu katalogisieren. Man klebte die Fotos nicht mehr mit Bilderecken hinein, sondern legte sie unter eine Folie, die dann sorgfältig über die Fotos gezogen wurde. Was zunächst wunderbar anmutete, erwies sich im Laufe der Jahre allerdings als wenig haltbar. Inzwischen war die Klebefläche vergilbt, und sie haftete nur noch punktuell, was dazu führte, dass die Bilder sich lösten. Viele hingen schräg, und Malte musste aufpassen, dass sie nicht herausfielen.

Damals hatte er jedes Bild fein säuberlich mit einer Unterschrift versehen. Alles in sorgfältig gemalten Druckbuchstaben, damit es jeder lesen konnte. Wobei außer ihm ohnehin nie jemand in das Album sah. Malte fiel auf, dass er seit vielen Jahren überhaupt mal wieder mit jemandem über seine Vergangenheit gesprochen hatte. Und das nur, weil diese Frau Hansen früher auch zu Demos gegangen war. Na ja, und die Flaschenpost war auch nicht ganz unschuldig daran, denn damit hatte sein Ausflug in die frühere Zeit schließlich begonnen.

Malte ertappte sich dabei, dass er Frau Hansen tatsächlich gern kennenlernen würde, und das nicht nur, weil Keno mit ihr Zeit verbringen wollte und er als verantwortungsvoller Opa selbstverständlich kontrollieren musste, bei wem sich sein Enkel herumtrieb.

Malte blätterte durch das Album. Er lächelte, als ihm ein Foto von seiner Windsbraut entgegenfiel. Damals waren sie wegen des Vietnamkriegs auf die Straße gegangen.

Eine wilde Zeit, schoss es ihm durch den Kopf. Sie waren so viele gewesen, und hinterher hatten Bands gespielt! Und da war er der Windsbraut begegnet. Genau in dem Augenblick, als eine dünne, junge Frau das Lied »Donna, Donna« intonierte, war seine Windsbraut an ihm vorbeiflaniert, und ihre Blicke hatten sich sofort ineinander verschlungen, und kurz darauf …

Malte legte das Foto beiseite, es brachte schließlich nichts, schwelgend in der Vergangenheit abzutauchen. Davon wurde seine Einsamkeit auch nicht besser.

Noch immer erschien ihm sein Zuhause viel zu still. Daran änderte auch nichts, dass unter ihm, wie an jedem Morgen, Frau Meyer-Mümmelmann den Fernseher fürs Frühstücksfernsehen so laut stellte, dass er kein Radio brauchte, weil er jedes Wort verstand. Er wusste deshalb immer, wer wann ein Kind bekam und wie die neueste Folge vom *Bachelor* – oder wie all diese Sendungen, die er noch nie in seinem Leben geschaut hatte – ausgegangen war. Warum auch immer Frau Meyer-Mümmelmann sich für den Bachelor interessierte, er war doch unerreichbar. Wahrscheinlich waren solche Männer so etwas wie zu Fleisch gewordene Träume für sie.

Aber er, war er selbst denn anders? Er sprach mit Steinen und diskutierte ausschließlich über die Vergangenheit.

Keno hatte mit allem recht. Er, Malte Willich, lebte in einem Kokon, den es schnellstens zu verlassen galt, wenn er nicht vorzeitig verblühen wollte. Er musste wieder raus. Unter Menschen!

»Ich fahre gleich nach Fedderwardersiel und schaue mir diesen Kutter und auch die Frau mal an«, sagte er entschlossen zu sich selbst. Dann aber fiel ihm ein, dass er am Morgen zu einem Gästeführertreffen musste. Und danach war schon Zeit für sein Mittagessen und den anschließenden Schlaf. Aber dann, dann würde er dorthin fahren.

Wenn ihn bis dahin der Mut nicht verlassen hatte.

Zärtlich strich er mit dem Zeigefinger über das zarte Gesicht seiner Windsbraut. Malte hätte zu gern gewusst, ob sie noch lebte. Ob sie Kinder hatte und einen Mann. Und ob sie noch immer so ein Wildfang war wie damals.

*

Frauke hatte vor allen anderen im Sonnenuntergang gefrühstückt und war nun schon früh am Morgen unterwegs zum Bootsbauer Renke Harms. Den Namen hatte ihr Fiete aufgeschrieben, weil er sich wohl hatte denken können, dass sie den Kutter anders gestalten wollte.

Der Bootsbauer war gerade dabei, den Schiffskörper eines alten Bootes abzuschmirgeln. Als er Frauke sah, hielt er mit seiner Tätigkeit inne und machte einen Schritt auf sie zu.

»Moin!«, sagte er. Er wirkte ein wenig erstaunt darüber, dass eine ältere Dame zu ihm kam. »Hast du dich verlaufen?« Er duzte sie, so wie es hier üblich war. Frauke griff das auf.

»Nein, wenn du Renke bist, bin ich genau richtig.«

Der blonde Mann wischte sich die Hände an der Hose ab. »Gut, was kann ich für dich tun?« Er sah immer noch recht ungläubig aus.

»Ich möchte meinen Kutter umbauen lassen.«

Renke Harms kratzte sich hinterm Ohr und hieb sich dann die flache Hand vor den Kopf. »Ach, also bist du Frauke Hansen und hast die Alte Liebe von Fiete geerbt?«

Frauke nickte. Ihr lag kurz auf der Zunge, den neuen Namen des Schiffes zu erwähnen, ließ es dann aber, weil sie nicht sicher war, ob Renke das Wort gendern, und was damit zusammenhing, verstand. Schließlich war sie nicht gekommen, um sich zu rechtfertigen oder die misslungene Emanzipation zu diskutieren.

»Er hat so was angekündigt, der Gute! Also, dass du bestimmt auf mich zukommen tust, wenn er mal nicht mehr ist«, sagte Renke mit einem Augenzwinkern. »Was hast du denn mit der Alten Liebe genau vor?«

»Darüber habe ich mir so meine Gedanken gemacht«, begann Frauke. »Also, am liebsten würde ich ein Kuttercafé einrichten. Und schlafen möchte ich auf dem Schiff können.« Sie fasste weiter zusammen, was sie sich überlegt hatte, und ließ auch den Backofen nicht aus.

»Ein mobiles Kuttercafé?«, hakte Renke nach und kratzte sich am Hinterkopf. »Haue ha, das ist ja mal was ganz Neues und eine echte Herausforderung.« Er nickte wohlgefällig. »Aber das kriegen wir hin.«

»Das ist gut, denn Fische fangen liegt mir nicht«, meinte Frauke.

Renke presste die Lippen fest zusammen, bevor er sagte: »Jo, das ist allens machbar, aber es kostet schon eine Stange Geld.«

»Das ist mir klar, aber ich möchte es so haben. Wir sind übrigens zu dritt, das bedeutet, Eigenleistung ist möglich.«

»Gut, dann kiek ich am Nachmittag mal am Kutterhafen vorbei und schau mir den Kahn an. Anschließend mach ich einen Kostenvoranschlag, und wir kommen bestimmt ins Geschäft.«

Renke Harms hielt Frauke die Hand hin, und sie schlug begeistert ein. Es ging voran.

Der Bootsbauer wirkte sehr angetan. »Ich liebe alte Schiffe, und vor allem dann, wenn ich ein Schmuckstück daraus machen soll. Die Auftragslage ist leider gerade nicht rosig, da kann ich deinen Kahn dazwischenschieben und flottmachen. Passt wirklich hervorragend.«

»Gut, dann sind wir ja klar«, verabschiedete sich Frauke mit der typisch norddeutschen Redewendung.

Mehr konnte sie einstweilen nicht tun, denn sie musste Renkes Einschätzung abwarten, ehe sie sich um Weiteres kümmerte – nicht, dass sie Fehlkäufe tätigte oder sich finanziell doch übernahm.

Aber ich kann schon mal ein paar neue Stühle und einen Tisch besorgen, dachte sie. Mit schicken Auflagen. Heinz sollte nicht noch vor Beginn ihres Projekts Rückenprobleme bekommen.

Kurzerhand steuerte Frauke den nächsten Baumarkt in Nordenham an. Es waren zwar fast zehn Kilometer bis dorthin, aber das musste sie in Kauf nehmen. Ganz in Ruhe suchte sie einen runden Holztisch mit passenden Stühlen und zwei Liegen aus. Dazu wählte sie kräftig rote Auflagen. Alles sollte noch am Nachmittag geliefert werden.

Inzwischen war der Vormittag verstrichen. So schnell war die Zeit lange nicht herumgegangen. Wie schön, wenn man eine Aufgabe hatte!

Fraukes Magen knurrte, und ein Blick auf die Uhr zeigte ihr, dass sie es gerade noch rechtzeitig zum Brathähnchen im Sonnenuntergang schaffen würde. Sie liebte dieses Gericht, und deshalb sputete sie sich. Schließlich konnte sie jetzt noch alles genießen, was möglich war.

Im Flur der Seniorenresidenz kam ihr Sanja Maurer entgegen.

»Ach, wie schön, dass wir uns gleich über den Weg laufen«, begrüßte sie Frauke. »Ich habe heute meinen ersten Tag hier. Ist alles noch neu. Wie Sie wissen, bin ich nicht Ihrem Bereich zugeordnet, sondern arbeite auf der Pflegestation. Allzu oft werden wir uns deshalb wohl nicht sehen.«

»Das ist richtig, ich pflege mich nämlich noch selbst«, gab Frauke zurück, lächelte dann aber, denn sie wollte nett zu Kenos Mutter sein. »Trotzdem schade, wir wären bestimmt gut miteinander ausgekommen. Aber ich lebe ja nicht mehr lange im Sonnenuntergang. Das Projekt Kutter ist heute gestartet.«

Sanja sah aus, als ob sie etwas loswerden wollte. »Sie haben Keno ein Bild davon geschickt«, sagte sie.

»Genau, ein Selfie«, bestätigte Frauke. »Das war aber leider misslungen. Na ja, alles kann man nicht können.«

Die Mundwinkel von Frau Maurer zuckten, als müsse sie sich das Lachen verkneifen. Zum Glück sagte sie als erfahrene Pflegerin nichts. Sonst wäre Frauke womöglich doch noch pampig geworden, und das schien sie zu spüren.

»Ich wünsche Ihnen einen guten Start!«, sagte sie zu Frau Maurer.

»Ihnen auch alles Gute«, antwortete diese.

Frauke fand, dass sie äußerst skeptisch wirkte, und sie befürchtete, dass Kenos Mutter sicher gleich ihre Akte durchforsten würde, um etwas über Fraukes Geisteszustand zu erfahren. War man einmal im Sonnenuntergang, verließ man ihn erst wieder im Sarg mit den Füßen voraus. Das war ein ungeschriebenes Gesetz, das höchstens dann gebrochen wurde, wenn man sich wie Heinz mit irgendwelchen Bitcoins verzockte. Aber für ein Leben auf einem abgetakelten Kutter verließ kein Bewohner diese Wohnanlage.

Frauke betrat den Speisesaal, wo ihr schon lautes Stimmengewirr entgegenschallte. Aus der Küche waberte Appetit machender Brathähnchenduft. Frauke hoffte, dass es Pommes dazu gab, aber wahrscheinlich war das zu modern, und es wurden Salzkartoffeln gereicht. Aber die schmeckten mit einer guten Sauce schließlich auch.

Barbara und Heinz saßen bereits am Tisch. Vor allem ihre Freundin schaute Frauke frohgemut entgegen, Heinz hingegen wirkte so, als wisse er noch nicht, welche Empfindung nun richtig war. Obwohl es Frauke freute, fragte sie sich zum wiederholten Mal, ob die gute Laune von Barbara nicht aufgesetzt war und sie nur so tat, als ginge es ihr wunderbar, obwohl sie innerlich unglaublich litt, weil sie aus dem Sonnenuntergang würde ausziehen müssen.

»Du strahlst genauso wie ich!«, begrüßte Barbara sie.

Frauke setzte sich. »Ja, ich habe nämlich schon viel geregelt, und wenn ihr am späten Nachmittag zum Kutter kommt, dann habe ich für euch eine Überraschung!«

»Das klingt gut«, antwortete Heinz und schaute prüfend zu seiner Frau, als müsste er dort erst die Erlaubnis zum Sprechen einholen.

»Ich habe derweil mit der Heimleitung konferiert«, sagte Barbara. »Ihr wäre es lieb, wenn wir, so schnell es geht, in dein Appartement ziehen könnten, auch wenn das völlig unüblich ist. Aber solange wir uns einig sind, nickt sie es ab. Die Warteliste für den Sonnenuntergang ist lang, Frau von der Möhlen war fast dankbar, dass wir Platz machen. Die Angehörigen können wohl ziemlich Druck machen.« Ihr Gesicht verfinsterte sich. »Stell dir mal vor, sie würden da öfter nachhelfen, damit sie ihre Alten unterbekommen! Hat man alles schon im Fernsehkrimi gesehen!«

Frauke schüttelte den Kopf. »Was du immer denkst, Barbara. Hier werden keine Bewohner beiseitegeschafft, genauso wie die Bank keine Killer schickt. Woher nimmst du solche Ideen?«

»Das zeigen die doch immer! Im TV kommt nichts anderes. Nur Krimis. Das muss doch daran liegen, dass die Welt so schlecht ist. Deshalb fällt den Filmemachern nichts anderes mehr ein als Mord und Totschlag. Das nennt man Reality-TV.«

Frauke winkte ab, verkniff es sich aber, das richtigzustellen, denn Reality-TV war etwas anderes. Sie seufzte. »Das liegt vermutlich eher an den Einschaltquoten. Wobei ich dir recht gebe, etwas mehr Abwechslung wäre wünschenswert.«

»Da bin ich ja beruhigt«, antwortete Barbara und befestigte die Stoffserviette im Ausschnitt von Heinz' Hemd. »Er kleckert immer so«, erklärte sie Frauke, die das mit befremdlichem Blick zur Kenntnis nahm.

»Aber ich bin froh, dass es uns bald nicht mehr betrifft, weil wir von allein gehen und dadurch zwei Appartements frei werden. Dann kann die gute Frau von der Möhlen die Wartelistenmenschen beruhigen, und wir sind aus der Schusslinie. Im wahrsten Sinn des Wortes, nicht wahr?«

Frauke seufzte leise. Was von dem Teil »Hier werden keine Menschen umgebracht« hatte Barbara nicht verstanden? Auch jetzt verspürte sie keine Lust auf weitere Diskussionen. Stattdessen sagte sie: »Aber natürlich könnt ihr gleich zu mir ziehen. Packt alles zusammen, für die kurze Zeit stemmen wir das schon.«

»Es wird wundervoll!«, schwärmte Barbara, und Frauke musterte sie. Nein, der Umschwung kam wirklich zu schnell. Hoffentlich brachte ihnen das nicht doch noch Schwierigkeiten.

Und schon ging es los.

»Da ist noch was«, sagte Heinz.

»Und was?«, fragte Frauke.

Sie sah von einem zum anderen. Heinz ruckelte verlegen die Serviette zurecht, bis sie wieder schief hing und Barbara sie erneut richten musste.

»Na ja«, brachte er dann mit schleppendem Tonfall hervor. »Wir dachten, dass wir auf jeden Fall eine Aufgabe für mich brauchen, weil ich nicht backen kann und das Sahneschlagen, Einkaufen und gelegentliche Buchen der Liegeplätze, was ja noch gar nicht anliegt, meinen Geist unterfordert. Deshalb meinte Barbara, ich könnte doch die Bauleitung auf dem Kutter übernehmen. Es gibt strategisch viele Dinge zu berücksichtigen. Auch wenn du einen Bootsbauer verpflichtest, ist Eigenleistung erforderlich, Dinge müssen besorgt und abgestimmt werden. Da bin ich quasi Fachmann«, fuhr er geschwollen fort.

Frauke glitt ein breites Grinsen übers Gesicht. »Das ist eine ganz wunderbare Idee, Heinz. Du bist wirklich ein guter Organisator, und wenn wir ein solches Projekt in Angriff nehmen, geht es nur gemeinsam.«

Heinz wuchs ein Stück. »Deshalb hab ich mal was vorbereitet.«

Verlegen fingerte er an der Innentasche seiner Weste herum, bis er ein Papier zutage förderte.

»Was ist das?«, fragte Frauke.

»Das sind Excel-Tabellen. Ich habe sie den ganzen Morgen über erstellt und dann ausgedruckt. Wir müssen die Daten noch angleichen, wenn wir wissen, wann genau alles fertig sein soll. Immerhin gibt es mehrere Dinge gleichzeitig zu planen.«

Frauke nahm ihm die Tabellen aus der Hand. So etwas hatte sie noch nie gesehen, aber was Heinz da entworfen hatte, klang logisch und nachvollziehbar. Sie war tatsächlich froh über seine Unterstützung. Es war gut, Freunde zu haben.

»Danke«, sagte sie erleichtert. »Danke, Herr Bauleiter. Heute Nachmittag sieht sich Renke Harms den Kutter an. Dann kalkuliert er die Kosten, und es kann beinahe losgehen. Wenn du möchtest, sei gern dabei.«

Heinz beugte sich hinüber und streifte dabei mit seiner Serviette übers Papier. Er deutete auf eine Stelle am Rand. »Da kann ich die Kosten später noch eintragen.«

Sie wurden unterbrochen, weil das Essen gebracht wurde. Die Brathähnchenteile waren wunderbar kross gegrillt und dufteten himmlisch. Und zu den Salzkartoffeln wurde eine so leckere Paprikasoße gereicht, dass Frauke dem Koch sofort die fehlenden Pommes verzieh.

»Nun sollten wie erst mal essen«, sagte Frauke. »Der Kutter steht jetzt hintenan. Ich sterbe vor Hunger!« Beherzt griff sie zu.

*

Keno konnte es kaum abwarten, dass die Schulstunden vorbei waren. Seine Mutter war noch bei der Arbeit, sie war heute Morgen, an ihrem ersten Tag im Sonnenuntergang, ganz schön nervös gewesen. Er hatte am Nachmittag also freie Bahn, weil sie erst am Abend gemeinsam essen würden. Mittags aß er etwas in der Schulkantine, aber er freute sich immer sehr auf das Selbstgekochte seiner Mutter. Es schmeckte einfach besser als die ewige Kartoffelbrei- und Gemüsepampe, die es in der Schule gab. Er fand dort alles etwas fantasielos, und Vitamine waren in dem Essen ganz sicher nicht mehr enthalten.

Seine freie Zeit wollte Keno nutzen, um nach Fedderwardersiel zu fahren. Er war überaus neugierig, ob Frau Hansen auf dem Kutter zu finden war und was sie schon gemacht hatte. Außerdem wollte Keno sich heute ein Herz fassen und sie darum bitten, bei den Arbeiten mithelfen zu dürfen.

Weit war es nicht von Burhave nach Fedderwardersiel, aber Keno hatte Gegenwind, und es war merklich kühler als die letzten Tage, als er mit dem Rad unterwegs gewesen war. Er strampelte munter drauflos und hatte sein Ziel bald erreicht.

Wieder tummelten sich am Hafen eine Menge Leute. Fedderwardersiel war eben ein Touristenmagnet, und die ersten Osterurlauber waren bereits an der Küste eingetroffen. Die Kutter lagen auf der linken Seite des Hafenbeckens, rechts würde später das Ausflugsschiff Wega II festmachen.

Keno verlangsamte das Tempo und rollte durch die Hafenanlage. Dabei studierte er im Vorbeifahren die Namensschilder der bunten Schiffe. Es wirkte total gemütlich, wie sie da im Licht der Nachmittagssonne vertäut lagen. Keno ließ seinen Blick schweifen. Ganz hinten sah er am Steg einen dunkelbraunen Kutter, und genau auf den hatte Frau Hansen beim Essen gezeigt.

Allerdings hieß er schlicht Alte Liebe, nix mit Roter Oskar, aber vielleicht war Frau Hansen bisher nicht dazu gekommen, den Zusatz zu ergänzen.

Keno umrundete den Hafen und hatte Glück, denn sie war an Bord und gerade dabei, ein paar Pappverpackungen aufzuschneiden.

»Moin!«, rief Keno. »Ich bin da!«

Frau Hansen sah zu ihm herüber und hielt sich beim Aufrichten das Kreuz. Um ihr graues Haar hatte sie ein Kopftuch geschlungen, dazu trug sie eine riesengroße Jeanslatzhose, unter der ein gelber Pulli hervorlugte. Ihre Füße steckten in grünen Gummistiefeln. »Moin Keno, hast du meine WhatsApp bekommen?«

»Jo, aber da war eine ka…« Er schluckte und sprach dann weiter, »eine Möwe drauf, nicht Sie. Dass das Bild auf einem Kutter aufgenommen wurde, war allerdings zu erkennen.«

Frau Hansen zuckte mit den Schultern. »Dann hab ich mich wohl verfotografiert«, sagte sie.

Keno musste bei der Wortschöpfung grinsen. Es gab allerdings auch die Wörter verfahren, verlaufen – warum also nicht verfotografieren?

»Komm an Bord, dann kannst du mir helfen«, sagte Frau Hansen.

Das ließ sich Keno nicht zweimal sagen. Er stellte das Rad ab und lief über den metallenen Steg auf den Kutter.

»Ich bin übrigens Frauke.« Sie streckte ihm die Hand entgegen. »Ich hab es nicht so mit dem Förmlichen, dann fühle ich mich alt.«

»Gut, dann Frauke!« Keno grinste und sah sich neugierig auf dem Kutter um. »Soll ich beim Auspacken helfen?«, fragte er.

»Gern. Ich sehe, du bist nicht nur hier, weil es dich neugierig gemacht hat, was die alte Frau mit einem Kutter will.«

»Nee, mich interessiert das hier alles wirklich«, meinte Keno. »Los geht's!« Er griff nach dem nächsten Paket und schlitzte es auf. »Oh, du hast neue Stühle gekauft. Sie sehen gut aus.«

»Ja, vier Stück«, bestätigte Frauke. »Die alten waren so marode, ich hatte Angst, sie würden zusammenbrechen. Außerdem waren die Auflagen eine Zumutung. Da haben Mäuse und Ratten oder was weiß ich noch wer im Wechsel drauf geschlafen. Ich dachte, ich fange damit mal an. So habe ich gleich ein besseres Gefühl, und wir können später bei der Arbeit in Ruhe Pause machen.«

Keno half, auch die letzten Stühle von der Verpackung zu befreien, und baute zum Schluss den Tisch auf. Nun stand ein wunderbares Ensemble an Deck, eine Mischung aus gebeiztem Holz und Metallstreben, was gleich viel freundlicher wirkte als diese maroden Plastikteile.

»Das ging ja fix dank deiner Hilfe«, sagte Frauke erfreut.

»Gern geschehen.« Keno schaute etwas verlegen auf die Schiffsplanken. »Steht es denn jetzt fest, dass du … dass du den Kutter umbaust?«

»Ja, klar. Ich habe sogar noch zwei Mitstreiter für das Projekt gewinnen können. Und ich war heute Morgen bei Renke Harms, dem Bootsbauer. Wenn ich etwas in Angriff nehme, dann immer jetzt und sogleich.«

»O wie schön. Renke kenne ich«, sagte Keno. »Ich arbeite ab und zu auf seiner Werft mit.«

Frauke wirkte sichtlich überrascht – und erfreut.

»Wer sind denn die anderen beiden, die hier mithelfen?«, fragte Keno mit einem enttäuschten Tonfall. Seine Hoffnung war bei ihren Worten in freiem Fall gesunken. Wenn Frauke schon Hilfe hatte, würde sie ihn bestimmt gar nicht brauchen. Wie schade.

»Das sind meine Freunde, mit leider zwei linken Händen, was handwerkliches Geschick angeht«, erzählte Frauke. »Ich hoffe, sie können wenigstens einen Hammer von einer Zange unterscheiden.« Sie seufzte schwer.

Kenos Mut wuchs wieder, seine Chancen waren also doch nicht so schlecht. »Aber warum lässt du sie denn helfen, wenn sie dazu gar nicht in der Lage sind?«, fragte er.

Frauke verzog das Gesicht und riss kurz an, dass Barbara und Heinz alles verloren hatten. »Es sind meine Freunde, die lasse ich nicht im Stich«, schloss sie. »Und ich finde, gerade in ihrer Lage müssen sie das Gefühl haben, wichtig zu sein.« Sie kicherte. »Sie müssen ja nicht merken, dass ich die Zügel ganz straff in der Hand halte.« Dann musterte sie Keno. »Du guckst so bedröppelt.«

»Ja, ich wollte dich etwas fragen.«

Frauke zog die Brauen hoch.

Keno druckste herum, aber wenn er etwas erreichen wollte, musste er ehrlich sein. »Ich wollte fragen, ob ich beim Umrüsten helfen kann. Also wirklich. Und richtig.«

Erstaunt sah Frauke ihn an. »Du? Nun, du hast ja sicher Erfahrung, wenn du ab und zu Renke zur Hand gehst.«

Keno erzählte von seinen Plänen, nach der Schule entweder Tischler oder Bootsbauer zu werden. »Ich möchte auf jeden Fall einen Handwerksberuf ausüben.«

Er sah Frauke prüfend an und war erleichtert, dass sie ihm die Hand entgegenstreckte. »Willkommen im Team Kutter! Das klingt super.« Dann grub sie die Zähne in die Unterlippe. »Spielst du zufällig auch noch ein Instrument?«

»Ja, Gitarre, warum?«

Frauke grinste breit. »Weil wir irgendwie so etwas sind wie die Bremer Stadtmusikanten. Alle auf der Flucht nach dem Motto: Etwas Besseres als den Tod finden wir überall.«

Keno fiel in Fraukes Lachen ein.

»War nur ein Scherz«, sagte sie dann. »Wir drei sind vollkommen unmusikalisch, aber das waren die Bremer Stadtmusikanten ja auch.«

»Die Kuttermusikanten«, verbesserte Keno sie. »Wir wären ja eher Kuttermusikanten.« Das versprachen lustige Ferien zu werden. Er war so froh, dass er Frauke getroffen und ihr seine Hilfe angeboten hatte!

Keno fiel ein Stein vom Herzen, der sich aber sofort neu platzierte, als er sah, wer da eben auf den Kai gefahren kam. Opa Malte. Der hatte ihm gerade noch gefehlt.

*

»Inzwischen finde ich es gar nicht mehr so schlimm, dass wir den Sonnenuntergang verlassen müssen«, sagte Barbara in munterem Tonfall und verpackte das nächste Buch. »Frauke hat recht, wir sind noch viel zu jung und zu fit dafür. Erst jetzt merke ich, wie sehr es mir gefehlt hat, etwas zu tun. Ich freue mich darauf, zu backen und den Gästen meine Köstlichkeiten zu servieren.«

Heinz wiegte mit skeptischem Blick den Kopf. »Und ich dachte immer, das Einzige, was dir wichtig ist, heißt Luxus. Nur deshalb habe ich ja so hoch gezockt.«

Barbara lief rot an. »Das dachte ich selbst auch, aber ich merke jetzt, dass es anders ist. Vorher dümpelte alles so vor sich hin, was ziemlich bequem war, aber nun stelle ich fest, dass es in meinen Fingerspitzen juckt und ich etwas bewegen will.«

»Aber wir müssen dafür hier alles aufgeben«, wandte Heinz ein.

Seine Frau winkte ab. »Das ist doch gleichgültig, mein Guter! Ich glaube, Fiete wusste, was er tat, als er Frauke den Kutter vermacht hat. Er hat geahnt, dass das hier nichts für sie ist – und nun zieht sie uns mit! Frauke hat uns im wahrsten Sinne des Wortes an Bord geholt, und das auf unsere alten Oma-Opa-Tage!« Barbara strahlte und knuffte ihren Gatten. »Auf uns wartet eine Menge Arbeit. Komm, lass uns zum Hafen gehen und später weiter einpacken.«

Sie nahmen ihre Jacken in die Hand, mussten aber draußen feststellen, dass es längst nicht mehr so warm war.

»Die sollten wir lieber anziehen«, meinte Barbara. »Es ist kühl, aber trotzdem wunderbares Wetter. Wollen wir laufen? Unser Auto kommt ja ohnehin bald weg.«

Heinz schaute sie befremdlich an. »Ganz ehrlich, du machst mir Angst. Ich kaufe dir die Unbeschwertheit nicht ab. Diese plötzliche Kehrtwende …«

Er packte seine Frau bei den Schultern und drehte sie zu sich hin. Er wirkte verunsichert, und in Barbara begann es zu bröckeln.

Sie senkte den Kopf. »Ja, es ist schwer, das gebe ich zu. Aber es ist nun mal, wie es ist, und ich habe in einer Frauenzeitung gelesen, dass man mit Schicksalsschlägen am besten zurechtkommt, wenn man sie akzeptiert und das Beste draus macht. Das versuche ich nun.«

Heinz drückte sie, und so standen sie eine Weile eng umschlungen beieinander. Das hatten sie seit Ewigkeiten nicht mehr getan. Diese Nähe zueinander gefühlt. Dem Herzschlag des anderen gelauscht und die gegenseitige Wärme geteilt.

Als sie sich losließen, hauchte Barbara ihrem Mann einen Kuss auf die Lippen und sagte: »Siehst du, auch das haben wir wieder entdeckt. Alles hat sein Gutes, auch im Schlechten.«

Heinz schaute zwar immer noch argwöhnisch, aber er lächelte. »Wir werden zurechtkommen.«

»Das werden wir. – Und jetzt zu Fuß auf nach Fedderwardersiel.«

Heinz grinste. »Ich habe eine bessere Idee.«

»Und die wäre?«

»Rad fahren!«

»Rad fahren?«, gab Barbara konsterniert zurück.

»Ja, komm, wir gehen mal zum Fahrradverleih.«

»Ob ich das noch kann? Ich weiß nicht? Wie viele Jahre habe ich nicht mehr auf einem Fahrrad gesessen?«

»Dann wird es doch Zeit«, sagte Heinz. »Wenn du zukünftig ein Kuttercafé betreiben und zusammen mit mir und Frauke in See stechen möchtest, sollten wir zuvor etwas für unsere Fitness tun, meinst du nicht?«

Sie umrundeten ein paar Straßenecken, bis sie vor dem Verleih angekommen waren. Barbara zog die Brauen hoch und deutete auf ein größeres Gefährt, das vorn zwei Sitze, hinten drei weitere und ein richtiges Lenkrad zum Steuern hatte. »Dann nehmen wir zum Eingewöhnen das. Ich bin ja nicht mehr ganz so fit.«

»Das ist ein Tretmobil«, erklärte Heinz. »Schau, es hat sogar ein Dach.«

»Das sieht auf jeden Fall weniger anstrengend aus«, meinte Barbara.

»Treten musst du aber auch.« Heinz schmunzelte, ging zum Verleiher und buchte es.

Gleich darauf nahmen beide auf den vorderen Sitzen Platz, und zunächst fühlte es sich auch recht komfortabel an. Barbara hatte zwar leichte Probleme, mit ihren Schuhen nicht ständig von den Pedalen abzurutschen, aber sie verkniff sich jegliche weitere Bemerkung.

Dann strampelten sie los, nur ging Barbaras Rechnung nicht auf. Hatte sie geglaubt, es wäre einfacher, dieses Gefährt zu zweit zu fahren, auch in der Hoffnung, heimlich ihrem Gemahl das Trampeln zu überlassen, wurde sie jetzt eines Besseren belehrt. Das Treten war mühsam, und wenn sie nicht mitmachte, fiel das durchaus auf. Sie kamen langsamer voran als gedacht. Barbara war schon binnen kürzester Zeit völlig aus der Puste. So würden sie doch ganz schön lange bis Fedderwardersiel brauchen. Schon bald war sie in Schweiß gebadet.

Auch auf Heinz' Stirn bildeten sich feine Perlen, er hatte die Lippen zu einem Strich zusammengezogen und trat tapfer in die Pedale. Als sie an der Ferienhaussiedlung vorbeikamen, die links vom Deich lag, bat er um eine Pause. Erst jetzt bemerkte Barbara, wie blass ihr Gatte geworden war.

Sie blieben völlig ermattet auf dem Tretmobil sitzen. Heinz zupfte sein kariertes Stofftaschentuch aus der Hosentasche und tupfte die Stirn ab. »Ist doch ziemlich anstrengend«, keuchte er. »Aber wären wir gelaufen …«

»… hätte uns das ebenfalls den Schweiß auf die Stirn getrieben«, vervollständigte Barbara seinen Satz. »Wir müssen wirklich noch fitter werden für den nächsten Lebensabschnitt. Der Sonnenuntergang hat uns bequem gemacht.«

Heinz legte die Hand auf seinen feisten Bauch, auf dem er sonst stets stolz die Flasche Jever Pils abstellte. »Und dick. Aber das werden wir jetzt ändern. Ich plane, ab morgen joggen zu gehen.«

Entsetzt legte Barbara ihre Hand auf seinen Unterarm. »Das kannst du doch nicht machen! Stell dir vor, du kippst um. Ich glaube, du solltest erst einmal walken. Das macht Gerlinde von Früsma auch immer.«

Heinz rollte mit den Augen, denn Gerlinde von Früsma, die ebenfalls im Sonnenuntergang lebte, war ähnlich wie Frau Waltermann ein rotes Tuch für ihn, das wusste Barbara. Gerlinde hatte früher in Brake eine Apotheke betrieben und war eine furchtbare Gesundheitsfanatikerin. Heinz ließ niemals ein gutes Haar an ihr. »Sie ist spindeldürr, isst nur Salatblätter, und ihre Zähne haben sich der Ernährung auf wundersame Weise angepasst, sodass sie mich immer an ein verhungertes Kaninchen erinnert«, hatte er mal gesagt. Barbara fand das ein bisschen hart, auch wenn es der Wahrheit recht nahekam.

Auch jetzt schlug Heinz wieder in diese Kerbe. »Also, wenn ich dem ganzen Dilemma etwas abgewinnen kann, dann ist es, dass ich dieser Frau schon bald nicht mehr begegnen werde.«

Barbara konnte ein Grinsen nicht unterdrücken. Sehr erfolgreich war Gerlinde mit ihrer Missionsarbeit ohnehin nicht, denn Barbara liebte gutes und gehaltvolles Essen, und sie passte sich lediglich bei ihren Zusammentreffen mit Gerlinde deren Essgewohnheiten an, weil sie die Endlosdiskussionen fürchtete.

»Und wir werden Frau Waltermann nicht mehr begegnen«, sagte Barbara. Plötzlich zuckte sie zusammen. »Hörst du das auch?«

Heinz wischte sich noch immer die Stirn. »Was soll ich hören?«

»Na, das Jaulen.« Barbara neigte sich ein Stück zur Seite. »Klingt wie ein Hund.«

Jetzt hatte auch Heinz das Geräusch vernommen. »Stimmt. Es kommt da aus dem Busch.«

Barbara hüpfte von ihrem Gefährt. Sie war froh, dass sie sich einen Augenblick anders bewegen konnte als Pedale tretend. Ihr tat der Allerwerteste ziemlich weh.

Sie näherten sich dem Gebüsch, das Jaulen wurde lauter, und als Heinz die Zweige auseinanderbog, hockte vor ihnen ein brauner Hund der Rasse Ich-weiß-nicht-wer-alles-in-mir-steckt. Er hatte leicht nach vorn abgeknickte Ohren und glich auch der Schnauze nach ein bisschen dem bekannten Hund Strolchi. Er war noch klein, nur wiesen seine großen Pfoten darauf hin, dass er wohl noch um einiges wachsen würde. Vorn an der Brust prangte ein großer weißer Fleck.

Der Welpe jaulte herzzerreißend und krabbelte sofort auf die beiden zu, wobei sein Schwanz heftig hin und her schlug.

»Was bist denn du für einer?«, fragte Heinz und beugte sich zu dem Kleinen hinunter. Er streichelte ihm den Kopf, und das Tier schleckte begeistert seine Hand ab.

»Fass den lieber nicht an«, warnte Barbara. »Womöglich hat er Würmer oder Flöhe. Wir wissen schließlich nicht, woher er stammt.«

»Das ist doch jetzt unerheblich«, entgegnete Heinz. »Wir müssen uns um ihn kümmern, sonst verhungert er hier. Ich fürchte, er ist ausgesetzt worden.«

Barbara blieb zwar misstrauisch, aber ihr Mann hatte recht. Es wäre unmenschlich, den Hund hierzulassen.

»Und jetzt?«, fragte sie. »Sollen wir ihn zum Tierarzt bringen? Nur wie? Mit diesem Gefährt und unserer Kondition kommen wir nicht mehr weit.«

Heinz wiegte den Kopf. »Er braucht Futter und Wasser. Am besten nehmen wir ihn mit zum Kutter, und dann können wir mit Fraukes Auto losfahren, um etwas zu fressen zu kaufen oder ihn tatsächlich im Tierheim abzuliefern.«

»Wir wissen doch gar nicht, was so ein junger Hund frisst!«

Heinz presste die Lippen aufeinander. »Wenn wir zu einem Fachmarkt fahren, werden die uns weiterhelfen können.«

»Falls Frauke den Mini rausrückt«, unkte Barbara. »Ich finde, wir sollten ihn lieber gleich zum Tierarzt bringen. Falls er doch Würmer hat.« Wieder verzog sie bei der Vorstellung das Gesicht.

Doch Heinz nahm den Welpen auf den Arm und trug ihn, während er sanft seinen Kopf streichelte, zu ihrem Gefährt. »Du wirst ihn jetzt auf dem Schoß halten, und ich fahre uns nach Fedderwardersiel«, sagte er.

»Wie – ich soll den Hund anfassen?«, quiekte Barbara entsetzt.

»Du kannst natürlich auch treten«, meinte Heinz. »Dann nehme ich ihn.«

»Das ist Erpressung und die Wahl zwischen Pest und Cholera«, schimpfte Barbara und dachte darüber nach, was ihr besser in den Kram passte. Am Ende entschied sie sich doch für den Hund.

Sie nahm ihn auf den Schoß. Er legte seinen Kopf sofort vertrauensselig auf ihre Knie und schien froh darüber zu sein, dass sich jemand um ihn kümmerte. Heinz gab ordentlich Gas und geriet sofort wieder heftig ins Schwitzen. Endlich erreichten sie den Hafen.

Frauke stand mit einem jungen Mann an Deck des Kutters, von wo aus sie gemeinsam zu einem Mann auf dem Kai starrten.

»Da stimmt was nicht«, rutschte es Barbara heraus. »Da stimmt etwas ganz gewaltig nicht. Und jetzt kommen wir auch noch mit einem räudigen Straßenhund an!«

# Kapitel 9

Frauke schaute entgeistert zu dem Mann, der eben aus dem Wagen gestiegen war. Sie schüttelte genauso ungläubig wie er den Kopf und war sich sicher, einer Fata Morgana aufzusitzen. War er es wirklich?

Auch ihr Gegenüber schaute sie an, als stünde er einem Geist gegenüber und als würde er am allerliebsten auf dem Absatz kehrtmachen und die Flucht ergreifen. Nur waren sie durch ihre Blicke derart aneinandergefesselt, dass sie sich nicht von der Stelle bewegten. Keno schaute nur von einem zum anderen, brachte aber keine Frage über die Lippen. Es war fast ein magischer Moment.

Gerade als Frauke etwas sagen wollte, rollte eines dieser überdimensionalen Touristenfahrräder heran, die Tretmobile genannt wurden. Auf den Sätteln thronten Barbara und Heinz, und wenn Frauke nicht alles täuschte, hatte ihre Freundin einen Hundewelpen auf dem Schoß. Aber sie musste sich irren, denn das würde Barbara niemals tun. Es wäre ihr viel zu unhygienisch, zumal der Welpe ihr fast ununterbrochen über den Handrücken schlabberte. Angesichts der Tatsache, dass sie, Frauke, am heutigen Tag offenbar Gespenster sah und sogar glaubte, der ältere Herr im Anzug wäre ihr Roter Oskar, obwohl der ganz sicher niemals in einem Anzug stecken würde, musste auch das ein Irrtum sein.

Ich fürchte, ich habe mich mit meinen Plänen einfach arg übernommen, dachte Frauke. Ich brauche wohl Hilfe.

»Juhu, guck mal!« Die Frau auf dem Gefährt winkte, und ihre Stimme glich durchaus der von Barbara. Frauke wischte sich über die Augen. Sie schloss sie kurz, zwinkerte, öffnete sie wieder, aber jedes Mal blieb das Bild dasselbe. Vor ihr stand ein Mann, den Keno gerade mit Opa Malte ansprach und der ihrem Roten Oskar auch nach all den Jahren wie aus dem Gesicht geschnitten war. Am Kai standen außerdem eindeutig Barbara und Heinz mit einem Hundewelpen.

Sie *musste* Halluzinationen haben, anders war diese Situation nicht zu erklären.

»Können wir hochkommen?«, fragte Heinz. Er zeigte auf den Hund. »Wir haben ein Findelkind, das unserer Hilfe bedarf. Es braucht Wasser.«

Frauke nickte. »Ja … bitte«, antwortete sie fahrig. Dann schaute sie wieder zu dem Mann am Kai. »Und wenn Sie Kenos Opa sind, sind Sie selbstverständlich auch willkommen. Ich kann Ihnen nur nichts anbieten, es ist alles noch sehr … einfach auf meinem Kutter.«

Kenos Großvater folgte Barbara und Heinz über den Steg und streckte Frauke formvollendet die Hand entgegen. »Gestatten, Malte Willich.« Er legte den Kopf schief und musterte sie.

Frauke schüttelte innerlich den Kopf. Sie hatte sich geirrt. So geschwollen hätte sich ihr Roter Oskar niemals ausgedrückt. Aber diese Stimme … Über Fraukes Rücken kroch eine ähnliche Gänsehaut wie damals. Auch die braunen Teddyaugen hatten dieselbe Wirkung. Aber der Rest? Das ganze Auftreten, die Haltung … Nein, das war ein blöder Zufall. Dieser Mann konnte sich früher schlichtweg nicht auf Demos herumgetrieben haben.

Frauke deutete auf die vier Stühle und war froh, sie besorgt zu haben. Mit den alten hätte sie sich angesichts des Besuchs doch sehr geschämt.

»Ei der Daus, was seh ich da! Ein verliebtes Ehepaar. Und dann noch mit Hund, das hält sie stets gesund!« Knut winkte vom Nachbarkutter herüber.

Frauke hob kurz die Hand, hoffte aber, dass der Skipper drüben blieb und nicht mit seiner Schnapsbuddel rüberkam, auch wenn Alkohol angesichts dieser Situation jetzt vielleicht nicht die schlechteste Lösung war.

Zum Glück machte Knut keinerlei Anstalten, sich zu ihnen zu gesellen, sondern begann, mit einem Wasserschlauch das Deck abzuspritzen.

Heinz durchwühlte derweil die Kombüse und kam mit einer verbeulten Blechschüssel zurück, die er mit Wasser gefüllt hatte und dem Hund hinstellte. Der Welpe schlabberte sofort los. Keno hockte sich augenblicklich neben ihn.

Inzwischen hatte Frauke sich wieder gefangen und war nicht mehr ganz so durcheinander.

»Wie gesagt, ich kann Ihnen nichts anbieten«, begann sie. »Aber wir können ja ein bisschen klönen. Sie sind also Kenos Opa aus Cuxhaven und«, sie wandte sich an Barbara und Heinz, »ihr beiden habt einen Hund gefunden?«

Sie erntete ein dreiköpfiges Nicken. Folglich hatte sie doch noch alle Sinne beisammen, was sie aber nicht tröstete, denn es erschien ihr so, als würden jetzt erst die wahren Schwierigkeiten beginnen.

Wenn Herr Willich sie so sehr an ihren Roten Oskar erinnerte, dass ihr noch immer vor Aufregung der Schweiß ausbrach, war das sehr unangenehm, schließlich war sie kein Teenager mehr. Und sie konnte im Augenblick alles Mögliche ertragen, nur keine weiteren Komplikationen.

Und ein Findelhund, der ausgerechnet Barbara und Heinz zugelaufen war, würde nur zu Chaos führen, denn es passte hinten und vorn nicht zusammen. Frauke konnte sich viele Dinge vorstellen, aber nicht, dass Barbara mit einer schwarzen, kleinen Tüte bewaffnet die Hinterlassenschaften des Tieres beseitigte. Oder sich langfristig zur Begrüßung die Hand schlecken ließ, ohne anschließend literweise Desinfektionsmittel über ihre Hände zu schütten. Die Situation war also erfasst und analysiert, besser wurde es dadurch aber auch nicht.

Keno kümmerte sich schon um den Hund und untersuchte ihn. »Das ist kein Rüde«, erklärte er. »Eindeutig ein Hundemädchen. Aber was machen wir denn jetzt damit? Ich glaube, hier hat keiner auch nur den blassesten Schimmer, wie man mit einem Welpen umgeht, oder?«

Alle zuckten gleichzeitig mit den Schultern, Keno hatte den Nagel auf den Kopf getroffen.

»Ich weiß nur, dass man diese Tütchen braucht, um … na ja, ihr wisst schon«, sagte Herr Willich, woraufhin Barbara ein angeekeltes »Iih!« ausstieß.

Heinz steuerte bei, dass er mal gelesen hatte, wie wichtig eine ausgiebige Wurmkur war, was Barbara weiter erbleichen ließ und Frauke erneut in ihren düsteren Vorahnungen bestätigte. Sie spürte, wie sich alle Blicke nach und nach auf sie fokussierten. Abwehrend hob sie die Hände. »O nein, ihr Lieben. Ich bin Kuttereignerin, ich habe absolut keine Zeit, einen Welpen großzuziehen. Vergesst den Gedanken gleich wieder! Es gibt auch keinen Kutterhund. Jedenfalls nicht zwangsweise.«

»Aber ein Hund an Bord hat doch Charme«, entgegnete Heinz, der das Tier sichtlich loswerden wollte. »Überleg mal, wie fein es wäre, wenn du jeden Morgen mit einem freundlichen Wuff geweckt würdest. Ich fände es reizend, wenn er mich dann auch täglich so begrüßt. Es ist immer jemand da, der sich über deine Anwesenheit freut«, versuchte er, Frauke die Hündin weiter schmackhaft zu machen, »und demnächst sind wir ja auch oft hier!«

Aber Frauke winkte vehement ab. »Ich bin jetzt zweiundsiebzig Jahre lang ohne ein freundliches Wuff ausgekommen und davon überzeugt, es bis zum Ende meiner Tage zu schaffen«, gab sie zurück. Nein, sie wollte nicht auch noch einen Hund, sie hatte doch schon Barbara und Heinz, das war anstrengend genug. Und wer sich um die Hundehaufen und die Erziehung zu kümmern hatte, war ja irgendwie auch schon festgelegt. Nein!

Keno hatte bisher schweigend zugehört und sagte jetzt: »Bevor wir uns darüber Gedanken machen, wer die Kleine übernehmen soll, müssen wir sie erst einmal versorgen. Und vielleicht reden wir ohnehin über ungelegte Eier, denn es besteht doch die Möglichkeit, dass sie nur weggelaufen ist. Deshalb sollten wir zunächst den Besitzer suchen.«

Frauke hätte den jungen Mann für diese Aussage in den Arm nehmen können. Endlich mal ein vernünftiger Vorschlag!

Jetzt mischte sich auch Kenos Großvater ein, und wieder überkam Frauke beim Klang seiner Stimme Gänsehaut.

»Wenn sie aus einem Zuchtbetrieb oder einer Vermittlungsstelle stammt, ist sie entweder gechippt oder hat eine Marke«, wusste er zu berichten. »Das habe ich mal gelesen. Und ich lese viel.«

Keno untersuchte den Welpen. »Ich fürchte, beides Fehlanzeige. Sie hat nicht einmal ein Halsband.«

»Sie muss sofort zum Tierarzt! Wenn sie Parasiten hat, dann habe ich mich sicher schon angesteckt!«, rief Barbara. »Würmer können auch bei Menschen sehr gefährlich sein. Ich habe mal gelesen, dass Bandwürmer …« Sie sprach den Satz nicht zu Ende, war noch immer kreidebleich und rückte mit dem Stuhl ein Stück von Keno und der kleinen Hündin ab. »Ich gehe mir mal die Hände waschen. In meiner Tasche habe ich bestimmt noch ein Fläschchen Desinfektionsmittel.«

Schwupps war sie weg, und kurz darauf rauschte das Wasser in der winzigen Nasszelle, in der sich auch die Toilette befand.

»Keno, komm, wir bringen den Hund zum Tierarzt. Da können wir bestimmt klären, wie man weiter verfahren soll«, meinte sein Großvater. »Es wird wirklich das Beste sein, erst einmal die Formalitäten zu klären.«

Frauke unterdrückte ein Grinsen. Erst irgendwelche Formalitäten zu klären, passte offenbar zu Kenos Opa. Aber eben nicht zum Roten Oskar. Überhaupt nicht!

»Kann man den Hund denn nicht auch ins Tierheim bringen?«, mischte sich Heinz ein.

Inzwischen war Barbara wieder da. Sie stemmte die Fäuste in die Hüften. »Bist du von allen guten Geistern verlassen?«, fragte sie entsetzt. »Auch wenn das Tier voller Ungeziefer ist, können wir es unmöglich in eine ›Tierverwahranstalt‹ stecken! Es ist ein Lebewesen, und man bringt weder kleine Kinder noch kleine Tiere in solche Einrichtungen«, empörte sie sich. »Da ist man einer von vielen, und jeder hofft darauf, vermittelt zu werden. Das wollt ihr dem Hündchen doch nicht antun.« Sie beugte sich über die Fellnase, tat so, als wolle sie sie streicheln, zuckte dann aber zurück, weil sie sich ja eben erst desinfiziert hatte.

»Dann musst du sie betreuen«, stellte Frauke fest.

Barbara schüttelte vehement den Kopf. »Niemals!«

Sie diskutierten weiter lebhaft, bis alles damit endete, dass Keno googelte, wie man in einem solchen Fall vorging. Er las sich alles in Ruhe durch und erklärte dann den Sachverhalt.

»Wir waren schon auf dem richtigen Weg«, begann er, und Frauke war überrascht, wie souverän er war. »Also«, fuhr er fort, »wir müssen ihn zum Tierheim bringen oder zur Polizei. Falls die junge Dame von jemandem vermisst wird, ist das nämlich dort gemeldet. Ich hab hier die Nummer vom Tierschutzverein.« Er zeigte sein Handy in die Runde. »Aber da steht auch, man soll trotzdem die Polizei anrufen.«

»Gut, dann tut das«, bestimmte Frauke. »Wer übernimmt es freiwillig?«

Barbara schüttelte sofort den Kopf und hob abwehrend die Hände, während Heinz verlegen mit der Schuhspitze über die Balken scharrte.

»Jetzt sagt bloß, dass sich keiner von euch traut, bei der Polizei anzurufen und euren Fund zu melden?«, schoss es aus Frauke heraus.

»Na ja«, meinte Herr Willich. »Das kann ich durchaus verstehen. Weil die beiden den Hund einfach so mitgenommen und nicht gleich dem Tierheim überantwortet haben, liegt hier sozusagen eine Straftat vor, die unter Umständen geahndet wird. Es nennt sich ›Unterschlagung von Fundmitteln‹.«

Barbara stöhnte auf, ihr Gesicht war nun nicht mehr blass, sondern hatte eine weitere ungesunde Färbung angenommen, die ein bisschen ins Violette ging.

Kenos Opa ließ sich allerdings nicht beirren, sondern referierte unbekümmert weiter. Frauke schätzte, dass er mal Lehrer oder Universitätsdozent gewesen war. Wieder ein Punkt mehr, weshalb es sich bei diesem Mann auf keinen Fall um ihren Roten Oskar handeln konnte. Obwohl – war er nicht auch immer ein bisschen schulmeisterlich rübergekommen, wenn sie ihre Ideen diskutiert hatten?

Frauke schob den Gedanken beiseite, es ging hier schließlich nicht um ihre alte Liebe, sondern um den Hundewelpen, der ihren Kutter bitte schnellstmöglich wieder verlassen sollte, bevor sie doch plötzlich noch ein Crew-Mitglied mehr hatte. Und sogar eins, das nicht mit anpacken, sondern nur Arbeit machen würde, und dessen täglicher Begleiter kleine, mit stinkendem Inhalt gefüllte Beutelchen wären.

Weil Frauke so in ihre Gedanken versunken war, hatte sie den Vortrag von Herrn Willich nicht weiter verfolgt und bemühte sich jetzt, zu verstehen, worauf er hinauswollte, denn er schien sich mit seinen Ausführungen dem Ende zu nähern.

„... ist der Hund allerdings gleich gemeldet worden, also beim Fundamt, bei der Polizei oder einem Tierheim oder Tierarzt, besteht die Möglichkeit, das Tier so lange zu behalten, bis der rechtmäßige Besitzer gefunden ist. Anfallende Tierarztkosten müssen aber selbst übernommen werden, sofern der Besitzer nicht aufgefunden wird.«

»Ja, nun wissen wir das alles«, meinte Frauke, die das Thema wirklich gern abschließen wollte. »Also sollten wir handeln und das Tier bei der Polizei melden. Dazu müssen wir nicht extra hinfahren, wir können ja sagen, wo wir zu finden sind. Und anschließend bringen wir die Kleine ins Tierheim, damit sie versorgt ist.«

Barbara schüttelte schon wieder den Kopf. »Ich habe es eben schon gesagt: Das geht nicht. Wir können den armen Wurm doch nicht ins Tierheim geben, wo ihm jegliche persönliche Zuwendung fehlt.«

»In den Sonnenuntergang dürfen wir ihn aber nicht mitnehmen, und eine Weile werden wir ja noch dortbleiben«, wandte Heinz ein. »Dann fliegen wir achtkantig raus, es verstößt gegen die Hausordnung. Es bleibt also nur das Tierheim.«

»Das betrifft mich dann ja genauso«, erwiderte Frauke erleichtert. Dank Heinz' Argumentation war sie aus dem Spiel.

Keno zog die Stirn kraus. »Meine Mutter flippt aus, wenn ich einen Hund anschleppe, der vermutlich noch nicht einmal stubenrein ist«, meinte er und kraulte das Hundemädchen zärtlich am Kopf. Sein Blick wanderte zu seinem Opa. Dieser wich ihm erst aus, kratzte sich dann am Kinn und wiegte den Kopf. »Ich rufe jetzt erst einmal bei der Polizei an.«

Frauke war froh, dass endlich etwas passierte.

Herr Willich fingerte sein Handy aus der Hosentasche und ging an den Kai, um zu telefonieren. Dabei lief er mit großen

Schritten auf und ab. Er nickte zwischendurch, drückte das Gespräch schließlich weg und tippte eine weitere Nummer ein und sprach erneut. Erst dann kam er zurück an Bord.

»So, der Hund wird nicht gesucht. Ich habe jetzt meine Adresse angegeben, denn der Kutter zählt nicht, weil keiner von uns hier seinen festen Wohnsitz hat. Die Seniorenresidenz fällt wegen des Haustierverbots aus. Es bleibt also nur die eine Lösung: Ich werde die Kleine vorerst aufnehmen.«

Keno stürzte auf ihn zu, als wollte er ihn umarmen, stoppte aber kurz vorher, als wäre ihm deutlich geworden, dass es bei einem jungen Mann in seinem Alter merkwürdig wirken könnte. »Das willst du echt tun?«, fragte er.

»Dir zuliebe, obwohl ich eigentlich kein Haustier wollte«, antwortete sein Opa. »Vielleicht kommst du dann ja öfter zu mir. Oder ich besuche dich mit der Kleinen hier in Fedderwardersiel. Es gibt doch einiges zu entdecken«, sagte er zweideutig und mit einem Blick zu Frauke, der ihr durch Mark und Bein ging.

Sie war sich sicher, dass auch er überlegte, ob sie sich schon einmal begegnet waren. Das wäre dann allerdings ein zu großer Zufall. Nun, sie würde schon herauskriegen, wie es sich verhielt. Nur jetzt nicht. Dieser Herr Willich war ihr mittlerweile immerhin eine Spur sympathischer. Er war etwas umständlich und wirkte überkorrekt, aber er schien das Herz am rechten Fleck zu haben. Das passte zu dem Mann, den sie auf den ersten Blick in ihm gesehen hatte, als sie eine Ähnlichkeit mit ihrem Roten Oskar zu erkennen glaubte.

»Aber ich habe eben auch einen Termin beim Tierarzt gemacht«, sagte er. »Denn ich gebe der Dame recht: Das Tier könnte Parasiten haben, und ich muss wissen, was so ein junger Hund frisst. Ich glaube, da sollte ich mich ausgiebig beraten lassen. Dann mach ich mich mal auf den Weg.«

»Ich komme mit!«, sagte Keno schnell. Er strahlte. »So langsam füllt sich unser Boot. Wir sind doch jetzt ganz schön viele. Das werden richtig coole Ferien, an deren Ende wir hoffentlich alle zusammen mit unserem Kutter in See stechen können!«

Frauke lag auf der Zunge, dass es mitnichten »unser« Boot, sondern doch eigentlich ihres war – offenbar aber von allen Anwesenden okkupiert –, doch dann verkniff sie sich den Kommentar. Denn Keno hatte ja recht. Erst hatte sie vollkommen allein davorgestanden, den Kutter zu renovieren. Jetzt waren sie schon zu viert, und wenn Kenos Opa, was sie insgeheim hoffte, öfter mit dem Hund käme, wären Einsamkeit und Langeweile bald Fremdworte.

*

Renke Harms war wie versprochen pünktlich. Herr Willich war eben mit Keno und dem Hund davongebraust, als der Bootsbauer angefahren kam. Barbara und Heinz saßen an Deck und schauten aufs Wasser.

»Moin, das ist also der Kutter!«, begrüßte Renke die drei. »Dann seh ich mich mal um, mach Bestandsaufnahme, und danach erzählt ihr mir, welche Vorstellungen ihr habt.«

Frauke war das ganz recht. Sie hatten beschlossen, erst alles zu benennen, was wünschenswert wäre. Anschließend konnten sie immer noch Abstriche machen. Besonders zweifelte sie daran, ob das mit dem Kuttercafé funktionieren würde. Aber da Barbara so euphorisch war, wollte sie es wenigstens versuchen.

Renke stöberte lange auf dem Schiff herum. Er klopfte hier und klopfte da, machte sich Notizen und vermaß alles mit einem elektronischen Gerät. Dann kam er an Deck, wo Frauke mit

Heinz und Barbara wartete. »So, und nun erzählt mal von euren Sehnsüchten.«

Frauke legte ihm in aller Ruhe dar, was sie sich wünschte, ihre Freunde ergänzten, was sie vergessen hatte, und Renke schrieb alles mit.

»Das mit dem Backofen wird schwierig, und ihr müsst auch eine Ausschankgenehmigung und ein Hygienekonzept und all so etwas haben, das wisst ihr, oder?«

Das wusste Frauke nicht, doch sie schrieb es sich sofort auf. Oje, da hatte sie sich ja auf etwas eingelassen.

»Aber das kriegen wir alles hin, Frauke«, sagte Renke. »Kennst du nicht das Motto meiner Firma? Nein – das kennst du nicht, weil du noch nicht so oft Boote umgebaut hast!«

»Das ist richtig«, bestätigte Frauke. Sie war plötzlich unglaublich müde und ertappte sich dabei, dass sie sich darauf freute, gleich im Sonnenuntergang ein fertig arrangiertes Tablett mit ihrem Abendessen vorzufinden. Das fing ja super an!

Renke stand vor ihr und rieb seine Hände. »Soll ich dir mein Motto nennen?«

Er würde vermutlich nicht eher verschwinden, bevor er es herausposaunt und Frauke es gebührend bewundert hatte.

»Ja, bitte, Renke, nur zu!«

Bevor er seinen Satz jedoch loswerden konnte, mischte sich wieder Knut von drüben ein. Er war mit der Deckreinigung fertig und hatte wohl gelauscht.

»Der Renke ist ein schlauer Fuchs, der immer Boote bauen muss!«, rief er.

Renke hob den Daumen, und Frauke lächelte gefällig. Ja, doch, das war ein super Motto. Ganz super!

»Sind wir hier jetzt fertig?«, fragte Barbara. Sie wirkte ziemlich unruhig. »Wir müssen schließlich weiter unsere Sachen zusammenpacken und sortieren. Ganz abgesehen davon, dass wir auch dieses monströse Gefährt wieder abgeben sollten, weil es sonst verdammt teuer wird, immerhin zahlen wir stundenweise.«

»Fahrt nur, ich räum noch rasch auf«, sagte Frauke.

Auch Renke verabschiedete sich. »Ich melde mich, so rasch es geht! Fummle das alles zusammen und kalkuliere mal, was du veranschlagen musst.«

Frauke winkte müde. Sie war froh, dass sie einen Augenblick mit ihren Gedanken allein war, die ungeordnet durch ihren Kopf purzelten. Sie räumte auf und verließ den Kutter. Es wurde Zeit fürs Abendbrot im Sonnenuntergang. Bei dem Gedanken an das leckere Schwarzbrot mit Camembert und Gewürzgürkchen lief ihr schon das Wasser im Mund zusammen.

# Kapitel 10

Den Besuch beim Tierarzt hatten Opa Malte und Keno ohne Probleme hinter sich gebracht. Es war alles in Ordnung, und nun wussten sie auch, welches Futter das richtige für die Kleine war. Sie fuhren nach Nordenham zu einem Spezialmarkt für Tiere, wo Malte ein Halsband nebst Leine und zwei Futternäpfe besorgen wollte.

»Ich möchte schließlich nicht, dass das Tier aus den Schüsseln frisst, die ich auch für mein eigenes Essen benutze«, erklärte Kenos Opa, als er ausstieg und Richtung Laden ging.

Das konnte Keno verstehen, so ganz appetitlich hätte er das auch nicht gefunden, selbst wenn die Hündin unglaublich niedlich war. Sie wirkte nun allerdings sehr erschöpft. Bestimmt hatte sie Hunger und Durst, auch wenn sie auf dem Kutter etwas zu trinken bekommen hatte.

Es dauerte nicht lange, und sein Opa kam zurück. »Ich habe alles erworben«, sagte er.

Keno grinste. Sein Opa hatte tatsächlich »erworben« gesagt und nicht »gekauft«. Ob er jemals den Oberlehrer ablegen würde?

»Sie wollten mir noch ein Hundekissen dazugeben, aber nachher meldet sich doch noch der Besitzer, und wir haben dann alles Mögliche rumliegen, was wir gar nicht gebrauchen können. Drei Tage warte ich, und wenn sich dann niemand hat hören lassen, melde ich den Hund an. Man muss für ein solches Tier sogar Steuern zahlen.«

Opa Malte platzierte den Einkauf auf dem Beifahrersitz und schaute nach hinten. »Alles in Ordnung bei euch?«

Keno nickte. »Aber wie willst du mit dem Hundebaby allein bis Cuxhaven kommen?«

Sein Opa lächelte verschmitzt. »Darüber habe ich mir schon Gedanken gemacht. Wir schreiben deiner Mutter, ob sie dich später abholen kann. Du kommst erst einmal mit.« Er startete den Motor und fuhr langsam an.

Keno fand die Idee zwar grandios, war sich aber sicher, dass seine Mutter weniger begeistert darüber sein würde, am Abend noch die lange Strecke zu fahren, nur fiel ihm auch keine bessere Lösung ein.

»Und du bist sicher, dass du den Hund aufnehmen willst?«, fragte Keno. Er war seinem Großvater sehr dankbar, denn der Gedanke, dieses süße Hundebaby ins Tierheim zu geben, hätte Keno das Herz gebrochen.

»Bin ja kein Unmensch«, murmelte sein Opa. »Und auf diese Weise habe ich wenigstens die Chance, dich öfter zu sehen, denn ich vermute mal, dass du beobachten willst, wie die Dame sich entwickelt. Außerdem ist deine Mutter schon länger der Ansicht, ich sollte mir einen Vierbeiner zulegen. Ich bin dann nicht mehr so allein.«

Keno stimmten die Worte seines Großvaters nachdenklich, aber wenn die kleine Hündin ihm helfen konnte, seine Einsamkeit zu überwinden, war es wirklich ein Glücksfall, dass Barbara und Heinz sie gefunden hatten. Hauptsache, es kam keiner, der Besitzansprüche anmeldete.

In Cuxhaven angekommen, schlief der Welpe immer noch. Vorsichtig trug Keno die Hündin durchs Treppenhaus nach oben.

Sie wachte dort kurz auf, fraß und trank etwas und legte sich gleich auf die bereitgelegte Decke schlafen.

»So schnell kann es gehen«, sagte Opa Malte. »Und zack ist man Hundebesitzer. Oder so gut wie. Ich hoffe, ich muss sie nicht zu oft zum Pipimachen nach unten tragen.«

Keno setzte sich so auf den Sessel, dass er die Hündin im Blick hatte. »Wie wollen wir sie denn nennen?«

»Windsbraut«, kam es aus dem Mund seines Opas geschossen.

»Wie deine erste Liebe?«

»Hm.«

»Warum bist du so einsilbig?«, fragte Keno.

»Weil ich vorhin einen kleinen, wirklich nur einen winzig kleinen Augenblick gedacht habe, meiner Windsbraut gegenüberzustehen. Aber das kann nicht sein, sie hätte mich erkannt.«

»Gut, dann nennen wir die Lütte jetzt Windsbraut, obwohl ich den Namen reichlich schräg finde. Vielleicht fällt dir noch etwas Besseres ein«, sagte Keno und wechselte dann das Thema, indem er den Faden mit der alten Liebe wieder aufgriff. »Du hast dich sehr verändert, Opa. Ich glaube, du warst damals ein völlig anderer Typ. Jedenfalls wenn es stimmt, was du so erzählst.«

»Natürlich stimmt es«, ereiferte sich Opa Malte. »Ich war schließlich auch mal jung, trug einen Vollbart, schulterlanges Haar und: Ich habe oft eine Latzhose angehabt.«

Das konnte sich Keno so gar nicht vorstellen. Trüge er sie heute, würde er aussehen wie ein Gartenzwerg, aber das sagte Keno nicht laut, weil es respektlos gewesen wäre.

»Gut, und du glaubst, dass Frauke Hansen deine Windsbraut sein könnte?«, fragte er.

Jetzt biss sich Opa Malte heftig auf die Lippen. »Ich kann es nicht sagen. Das wäre ein komischer Zufall.«

»Aber sie war früher auch auf Demos, das habe ich dir doch erzählt.«

Sein Opa winkte ab. »Wir waren Tausende!«

»Frag sie doch einfach!«, schlug Keno vor. »Oder soll ich das machen?«

»Um Himmels willen!«, rief Opa Malte erschrocken aus. »Niemals!«

Keno rieb sich das Kinn. »Sag mal, hattest du damals zu deinen, ich sag mal, wilden Zeiten auch einen Spitznamen?«

Nun schnellte sein Opa regelrecht in die Höhe und setzte sich mit stolz geschwellter Brust aufrecht hin.

»Ja, hatte ich. Ich hieß Roter Oskar!«

Keno klappte die Kinnlade runter. Er schluckte und konnte es kaum glauben. Wie sollte er das jetzt seinem Opa deutlich machen? Es war einfach sensationell! Er griff nach seiner Hand und sah ihn einen Moment lang an, ehe er flüsterte: »Dann hast du sie wohl gefunden. Deine Windsbraut!«

*

Frauke war den ganzen Morgen auf dem Kutter gewesen, hatte das Deck geschrubbt und begonnen, die Reling abzuschleifen, damit sie neu gestrichen werden konnte. Sie hatte sich dazu im Baumarkt eine Schleifmaschine gekauft, die allerdings einen unangenehmen und zugleich viel zu lauten Ton über die Hafenanlage schmetterte. Ein paar Urlauber regten sich ziemlich auf, weil sie schließlich »urlaubten« und der Lärm sie daran erinnerte, dass andere arbeiten mussten, was sie wiederum an der Erholung hinderte. Andere Touristen fanden es hingegen spannend, dass Frauke den Kutter auf Vordermann bringen und verschönern wollte.

Frauke interessierte weder das eine noch das andere. Sie wollte so schnell es ging fertig werden, denn auch wenn das Abendessen gestern im Sonnenuntergang wieder überaus schmackhaft gewesen war, sehnte sie sich danach, endlich auf die Alte Liebe – Roter Oskar zu ziehen.

Keno wollte nach der Schule ebenfalls wieder vorbeikommen, während Barbara und Heinz sich mit dem Umzug in Fraukes Appartement beschäftigten. Es war doch mehr zu tun als gedacht, weil Barbara unglaublich viel Klöterkram angesammelt hatte. Hier ein Püppchen, da einen Stein. Hier ein Bild und dort eine kleine Spieluhr. Das konnte sie unmöglich alles mit auf den Kutter bringen, vermutlich war es nötig, einen Teil der Sachen irgendwo zu lagern, wenn sie nicht schnell eine Wohnung fanden. Deshalb musste sich Frauke unbedingt beizeiten in Burhave um eine Wohnung für ihre WG kümmern.

Sie schreckte hoch, als ihr jemand auf die Schulter tippte. »Ach, du bist es, Renke«, sagte sie. Sie hatte den Bootsbauer gar nicht kommen hören. »Hast du den Kostenvoranschlag etwa schon fertig?«

Er hielt ihr einen Umschlag hin. »Jawohl! Alles durchkalkuliert. Das wird ein feiner Kahn, wenn wir alles fertig haben.«

Er zählte auf: »Unten im Laderaum werde ich zwei Räume zum Schlafen bauen. Und ein Bad, wo ihr auch duschen könnt, wenn ihr das Wasser regelmäßig auffüllt. Das wird so ähnlich, wie die Camper eingerichtet sind. Das Ruderhaus vorn muss ja bleiben, damit ihr auch rausfahren könnt. Und aus dem hinteren Teil der Kajüte reißen wir das ekelige Bett raus und bauen eine Kombüse, wo ihr backen und kochen, aber auch mal sitzen könnt. Fietes Kutter ist groß, sodass wir doch einige Möglichkeiten haben, nicht wahr?«

Frauke nickte und riss das Kuvert sofort auf, zog das Papier heraus, überflog die Summe und war erleichtert, denn es war weniger als erwartet. Sie würde also den Liegeplatz gut bezahlen können und auch eine kleine Wohnung, wenn sich Heinz und Barbara beteiligten. Schließlich fiel die horrende Miete für den Sonnenuntergang weg.

Vor ihr lag ein sorgenfreies Leben. Das würde sie in vollen Zügen genießen.

»Wir sind im Geschäft, Renke. Wann kannst du beginnen?«

Er kratzte sich am Kopf, wie immer, wenn er nachdenken musste. »Ich sagte ja schon, dass meine Auftragslage schlecht ist und ich Zeit habe. Also, deshalb gern ab morgen mit dem Groben und dann so nach und nach, was anliegt.«

Frauke reichte ihm die Hand, und er schlug ein. »Abgemacht!«

Renke wollte sich schnell wieder auf den Weg machen, blieb aber dann noch einmal stehen. »Hast du dir eigentlich den Schiffsrumpf mal angesehen? Nicht, dass der voller Seepocken ist und wir den auch noch abschleifen müssen.«

»Meine Taucherkondition ist gerade nicht so super«, antwortete Frauke. »Nee, natürlich nicht. Ich weiß nicht, wie der Kahn von unten aussieht!«

»Das klären wir noch, wenn ich den Kutter zu mir auf die Werft hole.«

»Ach, der kommt hier weg?«

Renke rollte mit den Augen. »Jo, mien Deern, wie shall ick dat denn sonst maken?«

Zwar fand es Frauke schade, dass sie dann für eine Weile nicht ihre Zeit an Deck verbringen konnte, aber inmitten von Sägespänen, Holzlack und Baulärm wäre das ohnehin nicht so gemütlich.

»Nun kiek du man nicht so fünsch«, sagte Renke. »Das ist ja nicht für immer. Wenn ich das Gröbste gemacht habe, kann der Kutter wieder hierher, und du kannst ihn obenrum anpinseln und all so etwas.«

Frauke nickte zustimmend und lehnte sich zufrieden an die abgeschliffene Reling. Sie zu streichen würde der letzte Akt sein, weil dann erst mal alles von oben nach unten gekehrt werden musste. Aber es ging voran.

Frauke hielt ihr Gesicht in Richtung Sonne und genoss das Kitzeln der Strahlen. Als sie die Augen wieder öffnete, sah sie, dass der Seehund die Alte Liebe – Roter Oskar umrundete und sie neugierig anschaute.

»Na, da staunst du, was? Nun sind wir zwei so etwas wie Nachbarn, denn ich wohne hier bald. Was sagst du nun?«

Der Seehund tauchte kurz ab und kam kurz darauf wieder an die Oberfläche. Nun aber schwamm neben ihm ein weiterer Seehund.

»Ach, das ist ja nett. Du stellst mir deine Familie vor! Moin zusammen!«, rief Frauke.

»Sie werden aber wirklich wunderlich, Frau Hansen!«, schnarrte plötzlich die Stimme von Frau Waltermann vom Kai herüber. Sie sah schon wieder bunt wie eine Blumenwiese aus, und heute war es die mit Klatschmohn. Frau Waltermann war offenbar mit dem Taxi gekommen, um das drohende Unheil und die verrohenden Sitten mit eigenen Augen zu betrachten. Der Wagen wartete noch auf dem Kai. »Man sollte Ihren Geisteszustand einmal überprüfen lassen und den von den Kanngießers auch. Was soll denn das? Den Sonnenuntergang verlassen und auf einen altersschwachen Kutter ziehen? Das ist dann ja so etwas wie ein Käfig voller Narren.«

»Eher wie die Bremer Stadtmusikanten«, berichtigte Frauke sie.

Frau Waltermann klappte das Kinn herunter. »Sie sind doch schon ganz rammdösig, Frau Hansen. Und wie mir zu Ohren gekommen ist, haben Sie auch noch einen jungen Mann an Bord. Das schickt sich in Ihrem Alter ja gar nicht.«

Frauke fasste sich an den Kopf. Oje, das hatte sie Barbara gegenüber noch gar nicht aufgeklärt! Sie musste das schleunigst ins richtige Licht rücken. Aber nicht jetzt vor Frau Waltermann. Sollte die sich doch schwarzärgern.

»Ach, Sie reden von Keno. Ja, der gehört auch zu uns, er spielt Gitarre. Und dann ist da noch Roter Oskar mit seinem Hund …« Frauke verstummte. Hatte sie das jetzt wirklich gesagt? Sie wusste doch gar nicht, ob Herr Willich wirklich ihr alter Bettgefährte war. Ach, Schiet n' Didi, dachte Frauke. Es war einfach zu wundervoll, wie Frau Waltermann um Fassung rang.

»Das reinste Tollhaus«, kam es da auch schon. »Das reinste Tollhaus. Ich rufe den Sozialpsychiatrischen Dienst, darauf können Sie sich verlassen!«

»Machen Sie das!«, forderte Frauke sie auf. »Ich glaube, die sind auf Giftspritzen spezialisiert.« Sie kicherte.

Frau Waltermann war sichtlich eingeschnappt, hatte offenbar genug herumgemosert und ging zurück zu dem Taxi.

In dem Moment kam ein weiterer Wagen angefahren, und ihm entstiegen Keno und sein Großvater. Letzterer sah ziemlich angegriffen und vollkommen verunsichert aus. Die kleine Hündin hüpfte hinterher.

»Das also sind die anderen Irren?«, spuckte Frau Waltermann weiter ihr Gift, doch dann musterte sie Malte Willich und wurde bis zu beiden Ohren feuerrot, als er sie freundlich anlächelte. »Moin, ich bin Frau Waltermann!«, säuselte sie, ging mit wiegendem Gesäß auf ihn zu und schob die rot umrandete Sonnenbrille, die farblich exakt zu ihrem Top passte, mit einer lasziven Geste ins Haar. Herr Willich blieb kurz stehen und schaute sie neugierig oder gar bewundernd an.

Frauke schämte sich plötzlich dafür, wie sie gerade aussah. In dieser fleckigen Jeans und dem nachlässigen Sweater.

»Moin, Malte Willich. Angenehm«, sagte er, und wieder war da diese warme Stimme, die Frauke so tief berührte. Nur wirkte er so, als wollte er Frau Waltermann möglichst schnell loswerden, was aber ein hoffnungsloses Unterfangen war. Diese Frau glich einer Zecke und ließ sich nicht so einfach abwischen.

»Ich wohne auch im Sonnenuntergang«, flötete sie nämlich weiter und war eindeutig auf einen Flirt aus. »Ich hoffe, wir sehen uns von nun an öfter, Herr Willich. Jetzt bleibe ich auch noch ein Weilchen.«

Frauke war sicher, dass sie das zuvor nicht geplant hatte.

»Frau Waltermann, ich habe …«, hob Malte Willich an, aber sie hörte gar nicht hin und rannte zum Taxi. Sie bezahlte und stand kurz darauf erneut vor dem Kutter.

»Ich bin übrigens eine gute Freundin von Frau Hansen«, sagte sie mit schmeichelnder Stimme und folgte den beiden an Bord.

So schnell wurde also eine Frau, die einen noch kurz zuvor in die Klapse hatte bringen wollen, zur Freundin.

Unfassbar!

»Ja … schön«, stammelte Malte Willich hilflos. »Ich wollte eigentlich mit Frau Hansen etwas besprechen. Allein«, fügte er hinzu, aber Frau Waltermann reagierte wie erwartet nicht mit einem Rückzug.

»Ich hör gar nicht hin, Herr Willich. Ich bin wie ein Mäuschen und hör gar nicht hin!«

Frauke musste sich angesichts des aufgesetzten verführerischen Lächelns ein Grinsen verkneifen, vor allem, weil Kenos Opa plötzlich wie ein Junge wirkte, der sich gegen die Übermacht der Lehrerin nicht zu wehren wusste. Und das, wo er sonst so schulmeisterlich wirkte!

Frauke beschloss, ihm zu Hilfe zu eilen. Immerhin hatte sie mit Frau Waltermann Nahkampferfahrung. Sie wandte sich an Keno und seinen Opa, strich aber auch der Hündin über den Kopf. »Hattet ihr eine gute Nacht mit dem Neuling?«

»Fünf Mal musste ich raus«, erklärte Herr Willich und war offenbar erleichtert, dass sie ihn mit dieser Frage aus den Fängen von Frau Waltermann befreit hatte. »Immerhin meldet sie sich, nur wohne ich nicht im Parterre.«

»Ups«, entfuhr es Frauke. »Das klingt, als müssten Sie jetzt ziemlich müde sein.«

»So ist es.«

»Und, habt ihr der Lütten schon einen Namen gegeben?«

Malte Willich und Keno wechselten vielsagende Blicke.

Die verheimlichen mir doch was, dachte Frauke.

»Sie heißt Paula«, erklärte Keno dann. »Eigentlich wollten wir sie Wi…« Er wurde unterbrochen, da Frau Waltermann laut aufkreischte, weil der kleine Hund an ihr hochsprang. »Nicht, du machst Flecken!«, rief sie.

Frauke konnte sich erneut ein Grinsen kaum verkneifen. Keno nahm Paula an die Leine. Frau Waltermann hatte sich inzwischen wieder gefangen und musterte den Kutter. »Den wollen Sie also umrüsten, Frau Hansen?«, schnarrte sie.

»Ja, das habe ich Ihnen doch schon erzählt«, erwiderte Frauke. Sie wusste absolut nicht, was sie sonst noch mit Frau Waltermann besprechen sollte, und zeigte ihr deshalb lieber, wie viel sie an der Reling schon abgeschliffen hatte.

Frau Waltermann interessierte das aber keineswegs, sie hatte schon wieder nur Augen für Kenos Opa. »Sie helfen auch hier mit?«, fragte sie neugierig und stieß den Hund mit dem Fuß beiseite, weil er sich zwischen sie drängte.

Das musste Keno gesehen haben. Er schoss auf Frau Waltermann zu und schaute sie zornig an. »Der Hund gehört zu uns, und er wird nicht geschubst!«

Frau Waltermanns Augen verengten sich bei der Rüge. »Und wer bist du?«

»Keno Maurer.«

»Ach«, sagte sie spitz. »Bist du etwa der Sohn von der neuen Pflegerin? Die heißt doch auch Maurer. Und die hat ein Verhältnis, ach, was sage ich, ein Techtelmechtel mit unserem Doktor Feuerlein. Nur deshalb hat sie ja die Stelle bekommen.«

Keno zuckte zurück und wurde bleich. Dass seine Mutter einen neuen Mann hatte, war ihm bisher offenbar nicht bekannt gewesen, und in Frauke keimte plötzlich ein Beschützerinstinkt auf. Kenos Opa wirkte auch vollkommen überrascht.

Frauke hätte Frau Waltermann an die Gurgel gehen können, so wütend war sie darüber, dass sie einfach so auf ihr schönes Schiff spaziert kam und mit wenigen Worten die gute Stimmung vernichtete. Das machte keinen Spaß.

»Ich glaube, Sie gehen jetzt besser, Frau Waltermann. Wir haben hier richtig viel zu tun, wissen Sie, und ein anderes Mal haben wir bestimmt mehr Zeit.«

Frau Waltermann warf Malte Willich noch einen schmachtenden Blick zu, atmete hörbar ein und aus und trollte sich dann. Nun musste sie sich wohl ein neues Taxi rufen.

»Diese Schlange«, zischte Frauke wütend. »Diese Schlange!« Dann machte sie einen Schritt auf Keno zu, der noch immer wie erstarrt dastand und aufs Wasser schaute.

»Setz dich doch!«, forderte sie ihn auf.

Er ließ sich auf einen der Stühle fallen und legte den Kopf in die aufgestützten Hände.

»Du wusstest nichts davon?«, fragte Frauke mitfühlend.

»Nein. Mama hat in der letzten Zeit allerdings einen sehr fröhlichen Eindruck gemacht. Und war abends öfter mal weg, aber dass sie sich mit einem Mann trifft, davon hat sie nie etwas gesagt. Und dann noch den!« Abfälliger hätte er sich kaum äußern können.

»Vielleicht stimmt es ja auch gar nicht«, meinte Frauke, aber Keno winkte müde ab.

»Ich fürchte, es ist die Wahrheit. Mama benimmt sich manchmal wie ein Teenie.« Er seufzte. »Sie wollte es mir bestimmt bald erzählen.«

Frauke krauste die Nase. Für Keno schien es ein großer Vertrauensbruch zu sein, dass ihn seine Mutter nicht in ihre neuen Lebensumstände eingeweiht hatte, und sie konnte das durchaus nachvollziehen, denn offenbar kannte sie diesen Arzt schon länger, wenn er ihr die Stelle vermittelt hatte.

»Wussten Sie davon?«, fragte sie seinen Opa, aber auch der schüttelte den Kopf. Trotz der neuen Nachricht wirkte er noch immer, als wäre er mit ganz anderen Dingen beschäftigt.

»Sie wollte sich bestimmt erst ganz sicher sein«, sagte Frauke tröstend. »Dann hätte sie es dir gesagt.«

Keno schluckte. »Ist ja auch egal. Aber heute Abend muss sie mir ehrlich Rede und Antwort stehen.«

»Das ist sie dir wohl schuldig«, meinte auch Frauke.

Keno versuchte ein Lächeln und stand auf.

»Aber das ist ja *mein* Problem. Wir wollten dir eigentlich etwas ganz anderes erzählen.«

Dann hatte Frauke sich wohl doch nicht getäuscht. Den beiden brannte etwas unter den Nägeln.

»Und was?«, fragte sie.

»Ich glaube, das passt jetzt nicht, Keno«, sagte Malte Willich ausweichend.

Sein Enkel blähte jedoch die Wangen. »Doch. Es passt jetzt. Wann denn sonst? Morgen hat sich die Situation auch nicht geändert, und weglaufen nützt nichts.«

Er sprang entschlossen auf und schob seinen sich widerstrebenden Großvater auf Frauke zu. »Darf ich vorstellen: der Rote Oskar!«

Jetzt war es an Frauke, zu taumeln. Das konnte doch nicht wahr sein! Sie hatte sich also nicht getäuscht. Vor ihr stand der Mann, den sie einst sehr geliebt hatte.

»Du bist …? Ich dachte … Nein, das kann doch nicht …« Frauke brachte keinen vernünftigen Satz zustande. »Wie … wie«, stammelte sie, »wie habt ihr es herausgefunden?«

Keno grinste breit wie ein Honigkuchenpferd.

»Er wollte die kleine Dame da Windsbraut nennen. So wie seine Liebe von früher hieß. Das hat er uns nämlich erzählt. Und ich habe ihn gefragt, ob er auch einen Spitznamen hatte. Du hast schließlich deinen Kutter nach ihm benannt.«

»Roter Oskar«, sagte Frauke tonlos und musste sich erst einmal setzen. Dann atmete sie ein paarmal tief durch. »Das ist mir jetzt alles ein kleines bisschen zu viel.«

»Mir auch«, sagte Malte Willich. »Mir auch.«

Frauke wusste absolut nicht, wie sie reagieren sollte. Da hatte sie jahrelang immer mal wieder an den Roten Oskar gedacht, und jetzt spürte sie – nichts. Sie hatte einen vollkommen anderen Menschen vor Augen gehabt als den, der nun vor ihr stand.

»Ich brauche ein wenig Zeit, weil ich jetzt nicht weiß, was ich sagen soll«, murmelte sie schließlich, weil ihr plötzlich schwindelig wurde.

»Versteh ich«, sagte Malte schnell. »Versteh ich. Wir sehen uns!«

Malte und Keno verabschiedeten sich rasch, und Frauke saß noch lange mit geschlossenen Augen auf ihrem Kutter.

*

Keno hockte auf dem Beifahrersitz von Opa Maltes Wagen und fuhr mit gemischten Gefühlen nach Hause zu seiner Mutter. Am liebsten hätte er ihn tatsächlich nach Cuxhaven begleitet, denn der Opa wirkte sehr bedrückt, weil Frauke eher überrascht und verstört als erfreut auf die Offenbarung reagiert hatte.

Außerdem konnte er sich kaum von der kleinen Hündin trennen. Keno seufzte. Leider musste er diese Woche noch in die Schule, weshalb er nicht mit zu Opa Malte und Paula fahren konnte. Und außerdem stand eine Aussprache mit seiner Mutter an. Er war tief enttäuscht, dass sie ihn nicht ins Vertrauen gezogen hatte. Andererseits erzählte er ihr ja auch nicht, wenn er ein Mädchen cool fand.

Gegen Abend lümmelte Keno sich an den Küchentisch und wartete, bis seine Mutter vom Dienst kam. Heute öffnete sich die

Tür pünktlich. In der letzten Zeit war sie oft sehr spät nach Hause gekommen. Nun wusste er dank der Tratschtante auch, warum. Doktor Feuerlein! Keno kannte diesen Typen mit dem schnittigen Wagen, der ständig Nasen oder Hintern aufspritzte und bei dem sich die sogenannte bessere Gesellschaft der Wesermarsch zur Verjüngungskur traf. So hatte es sein Freund Mirko geschwollen formuliert, und Keno fand die Ausdrucksweise cool.

Er seufzte und hoffte, dass Frau Waltermann gelogen hatte. Und er hoffte auch, dass Frauke und sein Opa sich irgendwie mögen würden. Es musste ja nicht gleich wieder die große Liebe sein, das fand er für deren Alter ohnehin schräg.

»Du bist ja schon da, Großer!«, begrüßte seine Mutter ihn und fuhr in einer Geschwindigkeit fort, zu plaudern, wie Wasser einen Abhang hinabstürzte. Sie redete ohne Punkt und Komma. »Das ist schön, dann können wir zusammen essen. Warst du auf dem Boot? Und war Opa wieder mit dem Hund da? Ich bin so froh, dass er nun beschäftigt ist! Also, nicht nur mit alten Gemäuern, obwohl das natürlich durchaus Spaß machen kann. Jeder nach seiner Fasson …«

»Mama!«, unterbrach Keno sie. »Du hast vergessen, mir etwas zu erzählen.«

Sie zuckte zusammen und wusste anhand seines scharfen Tonfalls offenbar sofort, wovon ihr Sohn sprach.

Sie setzte sich mit einem Seufzen auf einen Stuhl und raufte sich das Haar. Wieder brachte sie erst keinen Ton über die Lippen, doch dann überwand sie sich. »Ich habe es nicht vergessen, ich habe mich nicht getraut.«

»Warum?«, fragte Keno ganz ruhig. »Bist du dir unsicher, ob er der Richtige ist?«

»Ich glaube schon, dass er das ist. Aber ich war unsicher, wie du es findest.«

Keno runzelte die Stirn. »Der Mann ist mindestens zwanzig Jahre älter als du!«, gab er zu bedenken.

»Siebzehn Jahre«, berichtigte sie ihn. »Es sind siebzehn Jahre.«

»Das macht natürlich einen Unterschied!«

Seine Mutter schluckte. »Pass auf! Wir werden uns mal zu dritt treffen, und ihr könnt euch beschnuppern. Bitte, gönne mir doch das kleine bisschen Glück!« Sie ergriff seine Hand, aber Keno entzog sie ihr.

Er presste die Lippen zusammen und rang mit sich. Es dauerte, ehe er sich überwinden konnte, fast unmerklich zu nicken und ein kleines Zugeständnis zu machen. »In Ordnung. Ich werde versuchen, ihn zu mögen.«

»Danke.« Seine Mutter wirkte betrübt, aber daran konnte er momentan nichts ändern. Keno stand auf und ging in sein Zimmer. Er hatte ein echt blödes Gefühl.

*

Barbara und Heinz waren unheimlich stolz auf sich. Ihr Appartement war leer geräumt, alles befand sich in den Räumlichkeiten von Frauke. Gut, es war verdammt eng und chaotisch dort. An einigen Stellen kam man kaum noch durch, weil die Kartons den Weg versperrten. Aber es war nicht anders möglich gewesen, und schließlich war es ja nur eine Zwischenlösung.

Als Frauke zurückkam, wirkte sie merkwürdig angefasst.

»Ist was?«, fragte Barbara sofort, aber ihre Freundin winkte ab.

»Ich bin nur müde.«

»Und das soll ich dir glauben?«, sagte sie. »Du siehst aus, als wäre dir der Leibhaftige begegnet.« Dann stutzte sie und wurde blass. »Nein, schlimmer! Ich hatte recht!«

»Womit, Barbara?«, fragte Frauke müde. »Ich würde mich jetzt gern hinlegen, es war ein anstrengender Tag. Auf das Essen verzichte ich heute.«

Aber Barbara ließ nicht locker. Das konnte sie schließlich nicht, wenn ihre Freundin so elend aussah.

»Die Killer, Frauke!«, fuhr sie aufgeregt fort. »Die, bei denen Heinz seine Schulden hat, waren bei dir auf dem Kutter und haben dich bedroht. Du konntest ihnen gerade noch entkommen und bist jetzt dankbar, am Leben zu sein. Gib zu, so war es.«

Barbara war aufgeregt. Sie hatte dieses Unheil kommen sehen. Und wie sie es hatte kommen sehen! Nur hatte ihr keiner glauben wollen. Keiner!

»Es ist etwas völlig anderes«, entgegnete Frauke müde.

»Kein Killer?«, fragte Barbara. »Na, dann ist es ja gut.« Sie überlegte kurz. »Ich habe es. Dein Liebhaber hat dich verlassen.« Sie tätschelte Fraukes Hand. »Nimm es nicht so schwer. Er war ohnehin viel zu jung, das meint Frau Waltermann auch.«

Frauke schluckte. Wie sollte sie denn das jetzt richtigstellen? Nun galt sie auch noch als das alte Weib, das verlassen worden war.

»Es ist nicht mein junger Freund«, begann sie. Sollte Barbara doch denken, was sie wollte. Schlimm genug, dass sie mit Frau Waltermann darüber gesprochen hatte. »Es ist meine alte Liebe!«

»Donnerlittchen«, entfuhr es Barbara. »Da hört ja alles auf! Du bist zweiundsiebzig Jahre alt und hast inzwischen zwei Kerle, die um dich buhlen?«

»Manchmal kommt eben alles auf einmal«, sagte Frauke. »Aber damit werde ich schon fertig.« Sie reckte das Kinn. »Morgen fängt Renke mit dem Kutter an, und ich suche eine Wohnung für uns. Und keine Sorge: Meine Männerbekanntschaften bleiben allesamt hübsch vor der Tür.«

# Kapitel 11

Der restliche März hatte eigentlich nur aus Arbeit bestanden. Frauke war stets morgens kurz nach Sonnenaufgang aus dem Bett gekrochen und immer erst spätabends todmüde wieder hineingefallen.

Renke hatte Wort gehalten und gleich nach ihrem Gespräch den Kutter zu sich auf die Werft geholt. Zuerst musste tatsächlich der Rumpf gesäubert werden, doch dann ging es mit dem los, was Frauke, Barbara und Heinz geplant hatten. Sie hatte Renke zusammen mit Keno zugearbeitet, Materialien besorgt, mit ihm zusammen gesägt und gebaut.

Es war für Frauke der reine Wahnsinn, wie schnell die Renovierungsarbeiten voranschritten und wie schnell auch zu erkennen war, dass es auf dem Kutter einmal wunderschön werden würde.

Renke hatte an alles gedacht. Dadurch, dass sie die Fischernetze nicht mehr benötigten und auch das Zubehör überflüssig war, konnte wie erwartet viel Platz geschaffen werden, den sie anderweitig nutzten. In den Kajüten unter Deck waren nun auch kleine Schränke und Klappen zu finden, ähnlich wie man sie aus Wohnmobilen kannte. Die Betten in der einen Kajüte waren im Bug der Spitze angepasst, und darunter befand sich jede Menge Stauraum. Die andere Kajüte war rechteckig mit einem Einzelbett und einem Schrank gegenüber.

Das sogenannte Badezimmer verfügte über eine Toilette und ein Eckwaschbecken. Die Dusche war mit einem Vorhang von beidem getrennt. Natürlich hatten sie zu dritt nur wenig Platz, aber alles war gut durchdacht und zweckmäßig. Renke verstand sein Handwerk. An Deck gab es zwei Luken, in denen sie Dinge wie Tische und Stühle wunderbar verstauen konnten.

Der Kombüse hatte Renke zudem ein gemütliches und maritimes Flair verpasst. Dort sah es aus wie auf einer wunderbaren Jacht, weil die Oberflächen glatt, glänzend und mit den Rundungen hochmodern gestaltet waren.

Wenn Renke mit Dingen beim Werkeln und Bauen gewesen war, bei denen Frauke ihm nicht zur Hand gehen konnte, hatte sie sich auf die Suche nach einer Wohnung gemacht. Das gestaltete sich als nicht ganz so leicht, und sie war noch nicht fündig geworden.

Seit einer Woche lag der Kutter nun wieder an seinem angestammten Platz in Fedderwardersiel. Jetzt konnten sie noch viel mehr mit anpacken, auch Keno hielt weiterhin Wort und brachte sich intensiv ein. Er kam jeden Tag, und er stellte sich unglaublich geschickt an. Keno hatte Frauke anvertraut, dass er glücklich war, nicht bei seiner Mutter sein zu müssen, wenn diese freihatte. Er mochte den neuen Freund nicht und fühlte sich nach wie vor nicht nur übergangen, sondern auch wie das fünfte Rad am Wagen. »Seitdem ich es weiß, wirkt es so, als wären bei ihr sämtliche Dämme gebrochen«, hatte er gesagt. »In jedem Satz erwähnt sie diesen altersschwachen Doc. Ich kann es nicht mehr hören! Er ist ein verdammter Klugscheißer! Opa Malte erscheint gegen ihn wie ein Waisenknabe.«

Da Frauke diesen Doktor Feuerlein nicht kannte, hatte sie beschlossen, sich mit einer Meinung zurückzuhalten. Sie wollte kein Wasser auf die Mühlen gießen und hoffte, alles würde sich von allein einrenken.

Keno werkelte so fleißig, dass Renke immer wieder sagte: »Den nehme ich in die Lehre. Gute Leute sind schwer zu finden.

Er war schon vorher sehr gut, aber jetzt sehe ich erst richtig, was er kann.«

Keno strahlte dann, aber er wies auch stets darauf hin, dass er sowohl bei seinem Opa als auch bei seiner Mutter auf Granit beißen würde, wenn er eine Lehrstelle bei einem Bootsbauer annehmen wollte und nicht erst das Abi machte.

Frauke seufzte bei dem Gedanken an die Halsstarrigkeit seines Opas, mit dem sie sich nun angesichts ihrer Vergangenheit duzte. Ansonsten aber umrundeten sie sich wie zwei fremde Hunde, die unsicher waren, wie nah sie den anderen an sich heranlassen durften. Oft sprachen sie von früher, und Frauke spürte, dass Malte mehr Nähe zu ihr wünschte, als sie zulassen konnte und wollte. Allerdings fehlte ihr auch die Zeit, sich näher mit ihm auseinanderzusetzen, denn der Umbau des Kutters forderte ihre ganze Kraft. Obwohl sie Malte auf Distanz hielt, bot er ihr unermüdlich seine Hilfe an.

Sie war gerade dabei, die Kombüse etwas häuslicher einzurichten, weil sie Renke draußen im Weg sein würde, als sie eine Autotür schlagen hörte und Keno mit seinem Opa ausstieg.

»Moin, Frauke, wir wollen wieder Hand anlegen!«, rief Malte. »Renke hat gestern zu Keno gesagt, bei der Erneuerung der Planken könnte er Männerkraft durchaus gebrauchen.« Er beugte sich noch einmal ins Wageninnere und holte Paula heraus, die sich sofort losriss und an Deck stürmte, wo sie um Frauke herum einen Freudentanz aufführte.

»Sie hört noch immer nicht gut«, entschuldigte sich Malte sofort.

Frauke war in diesem Augenblick tatsächlich dankbar über das Auftauchen der beiden. Sie konnten wirklich jede Hand brauchen, und Malte stellte sich im Gegensatz zu Heinz äußerst geschickt an. Allerdings war er ein unverbesserlicher Klugscheißer – oder Klookschieter, wie man an der Küste sagte. So manches Mal hatte er Renke mit seinen Vorschlägen schon an den Rand des Wahnsinns getrieben.

»Eine Hundeschule könnte helfen«, schlug Frauke angesichts des laut bellenden Hundes vor, aber da stieß sie auf taube Ohren.

»Ich werde das schon selbst hinbekommen. So etwas brauche ich nicht«, insistierte Malte mit verbissener Miene.

Das bezweifelte Frauke, wenn sie die Hündin so anschaute, aber es war schließlich nicht ihre Baustelle. Als Paula ihren Begrüßungsansturm beendet hatte, fegte sie völlig überdreht auf den Planken hin und her.

»Paulinchen, komm zurück!«, rief Malte, aber die Hundedame scherte sich keinen Deut darum und rannte wie von einer Tarantel gestochen weiter rund ums Deck.

Kenos Opa flitzte hinterher, aber natürlich konnte er sie nicht erreichen. Als er gerade am Bug angekommen war, überholte ihn Paula schon wieder von hinten. »Du Mistvieh!«

Er versuchte vergebens, nach ihr zu greifen.

Auch Keno gab sich Mühe, doch es war zwecklos. Paula war nicht nur viel schneller, sondern auch erheblich wendiger als ihre Verfolger.

»Lauft doch andersherum und schneidet ihr den Weg ab!«, rief Frauke, die den Hund bei der mittlerweile dritten Runde ebenfalls nicht zu fassen bekommen hatte. Keno lag längs dahingestreckt an Deck, war aber stolz, weil er zumindest Paulas Schwanz kurz berührt hatte.

»Die läuft hier echt einen Marathon«, sagte er mit großem Respekt, duckte sich dann aber, weil Paula in Runde vier über ihn hinweghüpfte.

Malte stolperte immer weiter und riss dabei einen Farbeimer um, dessen Inhalt sich sofort großflächig auf den Planken verteilte.

»Aufhören, stehen bleiben!«, schrie Frauke, die sich schon mit einem Spachtel die halb angetrocknete Farbe herunterkratzen sah. »Ihr ruiniert mir ja mein renoviertes Schiff!« Sie ballte die Faust und reckte sie böse in die Höhe, als Malte und auch Paula in Runde vier an ihr vorbeirasten. Keno war derweil aufgestanden und rieb sich das Knie. »Verflixt, was ist denn das für ein Schauspiel!«, sagte er.

Beide hörten im nächsten Moment ein lautes: »Jetzt hab ich dich, Paulinchen!«

Kurz darauf klatschte es vorn am Bug einmal leise und dann einmal laut. Es klang wie das Aufprallen einer kleinen Flasche und das eines dicken Fasses.

Frauke gefror vor Schreck das Blut in den Adern.

»O nein!«, rief Keno. »Ich ahne das Schlimmste!«

Er stürmte los.

»Nicht nur du«, flüsterte Frauke und sprintete ihm nach.

»Opa, was ist passiert?«, rief Keno aufgeregt, als er seinen Großvater neben Paula im Wasser strampeln sah. Es wirkte unbeholfen, denn seine Kleidung hatte sich schnell voller Wasser gezogen und drohte nun, ihn nach unten zu ziehen.

»Er kann eigentlich schwimmen!«, meinte Keno entsetzt. »Aber scheinbar säuft er ab!«

Paula hingegen umrundete ihn fröhlich und schien sich köstlich zu amüsieren.

Frauke sah sich hektisch um und entdeckte endlich den Rettungsring, den Renke gestern abgenommen hatte.

Sie nahm ihn hoch und warf ihn schwungvoll ins Hafenbecken. Glücklicherweise bekam Malte ihn sofort zu packen und konnte sich daran festhalten. Paula schwamm auf ihn zu, und er griff nach ihrem Halsband.

»Hund und mich unter Kontrolle!«, japste er.

Frauke schüttelte nur den Kopf. Konnte der Mann denn kein einziges Mal einfach und nicht so geschraubt reden?

»Und wie kriegen wir dich jetzt aus dem Hafenbecken?«, fragte Frauke hilflos. Kenos Opa musste unglaublich frieren, denn die Nordsee war noch sehr kalt.

»Ich erklimme den Metallsteg«, schlug Malte vor und bewegte sich langsam samt Hund und Schwimmring dorthin.

Keno sprang von Bord auf den Steg, um den beiden aus dem Becken zu helfen. Erst nahm er Malte die Hündin ab und brachte sie an Bord, dann stürzte er zurück, aber sein Opa hatte die Leiter schon selbst erklommen und tropfte die Metallstreben nass.

Frauke hielt derweil Paula am Halsband und überlegte dabei, wie sie Kenos Großvater mit Klamotten aushelfen konnte. So nass würde er wohl kaum zurück nach Cuxhaven fahren können.

Vollkommen erschöpft kam Malte auf den Kutter und lehnte sich gegen die Bordwand. Frauke holte eine Decke, die sie ihm über die Schultern legte.

»Danke«, sagte er leise und stand auf. Er hatte etwas von dem sprichwörtlichen »begossenen Pudel«.

»Das war wohl keine Glanzleistung«, fügte er hinzu.

»Wie konnte das passieren?«, fragte Keno. »Die Reling ist doch so hoch, dass man nicht einfach darüberfallen kann.«

»Ich hatte Paula gerade zu packen gekriegt und sie hochgenommen, als sie sich erneut losriss, rumzappelte und unglücklicherweise ins Wasser fiel. Da habe ich befürchtet, sie könnte ertrinken, und bin einfach hinterhergesprungen.«

Frauke rollte mit den Augen. »Na, herzlichen Glückwunsch! Und ich sag noch: Hundeschule.«

»Ist vielleicht keine so blöde Idee«, gab Malte zerknirscht zu. »Na ja, und jetzt muss ich dich leider darum bitten, mir etwas zum Anziehen zur Verfügung zu stellen.«

Frauke konnte sich das Lachen kaum verbeißen. Da hockte ihr Roter Oskar, Jahre nachdem sie sich mehrfach am Tag geliebt hatten, als gäbe es kein Morgen, klitschnass auf ihrem Kutter und bat sie in überaus gestochener Art und Weise, ihm etwas zum Anziehen zu geben. Er bibberte wie verrückt.

»Opa braucht jetzt etwas Warmes. Und auch Paula sollte endlich abgetrocknet werden. Sie friert!«, drängte Keno.

Schuldbewusst schaute Frauke zu dem kleinen Hund, der wirklich einen bemitleidenswerten Eindruck machte. »Dann kommt!«

Schnell holte sie ein Handtuch, in das Keno Paula einwickelte. Danach stellte sie den Wasserkocher an, denn ein warmer Tee war immer gut, wenn man unterkühlt war.

»Die Dusche funktioniert schon, und das Wasser ist warm«, sagte Frauke. »Am besten wird es sein, wenn du dich kurz abbraust. In der Zwischenzeit schaue ich mal, ob ich ein paar Sachen finde, die dir passen könnten.«

Das würde schwierig werden, denn Maltes Bauch hatte einen erheblichen Umfang. Ihr fiel nur ihre Latzhose ein. Sie hatte ursprünglich Fiete gehört und war ihr viel zu weit. Aber ob sie für Malte ausreichte, konnte sie nicht abschätzen. Mit der Unterkleidung war es problematisch, aber schließlich würde keiner sehen, wenn Malte einen pinkfarbenen Damenslip trug. Einen alten Pulli hatte sie auch, leider nur in Zyklam, weil sie knallige Farben schätzte. Aber so würde Malte immerhin nicht mehr frieren.

»Gut, dann dusche ich mal.«

»Du musst den Strahl aber zwischendurch ausmachen. So viel Wasser gibt es noch nicht«, meinte Frauke.

»Wie, ich kann nicht richtig …?«

»Nein!«

Malte zuckte bloß mit den Schultern und trollte sich.

Bist sogar der Erste, der hier duschen darf, dachte Frauke mit einem Anflug von Neid. Das Leben konnte verdammt ungerecht sein. Sie hörte, wie das Wasser anging und Kenos Opa wohlig aufseufzte.

Flugs suchte sie die Kleidungsstücke zusammen und legte sie in der Kajüte parat. Dann ging sie zu Keno, der Paulas Fell unermüdlich rubbelte.

»Sie zittert schon nicht mehr«, sagte er stolz. »Dafür müffelt sie extrem nach Hafenbecken. Opa wird sie heute Abend in die Badewanne stecken müssen.«

Frauke musste ihm recht geben, Paula stank erbärmlich.

»Ich werde mal eben die Farbe zusammenkratzen, die vorhin umgefallen ist, sonst muss ich nachher noch mit Terpentin ran«, sagte Frauke mit einem Seufzen. »Später werde ich dann wohl neue besorgen.«

Frauke bemühte sich, den Schaden zu beheben. An der Schiffswand entlang zeigten sich etliche Farbspritzer, und auf dem Deck hatte sich die Masse schon großflächig verteilt.

Einen Moment später fuhr sie zusammen, als Keno laut losprustete. »Opa, wie siehst denn du aus?«

Frauke hielt sich lieber fern. Sie ahnte, warum der Junge so laut lachte.

*

»Um Gottes willen!« Barbara glaubte ihren Augen nicht zu trauen. »Das ist doch Herr Willich!«

Sie waren mit Fraukes Mini am Kai angekommen, um sie zur Residenz abzuholen.

Heinz packte sie ungläubig am Arm. »Was ist wohl geschehen, dass er Rosa trägt?«

»Das ist Zyklam«, berichtigte Barbara ihn. »Kein Rosa. Aber dennoch eine Frauenfarbe. Wirkt ein bisschen grell für meinen Geschmack.«

»Und die Hose, meine Liebe! Er sieht darin aus wie ein Gartenzwerg. Sie ist viel zu eng. Sieh nur, wie sein Bauch darüberquillt.«

»Ich finde, er gleicht dem Michelin-Männchen.« Barbara sah ihren Gemahl an. »Aber das dürfen wir jetzt nicht laut sagen, das wäre beleidigend.«

Heinz nickte. Er mochte Malte Willich, und es wäre schäbig, sich über ihn lustig zu machen.

Barbara hatte sich noch nicht von der Stelle bewegt. »Es ist schon verwunderlich, wie er sich über Nacht verändert hat, Heinz. Sonst hat er immer diesen faden grauen Anzug getragen, und jetzt sieht er aus wie ein Papagei, der die falschen Federn trägt.«

Heinz zuckte mit den Schultern. »Nun, wenn er das mag. Du weißt, dass da heutzutage Toleranz gefordert ist. Und warum sollten Männer kein Zyklam tragen? Du und Frauke, ihr kräht doch dauernd was von Gleichberechtigung, das gilt dann wohl auch für die Kleidungsfarben, oder nicht?«

Barbara reckte das Kinn. »Dann sind wir jetzt einfach mal tolerant. Er ist ja immerhin der ehemalige Liebhaber von Frauke, und wir wollen uns nicht mit ihm anlegen, nicht wahr?«

Trotzdem bewegte sie sich kein bisschen von der Stelle. »Hat sie sich dir gegenüber eigentlich mal wegen dieses jugendlichen Freundes geäußert? Also, wenn man Frau Waltermann glauben kann, soll Frauke einen ziemlich wilden Lebenswandel pflegen. Bislang habe ich nicht daran geglaubt, aber wenn ich mir das jetzt alles so betrachte, bin ich mir nicht sicher, ob nicht doch etwas daran ist. Ich frage mich nur, warum sie diesen Liebhaber schon so lange vor uns geheim hält und ihn uns nicht einfach vorstellt.« Sie schob beleidigt die Unterlippe vor.

Heinz nahm die Hand seiner Frau und zog sie weiter. »Lass uns lieber nicht spekulieren. Wir klären das direkt mit Frauke.« Er nickte ihr aufmunternd zu.

»Auch wieder wahr«, lenkte sie ein.

Sie betraten den Steg, und Malte Willich winkte ihnen zu. Glücklich wirkte er nicht.

»Schöne Klamotten«, sagte Heinz, aber es klang so verdammt unehrlich, dass Barbara sich ein bisschen für ihren Gemahl schämte. Auch wenn er es nur gut meinte.

»Finden Sie, Herr Kanngießer?« Herr Willich schaute verlegen an sich hinunter.

»Bisschen bunt, aber ab und zu muss man schließlich Farbe in sein Leben bringen, nicht wahr?«

Barbara boxte Heinz in die Seite. Er sollte lieber aufhören, sich um Kopf und Kragen zu reden, er machte ja alles nur noch schlimmer, denn es war Herrn Willich sichtlich peinlich, wie er gekleidet war. Es musste etwas passiert sein, das ihn in diese Lage gebracht hatte.

Nun kam auch Frauke aus der Kajüte. Ihre Hose war voller Farbspritzer. Einer zierte sogar die Nasenspitze.

»Ach, da seid ihr ja, wie schön.«

»Wie seht ihr beiden denn aus?«, fragte Barbara dann doch neugierig. »Und wo stecken Keno und Paula?«

»Eins nach dem anderen«, antwortete Frauke. »Wir sehen so lustig aus, weil wir eine Panne hatten.«

Heinz musterte sie. »Eine mit Farbe?«

»Jo, das auch!« Frauke fasste kurz zusammen, was passiert war. »Na ja, und nun ist Keno mit Paula Gassi gegangen, und Malte war bis eben pitschnass. Leider hatte ich nichts anderes an Bord als diese Sachen.«

Barbara fiel ein Stein vom Herzen, dass es eine ganz harmlose Erklärung gab und nicht alle plötzlich abdrehten. »Gott sei Dank, ich dachte schon …« Sie winkte ab, das musste sie jetzt nicht noch vertiefen. »Aber wo nun das geklärt ist«, brach es aus ihr heraus, »Heinz und ich sprachen eben über diese andere Geschichte: Was ist eigentlich mit dem jungen Mann, der dir den Kopf verdreht hat? Warum stellst du ihn uns nicht vor und machst immer nur Andeutungen? In der Residenz gehen deswegen die wildesten Gerüchte rum. Und ich finde es befremdlich, dass du ständig von mehreren Männern umgeben bist.« Barbaras Stimme war immer schnippischer geworden.

Frauke schaute sie ungläubig an. »Warum redet die ganze Residenz über mein Liebesleben?«, empörte sie sich. »Ich habe doch nur mit dir über den jungen Mann gesprochen.«

Frauke war sichtlich bemüht, den neugierigen Blick von Malte zu ignorieren.

Barbara wand sich, die Situation war ihr unangenehm. Das hier war ganz heißes Fett, in das sie besser nicht reinfassen sollte. »Schon. Ja. Aber Frau Waltermann …«

»Du hast tatsächlich mit der ollen Schnepfe über mich geredet?«, unterbrach Frauke sie sofort.

»Na ja, nicht geredet, es war eher so eine informative Unterhaltung«, sagte Barbara. Schließlich war sie kein Tratschweib.

Frauke rollte mit den Augen und ließ das unkommentiert.

Malte Willich hatte das Gespräch bislang mit großen Augen und sichtlich ungläubig verfolgt. »Frauke hat einen Lover? Einen Jüngeren?«, fragte er fassungslos, und Barbara glaubte, eine Spur Enttäuschung aus seinen Sätzen herauszuhören.

Nun wirkte Frauke sehr verlegen. Sie hob abwehrend beide Hände und atmete einmal tief durch. »Es ist an der Zeit, dieses Spiel zu beenden. Liebe Barbara: Du kannst Frau Waltermann, und mit wem du sonst noch so informative Gespräche führst, gern ausrichten, dass es gar keinen Liebhaber jüngeren Alters gibt. Ich habe damals nur zu dir gesagt, dass ich einen jungen Mann kennengelernt habe, von dem ich noch nicht weiß, was daraus wird. Und du hast es sofort als Liebhaber interpretiert. Davon habe ich aber nie gesprochen.«

Heinz begann zu kichern, und Barbara rammte ihm den Ellenbogen in die Seite. Das fehlte noch, dass sie vom eigenen Mann verspottet wurde.

»Aber …«, stotterte sie. »Aber wer ist es denn dann?«

»Keno. Es handelt sich um Keno, und ich wusste damals nicht, ob er mir auf dem Schiff helfen wird oder nicht.«

Barbara senkte den Blick. Wie peinlich war das denn? Es stimmte ja, was Frauke sagte. Sie hatte nie von einem Liebhaber gesprochen, nur hatte sie selbst es falsch interpretiert und ausgerechnet Frau Waltermann gegenüber das böse Gerücht in die Welt gesetzt.

»Du hast aber auch nichts dagegen unternommen, es richtigzustellen«, verteidigte sie sich.

»Das stimmt«, meinte Frauke. »Ehrlich gesagt, habe ich mir so etwas gedacht und wollte dich zappeln lassen. Weil du immer an meiner Kleidung herumgemäkelt hast und so. Na ja«, vollendete sie ihre Ausführungen ein kleines bisschen zerknirscht, »und danach habe ich den richtigen Zeitpunkt verpasst.«

Barbara brauchte einen Moment, bis sie das Gesagte verdaut hatte. Dann musste sie lachen. Erst nur ein wenig, dann immer mehr, und am Ende bekam sie sich kaum wieder ein.

»Aber weißt du was? Lassen wir doch Frau Waltermann in dem Glauben. Die ist nicht nur grün, die ist schwarz-violett vor Neid. Du hast nicht nur ein Schiff, sondern auch gleich noch zwei Männer. Und sie hat nix. Außer ihrem Appartement und ihrem Großmaul.« Barbara wischte sich die Lachtränen aus den Augen.

»Moment«, mischte sich nun Herr Willich ein. »Ich gelte also auch als Liebhaber von Frauke?«

»So sieht das aus, Herr Willich!«, bestätigte Heinz.

»Also, wenn das so ist: Ich bin Malte!« Er strahlte wie die aufgehende Sonne.

»Barbara!«

»Heinz!«

Sie schlugen ein. »Dann wäre das geklärt«, sagte Malte. »Aber es mutet doch seltsam an, dass ich und Frauke …«

»Thema durch!«, unterbrach Frauke ihn. »Darüber möchte ich nicht diskutieren, wenn du in Zyklam und mit viel zu enger Latzhose und pinken Dessous vor mir sitzt!«

»Er trägt Pink drunter?«, fragte Barbara und prustete erneut los, was aber wiederum Malte weniger witzig zu finden schien. »Das kneift in der Ritze und ist eher ein String für mich«, platzte er heraus, was allerdings dazu führte, dass Barbara regelrecht nach Luft rang, weil sie sich nicht mehr einkriegte.

Erst als sie sich etwas beruhigt hatte, nahm Frauke den Gesprächsfaden wieder auf. »Gut, dann haben wir ja jetzt auch diese Frage geklärt, nicht aber, warum du überhaupt heute hier bist, Malte. Keno hat gestern behauptet, er würde heute allein kommen, weil du etwas zu erledigen hast. Dass damit der Sturz ins Hafenbecken gemeint war, glaube ich nicht. Also: In welcher Mission bist du gekommen?«

Das Thema schien Malte mehr zu behagen als das mit der Unterwäsche, und so verschränkte er nun wichtig die Finger ineinander und streckte die Arme so heftig vor, dass die Gelenke knackten. »Nun, ich bin hier, weil ich nicht untätig war, sondern für euch eine Bleibe gesucht und gefunden habe, die sofort bezugsfertig ist.«

Nun klappten sowohl Barbara als auch Heinz und Frauke die Kinnladen runter.

»Du hast was?«, fragte Frauke nach. Die letzten Wochen hatte sie sich zusammen mit Heinz und Barbara die Hacken wund gelaufen und die Finger kaputt telefoniert, um eine Wohnung zu finden – vergeblich. Und nun kam Malte einfach so aufs Schiff geschneit, warf erst mal einen Farbeimer um und versenkte sich und Hund spektakulär im Hafenbecken, um ihnen dann in seinem Not-Outfit ganz nebenbei mitzuteilen, dass er eine Wohnung gefunden hatte?

»Wo?«, fragte Barbara atemlos.

»In Burhave in der Ostlandstraße, und es ist eine Doppelhaushälfte über zwei Etagen mit einem zusätzlichen kleinen Zimmer unterm Dach, das man über eine schmale Treppe erreichen kann. So fabelhaft geschnitten, dass eure WG funktionieren müsste. Dann entfällt auch, dass ihr Sachen zunächst einlagern müsst. Ihr habt ein Zuhause – falls ihr euch für das Domizil begeistern könnt.«

Frauke sprang auf, nahm Maltes Kopf zwischen ihre beiden Hände und drückte ihm einen Kuss auf die Stirn. »Malte, das sind ja wunderbare Neuigkeiten! Ich dachte schon, du hättest nur das ›Dozier-Gen‹. Ich muss dich um Entschuldigung bitten. Du bist der Mega-Hammer-Macher!«

Malte lief puterrot an.

Barbara sah das mit Genugtuung, denn sie fand es eigentlich schade, dass diese alte Liebe offenbar nicht mehr angeheizt werden konnte.

Malte hatte sich derweil wieder gefangen. »Ihr könnt das Haus gleich ansehen. Der Vermieter ist noch da, weil er die letzten Klempnerarbeiten tätigt. Und morgen könnt ihr schon den Vertrag unterschreiben, wenn es euch gefällt.«

»Dann nichts wie hin!«, schlug Barbara vor und winkte Keno, der eben mit Paula zurückkam.

»Bitte entschuldigt mich«, sagte Malte. »Ich möchte mich wegen meiner momentanen Bekleidungssituation nur ungern unter Menschen mischen. Ich bitte um euer Verständnis, dass ich, so schnell wie es geht, zurück nach Cuxhaven fahren will.«

»Aber klar!«, kam es unisono.

Sie hatten ein Haus. Und alles dank Malte!

# Kapitel 12

Heute war der große Tag. Sie würden den Kutter einrichten und morgen die erste Nacht darauf verbringen. Alles Weitere war gut verlaufen, denn das Doppelhaus, das Malte für sie aufgetan hatte, war bereits frei, und sie hatten auch schon mit den Renovierungsarbeiten begonnen. Da im Keller nichts zu tun war, konnten sie die Kisten dort lagern.

Jetzt galt es erst einmal, das Schiff wohnlich einzurichten, damit sie möglichst schnell das Kuttercafé in Angriff nehmen konnten, denn Barbara und Heinz brannten darauf, endlich mehr zum gemeinsamen Lebensunterhalt beitragen zu können. Die größten Schulden hatte Heinz mit dem Verkauf des Autos tilgen können, und so war es den beiden möglich, die Hälfte der Miete zu zahlen. Trotzdem fühlten sie sich noch immer tief in Fraukes Schuld und wollten mehr tun. Frauke rührte das, zeigte es doch, dass ihre Freunde sich nicht darauf ausruhten, was sie für sie tat.

Die letzten Nächte hatte sie vor Aufregung kaum geschlafen. Sie war zudem besorgt, ob es auf dem Kutter wirklich konfliktfrei weitergehen würde, denn gestern hatte sie Barbara tatsächlich den Hammer aus der Hand nehmen müssen. Ihre Freundin hatte damit begonnen, viel zu dicke Nägel in die Bordwand zu schlagen, um später ihre Bilder daran aufzuhängen. Nur kurz darauf hatten sie einen Stromausfall gehabt, weil Heinz das Kabel der Bohrmaschine zersägt hatte und sämtliche Sicherungen herausgesprungen waren.

Frauke fand deshalb, es wäre besser, die beiden zunächst anderweitig zu beschäftigen. Da, wo sie kein Unheil anrichten konnten. Und das war auf dem Land.

Deshalb passten sie im Moment auf, dass der Maler die neue gemeinsame Doppelhaushälfte vernünftig tapezierte. Diesen besonderen Moment heute wollte Frauke allein genießen. Alles Notwendige auf dem Schiff war repariert und alles einzugsbereit. In ihren Schlafräumen hatte man kaum das Gefühl, sich auf einem Schiff zu befinden, wären da nicht die kleinen Bullaugen gewesen, die den Blick übers Wasser ermöglichten. Besser hätte man es nicht lösen können.

Die Kombüse war nun wirklich eine Kombüse, und sie hatten sämtliche Möglichkeiten zu kochen und zu backen. Die praktische Nasszelle war ebenfalls ein Traum – und ja längst von Malte eingeweiht.

Überall roch es nach frischer Farbe. Die Alte Liebe – Roter Oskar wurde täglich mehr zu einem wahren Schmuckstück, und auch das neue Namensschild hatte seinen Platz vorn am Bug gefunden.

Heute war noch der letzte Anstrich an der hinteren Reling zu tätigen, ehe sie endlich einziehen konnte. Nur noch eine letzte Nacht im Sonnenuntergang, und dann würde Frauke auch den Sonnenaufgang wieder richtig genießen können.

Sie rieb sich den Rücken und hörte plötzlich Schritte auf dem Kai. Barbara kam mit tippelnden Schritten angewetzt.

»Bist du nicht mehr im Haus?«

»Es war so langweilig dort, da habe ich mich anderweitig nützlich gemacht«, sagte sie und streckte die Arme nach vorn, auf denen sie ein kleines Tablett balancierte. »Ich hab dir zwei Stücke Zitronenkuchen mitgebracht. Du fällst ja noch völlig vom Fleisch!«

Wenn Frauke in den letzten Wochen eines gelernt hatte: Barbara Kanngießer widersprach man besser nicht, denn sie hatte recht. Immer und zu jeder Tageszeit. Deshalb hatte Frauke die Strategie erfunden, Barbara stets so zu beschäftigen, dass sie ihre Aufgaben auch bewältigen konnte. Damit umschiffte man jegliche Konflikte äußerst elegant schon im Vorfeld. Der Maler in ihrem Haus war zwar vermutlich kurz davor, sich vor Verzweiflung in die Nordsee zu stürzen, aber so hatte Frauke das Problem wenigstens nicht selbst an der Backe. Es konnte ihr egal sein, ob die rosa Blümchentapete nun mit zarten Quer- oder kräftigen Längsstreifen an der Wand klebte. Trotzdem war es nett, dass Barbara ihr etwas zu essen gebracht hatte.

Die Freundin sah sich neugierig um. »Schön ist es geworden!«, sagte sie und grinste merkwürdig.

»Was verheimlichst du mir?«, fragte Frauke sofort, denn Barbara war eine so schlechte Schauspielerin.

Die druckste herum, aber dann konnte sie die Neuigkeiten nicht mehr zurückhalten. »Wir wollen später als Überraschung mit dir Einweihung feiern! Na ja, und ein paar Freunde kommen auch.« Barbara lächelte so überzeugend, dass Frauke dahinschmolz. »Ist das nicht eine wundervolle Idee?«

»Ja, das ist es. Wir müssen die viele getane Arbeit wirklich gebührend feiern.«

»Malte bringt sein Akkordeon mit!«, fuhr Barbara enthusiastisch fort. »Wir sind dann die Kuttermusikanten, und ein bisschen Spaß muss sein!«

Na, hoffentlich finden das die anderen Nachbarn auch, dachte Frauke, als ahnte sie, dass der Abend nicht nur fröhlich verlaufen würde.

*

Frauke war froh, als Barbara den Kutter wieder verlassen hatte, denn sie wollte in Ruhe noch einrichten, so viel sie schaffte, bevor gleich alle hier einfielen und feierten. Sie hatten zwar einigen Stauraum, dennoch musste alles gut durchdacht werden. Die Kisten hatte sie schon in die Schlafräume getragen, sodass das Deck für die kleine Feier frei war. Sie hatten sich, was Kleidungsstücke anging, wirklich auf das Nötigste beschränkt, aber wenn sie tatsächlich ein Café betreiben wollten, war es wichtig, auch etwas Schöneres zum Anziehen zu haben. Sollten sie länger unterwegs sein, konnten sie in den Häfen waschen, da hatte sie sich schon erkundigt.

Für das Café galt es im Übrigen, noch etliche Papiere zu besorgen, schließlich konnten sie es nicht ohne Genehmigung führen. Aber darüber wollte sie sich heute keine Gedanken machen, sie würde sich darum später kümmern. Da Heinz sehr in die Renovierung des neuen Doppelhauses involviert war, hatte auch er noch keine Zeit dafür gehabt.

Frauke zuckte zusammen, als sie das Schlagen von Autotüren hörte. Es ging wohl schon los! Neugierig ging sie an Deck und sah ein Taxi davonfahren. Sie traute ihren Augen kaum, als am Kai nicht nur Keno mit seiner Mutter und einem fremden Mann standen, sondern auch Barbara und Heinz nebst Malte, Paula – und Frau Waltermann! Alle waren ihr herzlich willkommen, bis auf die letzte Dame. Die hätte Frauke doch lieber von hinten gesehen. Darüber würde sie später mit Barbara reden müssen! Allerdings vermutete Frauke, dass sich Frau Waltermann wie immer penetrant über alle Abwehrmechanismen hinweggesetzt hatte und einfach mitgekommen war. Nun, wie dem auch sei. Das war ihre Schiffstaufe, und Frauke wollte sich den Tag nicht verderben lassen.

Malte hatte tatsächlich ein Akkordeon in der Hand. Frauke atmete einmal tief durch, vor allem als nun auch noch Knut mit seiner Mundharmonika in der Hand antanzte, fröhlich mit den Hüften schaukelnd.

»Überraschung!«, riefen sie alle im Chor.

Eine Überraschung, die dank Barbaras Plappermaul ja schon verraten war, aber Frauke beschloss, erstaunt zu tun und ihnen die Freude nicht zu verderben. Das war sie ihren Freunden schuldig.

»Wir feiern heute Einstand, ob du willst oder nicht. Du kannst nicht einfach hier einziehen, ohne dass wir es gebührend gewürdigt haben«, bekräftigte Barbara noch einmal.

Ein weiteres Fahrzeug bretterte jetzt den Kai entlang, und ihm entstieg Renke mit einer Flasche Sekt in der Hand. Auf einmal war Frauke glücklich, dass so viele gekommen waren. Dass sie Freunde hatte, die sich so darüber freuten, dass sie den Kutter wieder flottgemacht hatte. Von Frau Waltermann mal abgesehen, denn die wirkte äußerst verdrießlich. Ihr bitterer Blick wurde nur dann weicher, wenn sie Malte ansah, und der lächelte auch ständig viel zu freundlich zurück.

»Mann, es ist fantastisch, dass ihr da seid. Kommt hoch!«, rief Frauke. Aber dann fiel ihr siedend heiß ein, dass sie gar nicht genug zu trinken hatte. Von Essen ganz zu schweigen.

Aber auch daran hatten ihre Freunde gedacht. Keno und Malte hievten eine Bier- und eine Wasserkiste aus dem Kofferraum, und Barbara zauberte eine große Platte von der Rückbank, auf der sich Schnittchen befanden. »Die durfte ich noch in der Residenz fertig machen«, sagte sie. Sie sahen lecker aus, weil Barbara alle kunstvoll mit Gürkchen und Tomatenschnitzen belegt hatte.

»Ihr seid doch verrückt!«, rief Frauke.

»Nein, deine Freunde«, entgegnete Barbara schlicht.

Inzwischen hatten sich alle an Deck eingefunden und sich einander vorgestellt und begrüßt.

Dabei bestätigte sich, was Frauke bereits geahnt hatte. Der Mann an Sanjas Seite war der Schönheitschirurg Doktor Feuerlein, an dem Keno kein gutes Haar ließ. Auf jeden Fall hatte er heute den Spaßrucksack vergessen und stand mit säuerlicher Miene neben Frau Waltermann. Seine Mundwinkel formten einen ähnlichen Halbkreis nach unten wie ihrer. Ein perfektes Anti-Paar, schoss es Frauke durch den Kopf. Gut, dachte sie, wenn die beiden schon unser Zusammentreffen mit Schnittchen und Bier befremdlich finden, wird sich das vermutlich nicht bessern, falls Malte wirklich gleich mit dem Akkordeon aufspielt.

Auch Paula war dabei, alle auf dem Schiff ausgiebig zu begrüßen, und wählte dabei die Methode des Handabschleckens. Als Frau Waltermann an der Reihe war, rückte die gleich angewidert ein paar Schritte zur Seite.

»Es mutet schon merkwürdig an, wenn eine Oma in See stechen möchte«, tat sie lautstark kund. Doktor Feuerlein stimmte ihr sofort zu, aber sie ernteten bei keinem anderen Zuspruch.

Frauke machte gute Miene zum bösen Spiel und ignorierte die Worte ebenfalls. Sie wollte sich den schönen Abend nicht verderben lassen.

Fraukes Gäste sahen sich derweil neugierig um und inspizierten den Kutter im Detail. Jetzt, wo alles fertig war, machte er doch einen ganz anderen Eindruck. Frauke freute sich über die vielen Ahs und Ohs!

»Das ist ein wahres Prachtstück geworden«, sagte Kenos Mutter anerkennend und zog dann den Mann nach vorn, der sie die ganze Zeit an der Hand hielt. »Ist es nicht so, Alfons?«

»Wer es mag«, gab er zurück. »Sie müssen schon eine besondere Vorstellung vom Leben im Alter haben, Frau Hansen!«

»Wollen wir uns nicht duzen?«, fragte sie, ohne auf seinen Angriff einzugehen. »Wo wir uns zukünftig bestimmt öfter begegnen, denn ich gehe davon aus, dass Malte und Keno auch weiterhin häufig auf dem Kutter sein werden.« Frauke ignorierte bei dem Angebot, das er offenbar als ungeheuerlich empfand, sein säuerliches Gesicht. Sie plapperte munter weiter. »Ganz ehrlich: Ohne Keno hätten wir vieles nicht so schnell bewerkstelligen können.« Sie streckte den beiden die Hand hin, aber Doktor Alfons Feuerlein schaute demonstrativ weg. Sanja hingegen ergriff sie. »Gern. Ich bin Sanja.«

»Frauke.«

Sanja warf einen unsicheren Blick zu ihrem Freund, der sie immerhin ansah, aber unmerklich den Kopf schüttelte.

Dann eben nicht, dachte Frauke und wandte sich wieder an Kenos Mutter, der das Verhalten ihres Freundes offensichtlich peinlich war.

»Du kannst stolz auf deinen Sohn sein!«, sagte Frauke und beobachtete Barbara, die in der Kajüte dabei war, die Folie von der Schnittchenplatte zu zerren.

»Ist ja schön, dass Keno einen Pinsel halten und malen kann«, sagte Doktor Feuerlein mit süffisantem Unterton. »So etwas ist bestimmt überlebenswichtig.«

»Ja, das ist richtig«, meinte Frauke. »Es ist nämlich wichtig, dass es Menschen gibt, die das Handwerk beherrschen. Davon profitieren sogar Ärzte, hab ich gehört.«

Peng, das war wohl die falsche Ansage im absolut falschen Ton gewesen, denn Doktor Feuerlein biss sich nur kurz auf die Lippen und ließ dann zum ersten Mal Sanjas Hand los.

»Keno hätte in den Osterferien lieber für die Schule arbeiten sollen, damit er einen adäquaten Abschluss hinlegt und den Sprung in die Oberstufe schafft. Nur so kann er es später zu etwas bringen.«

Er entfernte sich ein Stück, griff in die Wasserkiste und nahm sich eine von den kleinen Flaschen.

Frauke sah ihm entgeistert nach und wunderte sich, dass Sanja nicht vehement widersprach. Sie zuckte stattdessen nur mit den Schultern und lächelte verlegen.

Um das Thema nicht zu vertiefen, widmete sich Frauke lieber den anderen Gästen.

Eben nahm Heinz Renke die Flasche Sekt aus der Hand. »Wir feiern nicht nur Einweihung, wir müssen den Kutter auch taufen, er läuft ja ab morgen quasi ganz neu vom Stapel!«

»Albern«, hörte Frauke.

Sie drehte sich um und sah, wie Frau Waltermann den Kopf schüttelte. So langsam nervten Frauke die beiden missgelaunten Menschen, die wohl nur gekommen waren, um ihr den Abend zu verderben.

»Sie müssen ja nicht bleiben«, sagte sie in betont liebenswürdigem Ton, aber Frau Waltermann tat so, als hätte sie es nicht gehört, und wanzte sich wieder an Malte heran, der sie trotz ihrer miesen Laune weiterhin überaus höflich behandelte.

Trotzdem bemerkte er Fraukes wütenden Blick und kam auf sie zu. »Freu dich einfach, dass so viele da sind, meine Liebe«, sagte er mit einem freundlichen Lächeln, das dem von damals sehr ähnelte und das auch jetzt seine Wirkung nicht verfehlte. Dann aber wandte er sich wieder Frau Waltermann zu, die das triumphierend zur Kenntnis nahm, was auch am kurzfristigen Hochschnellen ihrer Mundwinkel erkennbar war.

Ihr Blick hing schon wieder an Malte, und wäre es für Frauke nicht vollkommen unvorstellbar gewesen, dass Frau Waltermann auf Männersuche war, hätte sie schwören können, dass sie Kenos Opa wirklich anschmachtete. Malte versuchte zwar, es sich nicht anmerken zu lassen, aber er nahm es sichtlich geschmeichelt zur Kenntnis.

Frauke verdrängte den leichten Anflug von Eifersucht. Sie und Malte, das war lange vorbei. Aber er und Frau Waltermann … das wollte sie auch nicht.

»Frauke, ich finde, du solltest dein Schiff jetzt taufen!«, schlug Malte vor und riss sie damit aus ihren Gedanken.

Heinz reichte Frauke die Flasche. »Auf allzeit gute Fahrt!«, sagte er theatralisch.

»Müssen wir das nicht vom Kai aus tun?«, fragte Frauke. »Dann müssten nur alle wieder runter vom Schiff.«

»Ach, es geht auch von hier!«, meinte Malte.

Frauke beugte sich über die Reling. »Immerhin kann ich das feine neue Namensschild gut erkennen«, sagte sie.

Frauke wartete, bis sie von ihren Gästen umringt war, umfasste dann den Flaschenhals mit der rechten Hand und beugte sich über die Brüstung. Ein bisschen sorgte sie sich, dass die schöne frische Farbe abblättern würde, aber die kleine Stelle konnte Renke sicher ausbessern. Ihre Freunde hatten ja recht. Ein Schiff musste getauft werden, sonst lief es Gefahr, zu sinken. Das war alte Tradition, und die Alte Liebe – Roter Oskar war im Prinzip zu einem vollkommen neuen Schiff geworden.

Frauke wollte die Flasche schon gegen die Bordwand schmettern, als sie innehielt. Als Eignerin sollte sie noch ein paar Worte sprechen und dem Schiff alles Gute wünschen.

»Du, lieber Kutter!«, hob Frauke mit lauter Stimme an. »Ich danke Fiete dafür, dass er dich mir vermacht hat. Ich wünsche uns allzeit gute Fahrt und taufe dich auf den Namen Alte Liebe – Roter Oskar!« Dann holte sie aus und zerschmetterte die Sektflasche am Rumpf.

Alle jubelten laut.

»Ein Hoch auf den Kutter! Ein Hoch auf Frauke und ihr Team, die dieses Schiff zu einem wahren Schmuckstück umgestaltet haben!«, rief Renke, der heute richtig redselig war. Frauke vermutete, dass er mit Knut schon ein bisschen gebechert hatte, denn eben hatte sie gesehen, wie das kleine Schnapsglas in dessen Hosentasche verschwunden war. Knuts Weste war zudem merkwürdig ausgebeult.

»Nun fehlt nur noch die Schankgenehmigung, dann kann es ab nächster Woche losgehen! Ich wünsche allen einen guten Appetit und viel Spaß heute Abend. Danke für die wundervolle Überraschung!«

Zuerst stürzten sich alle aufs Bier und die Schnittchen. Dann nahm Malte das Akkordeon in die Hand und stimmte das erste Seemannslied an. Knut zog seine Mundharmonika aus der Hosentasche.

Am Anfang klang es schief und ein bisschen schräg, aber dann hatten sich die beiden aufeinander eingestellt, und ihre schaurigen und lustigen Seemannslieder schallten über den Fedderwardersieler Hafen. Sie lockten zahlreiche Schaulustige an.

»Wenn der Kuchen allein nicht zieht, stellen wir die beiden als Musiker an. Die Kuttermusikanten spielen zu Kutterkuchen und Kaffee auf!«, sagte Barbara erfreut und rückte ihr Haarband zurecht. Noch immer wirkte sie sehr enthusiastisch, und Frauke hoffte, dass es so blieb.

Barbara hatte sich arg verändert. Aus der Nörglerin war eine zufriedene Frau geworden, die durchaus kräftig mit anpacken konnte. Sie trug inzwischen praktische Kleidung und kaum noch Schmuck. Sogar der Griff in ihren Schminktuschkasten war jetzt zurückhaltender. Weder kräftiges Blau noch Lila zierten mehr ihre Lippen, sondern allenfalls ein bisschen Lipgloss. Frauke fand das wesentlich aparter. Außerdem sah es gesünder aus als das Outfit der Eiskönigin. Hatte sie die Idee mit dem Kuttercafé immer mal wieder leicht kritisch gesehen, glaubte sie inzwischen an den Erfolg dieses Unterfangens.

Als Malte und Knut das dritte Lied anstimmten, begannen Barbara und Heinz zu tanzen. Ihnen schlossen sich auch die anderen an, allerdings wippte jeder für sich auf dem Deck herum. Irgendwann hoben sich die Hände zum Himmel, und die Stimmung wurde immer ausgelassener. Alle hatten Spaß.

Fast alle – denn Doktor Feuerlein und Frau Waltermann traten gewaltig auf die Bremse und konnten mit der musikalischen

Darbietung von »Whisky in the jar« oder »My Bonnie is over the ocean« nichts anfangen. Deshalb standen sie mit vor der Brust verschränkten Armen an die Reling gelehnt und sahen so aus, als würden sie die Minuten zählen, bis dieser Spuk endlich zu Ende war.

Frauke war es egal. Dann sollten sie sich doch langweilen. Schließlich konnten sie nach Hause gehen, wenn es ihnen nicht passte. Ihr ging es gut, sie hatte sich ihren Traum erfüllt, weil sie es konnte und weil sie den Mut dazu gehabt hatte. Wenn die beiden es nicht guthießen, dann war es einzig ihr Problem.

Was hatte sie die Leichtigkeit in ihrem Leben vermisst – und nun war plötzlich alles da! Spaß, Lachen und Musik.

Ausgelassen tanzte sie mit, stimmte in den munteren Gesang mit ein und wunderte sich, wie textsicher sie war.

Immerhin schienen sich Frau Waltermann und Doktor Feuerlein in ihrer vereint schlechten Laune gut zu verstehen, denn auch Meckern und Maulen konnten verbindende Elemente sein. Sie standen dicht nebeneinander und warfen sich ständig vereinzelte Sätze zu, die sich vermutlich darauf bezogen, wie albern es war, wenn Menschen in Fraukes Alter sich derart ungestüm benahmen.

Es wurde dunkel. Barbara hatte eine bunte Lichterkette mitgebracht, die Heinz und Malte mithilfe von Renke anbrachten und die den Feiernden kitschiges Licht spendete. Nun machte die Party noch mehr Spaß. Von irgendwoher tauchte eine Buddel Rum auf. Frauke vermutete, dass Knut sie von seinem Kutter geholt hatte.

»Rum ist das Seemannsgetränk!«, rief er dann auch schon und schenkte eifrig aus.

Um vierundzwanzig Uhr bat Malte um Ruhe, indem er zwei Flaschenhälse gegeneinanderschlug. »Nun kommt meine große Überraschung. Der Tag, an dem die Alte Liebe – Roter Oskar seeklar ist, ist angebrochen. Und ich möchte euch – Barbara, Heinz und allen voran Frauke – mein Geschenk überreichen. Es kommt aus tiefstem Herzen.«

Nun sag schon, was du ausgeheckt hast, dachte Frauke, aber Malte zog es vor, seine Rede mit noch weiteren komplizierten Sätzen auszuschmücken, die nichts aussagten, aber das Ganze in die Länge zogen.

Er endete mit den Worten: »Und hier, liebe Frauke: deine Schankgenehmigung! Ich weiß ja, wie sehr du den Gang zu den Ämtern verabscheust, deshalb habe ich es dir abgenommen!«

Frauke sprang wie ein Flummi von ihrem Stuhl, rannte auf Malte zu und gab ihm einen dicken Kuss auf die Wange. »Danke! Ich freue mich riesig! Es ist so schön, wie glatt alles geht – Musik!«

Nun stellte Malte aber das Akkordeon zur Seite und nickte Knut zu, der seine Mundharmonika wieder aus der Tasche zog. Dann forderte Malte Frauke auf. »Bitte verschaffe mir die Ehre und tanze mit dem Roten Oskar!«

Frauke grinste. »Das mach ich, wenn Roter Oskar endlich auch spricht wie Roter Oskar und nicht wie ein Politiker im Wahlkampfmodus.«

Malte lief rot an, verstand aber offenbar, was sie meinte. »Okay: Willst du mit mir tanzen?«

»Wenn du so fragst: gern!« Frauke ergriff seine Hand, und so schwebten sie zu den Klängen von »Should auld acquaintance be forgot« über das frisch gestrichene Deck.

Frauke genoss jeden Schritt und schloss glücklich die Augen. Malte roch plötzlich wieder so wie der Mann, der sie früher im Arm gehalten hatte. Er war wieder der Rote Oskar, der sie damals um den Verstand gebracht hatte.

Als sie die Augen einmal kurz öffnete, attackierte sie der bitterböse Blick von Frau Waltermann, die mehr als empört wirkte.

Sie hob das Kinn und marschierte mit kräftigem Schritt davon, ohne sich von den anderen zu verabschieden.

Frauke war nicht böse darüber. Frau Waltermann passte nicht zu ihnen. Und so genoss sie die letzten sehnsüchtigen Klänge des Liedes in Maltes Armen.

Als der Tanz zu Ende war, bemerkte Frauke, dass nicht nur Frau Waltermann, sondern auch Doktor Feuerlein verschwunden war.

»Mein Freund war müde«, erklärte Sanja sofort, die Fraukes Blick bemerkt hatte. »Er lässt sich entschuldigen.«

Frauke zuckte mit den Schultern. Dann würden sie sich eben ohne die beiden Motzkoffer amüsieren.

Knut spielte weiterhin allein auf, weil Malte noch mal mit Frauke tanzen wollte. Die Sterne prangten über ihnen, es war Vollmond und alles einfach nur wunderbar. Frauke war selten so glücklich gewesen wie jetzt unter dem norddeutschen Sternenhimmel.

Doch plötzlich zerhackte Blaulicht die romantische Nacht, und ein Streifenwagen hielt am Kai. Die Beamten erklommen den Kutter, es kam Frauke ein bisschen vor, als würden sie ihn entern.

»Wir müssen Sie bitten, die Veranstaltung jetzt zu beenden«, sagte der eine. »Es liegt eine Anzeige wegen ruhestörendem Lärm vor.«

»Das war die Waltermann«, brachte Barbara sofort heraus. »Sie war so eifersüchtig, weil Malte nur noch Augen für dich hatte. Dabei dachte sie, er mag sie. Weil er sie doch zum Lachen gebracht hat!«

»Ich und Frau Waltermann?«, fragte Malte erschrocken. »Im Leben nicht. Ich war nur freundlich zu ihr. Sonst nichts!«

»Das hat sie leider anders verstanden«, meinte Heinz. »Sie hat Frauke ja förmlich mit ihren Blicken getötet!«

Der Polizist räusperte sich. »Gut, können Sie die amourösen Verhältnisse ein anderes Mal klären? Wir sind lediglich dafür zuständig, hier für Ruhe zu sorgen.«

Frauke ignorierte seine Ansage, denn sie war stinksauer. Erst aß und trank die blöde Schnepfe sich auf ihrem Kutter durch, wanzte sich an ihre Freunde ran, und weil es nicht so lief, wie sie es sich vorstellte, rief sie gleich die Bullen?

»Die blöde Kuh wird meinen Kutter nie mehr betreten!«, sagte sie laut.

»Gut, ist dann jetzt aber sofort Ruhe?«, vergewisserte sich der Polizist. »Oder sollen wir noch eine Drogenrazzia machen?«

»Drogen?«, fragte Barbara entsetzt. »Wir sind doch keine Junkies, Herr Wachtmeister! Wir feiern einzig und allein die Schiffstaufe, weil der Kutter jetzt Alte Liebe – Roter Oskar heißt«, klärte sie den Beamten dann weiter auf. »Das ist ein gegenderter Kutter, also weder männlich noch weiblich, weil wir trotz unseres Alters überaus modern sind. Außerdem wird es hier ein Kuttercafé geben, weil wir ja etwas Geld verdienen müssen, weil die Bitcoins alles verschlungen haben, verstehen Sie?« Barbara hickste, denn sie hatte doch ein paar Schluck zu viel Rum intus, und das vertrug sich mit dem Bier nur suboptimal.

Leider überzeugte ihre zwar ausführliche, aber für Außenstehende doch verwirrende Rede den Beamten nicht, und es half auch nicht, dass Frauke Barbara am Ärmel zupfte und versuchte, ihr deutlich zu machen, dass sie die Situation gerade verschlimmerte. Weiterhin half es nicht, dass Paula sich mit einem bellenden Freudentanz einzubringen versuchte, wobei sie den Polizisten am Hosenbein packte und wie wild daran zog, während sich sein Kollege bemühte, irgendwie für Ordnung zu sorgen, weil plötzlich alle wild durcheinandersprachen. Leider nicht nur intelligente Dinge, dazu war zu viel Rum geflossen, wie es eben auf einem Schiff üblich war.

Malte versuchte die ganze Zeit, Paula wegzuziehen, was aber zur Folge hatte, dass das Hosenbein des Polizisten plötzlich zerriss und Malte hintenüber auf den Allerwertesten fiel. Sanja und Keno eilten ihm sofort zu Hilfe und halfen ihm hoch.

Schließlich platzte den beiden Polizisten der Kragen.

»Gut, hier scheint man es ja darauf abzusehen, sich mit der Staatsgewalt anzulegen. Wem gehört der Hund?«, schnarrte der Polizist, dessen Hosenbein Paulas Angriff überlebt hatte.

Malte hob die Hand. »Ich zahle für den Schaden. Paula ist noch etwas ungestüm, ein Findelhund, wissen Sie. Aber ich bin bereits in der Hundeschule, und das Tier ist bei der Stadt Cuxhaven angemeldet.«

»Ich kann das da gern nähen!«, mischte sich Barbara ein. »Bin darin gut, also …«

Doch die beiden Polizisten winkten unwirsch ab. »Und wem gehört der Kutter?«

Nun musste Frauke Farbe bekennen.

Der Polizist, dessen Hosenbeinsaum schlotterte, zog die Brauen missmutig hoch. »Alle verlassen jetzt das Schiff, und Sie beide kommen mit auf die Wache.« Er wies mit dem Kopf zu Frauke und Malte, während sein Kollege schon zum Streifenwagen ging und das Funkgerät betätigte. In Windeseile packten sie die Gläser und Flaschen in die Kombüse und schlossen sie vorsichtshalber ab. Keno steckte augenzwinkernd den Schlüssel ein.

»Aber warum ausgerechnet wir?«, hakte Frauke dann nach.

»Widerstand gegen die Staatsgewalt ist kein Kavaliersdelikt!«, erörterte der Polizist.

»Aber ich wollte das doch nähen und wiedergutmachen«, krähte Barbara.

»Wenn Sie nicht gleich ruhig sind, nehme ich Sie zur Ausnüchterung in Gewahrsam«, drohte der Beamte.

»Lass man«, versuchte Frauke, ihre Freundin zu beruhigen, bevor sie alles noch schlimmer machte. »Das wird Frau Watermann allerdings noch bereuen!«, quetschte sie zwischen den Zähnen hervor. »Und wie sie das bereuen wird!«

»Höre ich da eine Drohung?« Wieder dieser Bulle.

Frauke versuchte ein Lächeln und schüttelte den Kopf. Dann musste sie schnell auf die Toilette, weil sich der Rum durch ihre Speiseröhre nach oben schob. Von dort hörte sie, wie sich Sanja und Keno verabschiedeten.

# Kapitel 13

Mann, bin ich froh, gleich wieder an Bord zu sein«, stöhnte Frauke, als sie im Auto von Doktor Feuerlein saßen, der sie mit Sanja von der Polizeiwache abgeholt hatte. Natürlich in einem schicken schwarzen Mercedes mit hellen Ledersitzen, die noch ganz neu rochen.

Sie hatte die Nacht zusammen mit Malte in der Arrestzelle verbracht. Es war unbequem gewesen, aber trotzdem nett, denn sie hatten viel Zeit gehabt zu reden. So nach und nach war unter der dicken Schale der Rote Oskar wieder hervorgekommen. Ein bisschen erwachsener war er geworden und längst nicht mehr so chaotisch. Dass sie wie früher gemeinsam gegen die Bullen wettern konnten, hatte das erste Eis schmelzen lassen. Als sie danach getrennt vernommen worden waren und Malte zu einhundert Prozent hinter ihr gestanden hatte, wusste Frauke, dass sie sich auf ihren früheren Liebhaber verlassen konnte.

Sie würden zwar mit einer Anzeige wegen des Widerstands gegen die Staatsgewalt rechnen müssen, aber da sie zum einen schon recht betragt waren und sich zum anderen noch nie etwas hatten zuschulden kommen lassen, war mit keinen großen Strafen zu rechnen, was Frauke doch beruhigte.

Schließlich wollte sie ein Kuttercafé betreiben und in See stechen und nicht im Knast sitzen – das wäre ja noch schlimmer als der Sonnenuntergang.

»Es ist schon peinlich, das alles«, sagte Sanja, während Doktor Feuerlein wütend hervorbrachte: »Das ist nicht peinlich, das ist untragbar! Und mit solch subversiven Elementen umgibt sich dein Sohn!«

»Wir sind immer noch Menschen und keine Elemente!«, konterte Malte.

Frauke biss sich wütend auf die Lippen. Sie fragte sich zum wiederholten Mal, was Sanja an dem Stinkstiefel fand. Er war so schrecklich spießig, dass es kaum zu ertragen war. Und er ließ kein gutes Haar an Keno. Jetzt legte er auch wieder los: »Wir haben übrigens andere Pläne mit dem Jungen, falls Sie vorhaben, ihn auch nur im Mindesten in Ihr merkwürdiges Café-Projekt involvieren zu wollen«, sagte er und setzte den Blinker. Er schimpfte kurz, weil ihm ein anderes Auto die Vorfahrt nahm.

»Und welche, wenn ich vorsichtig nachfragen darf?«, hakte Frauke nach. Sie ahnte Schlimmes, und als sie Malte ansah, stellte sie fest, dass es ihm ähnlich zu gehen schien.

»Nun, meine Liebe«, antwortete Doktor Feuerlein mit sonorer Stimme, mit der er sicher auch versuchte, bei den Patientinnen Vertrauen zu gewinnen. »Keno hat großes Potenzial, das er sicher nicht vergeuden sollte, indem er Hammer und Pinsel schwingt. Wir haben aber zur Kenntnis nehmen müssen, dass Sie ihn in diesem Bestreben unterstützen und somit negativ beeinflussen. Das können wir nicht durchgehen lassen, weil Sie dem Jungen auf diese Weise seine Zukunft versauen.«

»Mit wir meinen Sie Sanja und sich selbst?«, vergewisserte Malte sich.

»So ist es. Wir bilden schließlich eine Lebensgemeinschaft.«

Frauke schluckte. Der dicke Hund kam bestimmt noch. Sie wollten doch wohl Keno nicht den Umgang mit ihnen verbieten, und das nur, weil sie eine Nacht in einer Arrestzelle verbracht hatten? So etwas kam schließlich vor und konnte jeden treffen.

Na ja, vielleicht nicht jeden, aber fast jeden.

»Welche Pläne meinen Sie denn?«, fragte Malte höflich nach.

»Keno wird ab dem Sommer auf ein Internat gehen, wo man seine Begabungen fördert und in die richtige Richtung lenkt«, gab Doktor Feuerlein bereitwillig Auskunft. »Er muss lernen, wo sein Weg ist, und wenn man ihn entsprechend lenkt, wird er ihn schon gehen.«

»Das ist nicht Ihr Ernst!«, schoss es aus Frauke heraus, und sie warf einen fragenden Blick zu Sanja, die rot anlief, aber zu allem schwieg. »Keno ist doch alt genug, um auch selbst schon Entscheidungen zu treffen!«, sagte Frauke.

»Er ist alt genug, um zu entscheiden, ob er ein Leberwurstbrot oder eines mit Käse essen möchte. Mir ist es auch gleichgültig, ob er Fußball spielt oder Tischtennis. Aber meiner Lebensgefährtin und mir kann es schließlich nicht egal sein, wenn er sein Leben für Pinsel und Farbe oder Hobel und Werkbank wegwirft.«

Nun ging es mit Frauke durch. Sie hasste blasierte Menschen wie Doktor Feuerlein. »Ach, aber anderen Menschen Pillen zu verschreiben oder an ihnen rumzuschnippeln, ist honoriger? Besser? Wertschätzender? Wissen Sie was, Herr Doktor Feuerlein? Ihre aufgeblasene Art widert mich an. Kein Beruf ist wichtiger als andere. Was wären Sie denn ohne die Putzfrau, die Ihren Dreck wegräumt und dafür sorgt, dass Sie Ihre Praxis überhaupt hygienisch betreiben können? Was wären Sie ohne die Krankenschwester, die Ihnen den Rücken freihält? Die sich darum kümmert, dass Ihre Patientinnen gut versorgt sind? Und Sie stellen sich hin und kanzeln wunderbare Handwerksberufe ab, weil Sie sich für etwas Besseres halten? Dann bauen Sie sich zukünftig Ihre Möbel doch auch selbst!« Sie schnaubte. »Ich wünsche Keno, dass er seinen Weg findet. Vielleicht muss er ein paar Umwege laufen, bis er dort ankommt, wo er hinwill. Das ist das Leben!«

»Sie haben keine Kinder und können das gar nicht beurteilen«, warf Sanja schüchtern ein. »So einfach ist das nicht. Manchmal muss man als Erziehende unterstützend eingreifen.«

»Ich kann eine Menge beurteilen«, fuhr Frauke sie an. »Am wichtigsten im Leben ist es, dass man seine eigenen Fehler machen darf und daraus lernen kann. Das gehört nämlich zum Glück dazu. Ich habe kein Problem damit, wenn Sie mit Keno sprechen und ihm sämtliche Vor- und Nachteile der unterschiedlichen Lebenswege aufzeigen. Aber Sie können letztlich nicht bestimmen, was er bitte tun soll. Das alles hat mich das Leben gelehrt, und dazu braucht man keine eigenen Kinder!« Frauke schnaufte laut aus, als sie fertig war.

Malte griff nach ihrer Hand. »Das war jetzt meine alte Windsbraut«, flüsterte er, und in seiner Stimme klang Bewunderung mit.

Derweil hatten sie den Hafen von Fedderwardersiel erreicht, wo auch der Mini parkte.

»Jetzt schnell zum Sonnenuntergang und die letzten Sachen holen«, sagte Frauke. »Heute Nacht schlafe ich auf der Alten Liebe – Roter Oskar. Immerhin musste ich die letzte nicht in der Residenz verbringen, so hatte unser kleines Intermezzo doch etwas Gutes!«

*

Es duftete himmlisch, denn Barbara hatte gebacken. Frauke wollte ihren ersten Kuchen aber nicht in Fedderwardersiel verkaufen. Dazu brannte sie viel zu sehr darauf, endlich mit dem Kutter in See zu stechen.

Heinz hatte in den Wochen der Umbauzeit nicht so als Bauleiter fungieren können, wie er es erhofft hatte. Renke war einfach zu wenig bereit gewesen, einem Laien Verantwortung zu übertragen. Also hatte Frauke Heinz darin bestärkt, wie wichtig seine Anwesenheit in ihrer Doppelhaushälfte war. Das hatte ihn bei der Stange gehalten, obwohl Frauke allabendlich Anrufe von den Handwerkern mit der Bitte bekam, die beiden von der Baustelle abzuziehen. Doch das Häuschen war fast zeitgleich mit dem Kutter fertig geworden, und weil sie ein Umzugsunternehmen beauftragt hatten, war jetzt auch schon alles, was sie aus dem Sonnenuntergang nicht mit auf den Kutter genommen hatten, im Haus. Die Möbel standen an Ort und Stelle, nur die Kisten mussten noch ausgeräumt werden. Das wollte Heinz nebenbei wuppen. Leider fürchtete er, sich an Bord zu langweilen, weil Barbara, im Gegensatz zu ihrem Leben im Sonnenuntergang, jetzt eine Aufgabe hatte und er sich ein bisschen überflüssig fühlte.

Stachen sie aber in See, war es an ihm, die Routen zu planen, sich mit dem jeweiligen Hafenmeister zu einigen und im Vorfeld dafür zu sorgen, dass sie Kaffee und Kuchen verkaufen durften. Das lag ihm.

Malte wollte die Jungfernfahrt nach Hooksiel nicht mitmachen, sondern mit dem Auto dort hinkommen und sie vor Ort unterstützen, auch wenn er dafür fast zwei Stunden Fahrtzeit einplanen musste. Ein bisschen hegte Frauke den Verdacht, dass ihr alter Freund nicht seefest war und sich deswegen sträubte und lieber die Gurkerei in Kauf nahm.

Es war noch sehr früh am Morgen, die Kirchenglocke hatte eben siebenmal geschlagen. Nun hieß es gleich »Leinen los«, damit sie den Schleusengang in Hooksiel am Mittag erreichen und am Nachmittag im alten Hafen ihren Kuchen verkaufen konnten. Keno war leider auch nicht dabei, weil er zur Schule musste. Malte hatte ihm als Trost Paula dagelassen. Sehr zum Leidwesen von Doktor Feuerlein, der sich über die vielen Hundehaare in Sanjas Wohnung aufregte, aber ja zum Glück nicht ständig zugegen war.

Frauke stellte sich vorn an den Bug und überblickte den Hafen. Gleich, gleich durfte sie ihr eigenes Schiff über die Nordsee tuckern lassen. Drei Tage wollten sie unterwegs sein und dann wieder nach Fedderwardersiel zurückkehren.

»Alle an Bord?«, fragte sie.

»Eye, eye, Käpt'n«, sagte Heinz. »Wir können.«

Barbara wirkte etwas blass um die Nase.

Frauke betrat das Führerhaus und strich über das große Steuerrad. Dann startete sie den Motor. Heinz machte die Leinen los, das hatten sie zuvor ein paarmal geübt, damit nichts schiefging.

Knut winkte vom Nachbarkutter rüber, reimte noch etwas, was Frauke zum Glück nicht verstand, sich aber so ähnlich anhörte wie: »Oma sticht in See, hoffentlich tut sie keinem weh. Weil sie es nicht kann, denn sie ist kein Mann.«

Aber sie konnte sich auch täuschen, und der Reim war ganz anders. Dann fuhren sie los. Es war ein so erhebendes Gefühl, wieder Wasser unterm Kiel zu haben! Frauke holte tief Luft und war glücklich wie lange nicht, als sie den Hafen verließen und in die Nordsee hinaustuckerten.

»Wie lange werden wir brauchen?«, fragte Barbara mit ganz viel Hoffnung in der Stimme, dass es schnell vorübergehen möge.

»Es sind vierzehn Seemeilen«, gab Frauke bereitwillig Auskunft.

»Das heißt?« Noch immer dieser angstvolle Blick.

»Sechsundzwanzig Kilometer. Jetzt fahren wir gegen den Strom, also brauchen wir ungefähr dreieinhalb Stunden.«

Ach, was freute Frauke sich auf diese Zeit! Endlich wieder Wind um die Nase.

Zuerst war noch Land in Sicht, aber dann waren sie nur noch von der graugrünen Nordsee umgeben. Für eine Weile wurden sie von zahlreichen Silbermöwen begleitet, dann verabschiedeten auch sie sich und zogen ihrer Wege. Über ihnen flockten sich vereinzelte kleine Wölkchen aus und huschten im Spiel mit dem Wind über das Blau.

»Ist das nicht herrlich?«, rief Frauke aus dem Führerhaus nach draußen.

Barbara und Heinz standen am Bug und hoben den Daumen, aber ihre Freundin lächelte verkrampft. Sie fühlte sich sichtlich unwohl.

»Ich habe bei einer solchen Kapitänin nicht einmal Angst!«, schrie sie, womit sie sich wohl selbst Mut machte. Frauke freute sich aber, dass Barbara ihr die Jungfernfahrt nicht verderben wollte und sich wirklich zusammenriss. Sie hatte bis zum Schluss vermutet, dass ihre Freundin kneifen und lieber mit Malte fahren würde, aber diese Blöße wollte sie sich wohl nicht geben.

Plötzlich glaubte Frauke, ein leises Fiepen zu hören, aber das konnte nicht sein. Doch trotz des lauten Motorengeräusches vernahm sie nun auch noch ein heftiges Jaulen.

Sie wollte das Ruderhaus jedoch nicht verlassen und schimpfte mit sich selbst. »Du hörst ja schon vor Freude die Flöhe husten!«

Aber dann klackte die Tür der neuen Kajüte unter Deck, und als Erstes sah Frauke Kenos dichte Lockenpracht. Danach schoss ein wildes Fellbündel an seinen dünnen Beinen vorbei, die wie immer in einer Jeans steckten, und tobte erst wild um Barbara und Heinz herum, ehe es auch Frauke begrüßte. Ihre beiden Freunde hoben nur kurz die Hand, als sie Keno sahen, sie schienen gewusst zu haben, dass sich auf dem Kutter ein blinder Passagier befand.

Diese Rebellen, dachte Frauke belustigt und schüttelte den Kopf. So eine Aktion wäre vor wenigen Wochen noch undenkbar gewesen. Ja, der Kutter veränderte die Menschen. Und das Meer würde ein Übriges tun.

Keno stand derweil in der Tür vom Ruderhaus und strich sich verlegen eine Haarsträhne aus dem Gesicht.

»Moin, Keno!«, begrüßte Frauke ihn. »Ich dachte, du hast heute Unterricht. Das ist ja eine Überraschung!«

Frauke freute sich unglaublich, denn sie hatte ihren jungen Freund in den letzten drei Tagen schmerzlich vermisst. Sie fand es sehr bedauerlich, dass er nicht mit an Bord durfte, weil Sanja und Doktor Feuerlein nicht erlaubten, dass er einen Tag der Schule fernblieb. Und das, obwohl Frauke die Jungfernfahrt extra auf einen Freitag gelegt hatte, wo doch nur Sport und Religion anstanden. Beides Fächer, die er indirekt auch auf See hatte. Sport, weil sie viel zu tun hatten – und Religion? Ja, da reichten doch der blaue Himmel und die Weite des Meeres, um demütig gegenüber der Welt zu werden. Aber Sanja und Doktor Feuerlein hatten sich nicht überzeugen lassen. Und nun war Keno trotzdem da.

Er grinste. »Damit hast du nicht gerechnet, oder?«

»Das stimmt«, gab Frauke zurück. »Hat deine Mutter doch noch eingelenkt?«

Keno wurde rot bis über beide Ohren. »Sie weiß es nicht«, gab er schließlich zu.

»Ups«, entfuhr es Frauke. »Hast du ihr denn eine Nachricht hinterlassen?«

Er schüttelte heftig den Kopf. »Nein, sie wird es sich schon denken können.«

Oje, er klang ganz schön bitter. »Du hast nur noch Stress mit ihr, oder?«, hakte Frauke mit feinfühliger Stimme nach.

»Ja …«, antwortete Keno gedehnt. »Es ist ganz furchtbar, seit dieser komische Alfons Feuerlein ständig bei uns ist. Dabei war Mama immer schon streng, weil sie glaubt, allen beweisen zu müssen, dass sie es wunderbar schafft, als alleinerziehende Mutter ein Kind großzuziehen, das am Ende auch noch Professor oder sonst was wird. Alles, wo irgendwie Universität draufsteht.«

Frauke pustete die Luft aus. Das Problem hatten sie schon mehrfach durchgekaut, nur schien Doktor Feuerlein diese Glut auch noch anzuheizen.

»Du magst ihn absolut nicht, oder?«

»Nein. Ich wünschte, Mama hätte ihn nicht kennengelernt, denn leider beruht die Antipathie auf Gegenseitigkeit. Manchmal denke ich, er wünschte sich, ich wäre fort. Du weißt ja: Wenn Blicke töten könnten und so.«

Am liebsten hätte Frauke ihn jetzt einfach kurz in den Arm genommen, aber sie musste schließlich das Ruder halten, und außerdem mochten Jugendliche in Kenos Alter so etwas wohl nicht besonders gern.

»Und dein Opa?«, fragte sie. »Weiß er, dass du an Bord bist?«

»Nö – er wird es ja sehen, wenn wir in Hooksiel sind!«

Frauke kniff die Lippen zusammen. »Wir müssen trotzdem deine Mutter verständigen. Ich möchte keinen Ärger.«

Keno nickte und zückte das Handy. »Ich schreib ihr mal.«

Frauke sah plötzlich, dass sich am Horizont dunkle Wolken auftürmten. Als die Sonne blitzschnell dahinter verschwand und der Seegang sich verstärkte, wunderte sie das keineswegs.

Prompt kam Barbara und schlüpfte in die Kombüse, wo sie sich an den Tisch setzte und in ihre dicke Jacke einmummelte. Da das Ruderhaus direkt an die Kombüse angebaut war und sie so unmittelbaren Kontakt hatten, schaute Frauke Barbara besorgt an, denn sie sah aus, als würde sie gleich vor Angst kollabieren. »Es ist nur vorübergehend etwas wackelig«, sagte sie beruhigend. »Ich habe zuvor den Wetterbericht gecheckt. Es gibt lediglich vereinzelte Schauer und vielleicht ein kleines Gewitter. Also keine Sorge!«

Barbara war jedoch kreidebleich und schien es nicht recht glauben zu können. »Aber es sah in Fedderwardersiel doch so gut aus! Ich wäre sonst nicht auf das Schiff gestiegen!«

Frauke lächelte beruhigend, aber sie musste das Steuer doch ganz schön festhalten, weil der Wind zunahm.

»Keno wollte gern mitfahren«, sagte Barbara so locker wie möglich, aber ihre Stimme zitterte. »Ich mochte es ihm nicht verwehren, nach dem, was er alles gemacht hat.«

Frauke zuckte mit den Schultern. »Nun ist er da.« Sie wandte sich an Keno. »Und Oma Frauke freut sich!«

Keno steckte das Handy gerade zurück in die Tasche. »Null Empfang, keine Chance«, sagte er, wirkte allerdings nicht unzufrieden darüber.

Nun, dann konnte man es eben nicht ändern, und einen Funkruf wollte Frauke deswegen auch nicht absetzen. Sie waren ohnehin bald da. Aber eine Frage brannte ihr doch unter den Nägeln.

»Warum hast du denn Paula bei dir, wenn du doch eigentlich in der Schule bist?«

Keno lachte bitter auf. »Bin noch mal kurz ins Haus geschlichen.«

Die Hündin fühlte sich jetzt auch sichtlich unwohl auf dem Schiff, das in den Wellen hin und her rollte, und verkroch sich zu Barbara unter den Tisch.

Der Seegang nahm weiter an Stärke zu. Frauke musste sich mächtig konzentrieren, aber sie hatte alles im Griff. Fröhlich pfiff sie das Lied »Seeräuber Opa Fabian …« aus dem *Pippi-Langstrumpf*-Film, und der Kutter kämpfte sich dabei durch die Wogen.

Barbara war die Panik ins Gesicht geschrieben. Sie bereute sichtlich, sich auf das Abenteuer Jungfernfahrt eingelassen zu haben. »Das nächste Mal fahre ich mit dem Auto in den Zielhafen. Schlafen kann ich ja in unserer Kajüte, wenn das Boot festgetäut am Kai liegt und nichts mehr passiert«, presste sie hervor.

»Hier geschieht dir doch auch nichts!«, antwortete Frauke vergnügt, denn trotz all der neuen Probleme, die Kenos Anwesenheit mit sich brachte, genoss sie die Fahrt über die raue See. Wie hatte sie das vermisst! Endlich einmal eine Herausforderung!

»Doch«, wimmerte Barbara. »Man sieht nur das graue Meer, kein bisschen Land, und das Wasser wirft Schaum.«

»Wir sind eben keine Binnenschiffer, sondern echte Seeleute«, entgegnete Frauke. Jetzt gerieten sie in eine Strömung, wo sie arg gegensteuern musste.

Nun stürzte auch Heinz herein. »Es blitzt!«, sagte er.

»Ein Seegewitter, das kommt vor. Ist aber auch genauso fix wieder verschwunden, wie es aufgezogen ist. Es erklärt allerdings den mächtigen Wellengang«, meinte Frauke. »Da will man wohl richtig austesten, wie seefest unsere Alte Liebe – Roter Oskar ist.«

»Wird sie halten?«, flüsterte Barbara und suchte nach einer Schüssel. »Nur zur Sicherheit«, fügte sie hinzu, »ich weiß nicht, ob mir noch übel wird.«

»Bleibt hübsch drinnen, und natürlich kann der Kutter das ab! Wenn das Deck ein bisschen Wasser von der Seite abbekommt, macht das der neuen Farbe nichts aus. Und das Schiff ist das gewohnt. Ich habe da Geschichten von Fiete gehört …«

Frauke hielt sich nun etwas mehr nach Backbord, damit sie die Einfahrt nach Hooksiel nicht verpassten. Dort mussten sie im neuen Hafen durch die Schleuse, dann das Hooksmeer durchqueren und konnten schließlich im alten Hafen festmachen und ihren ersten Verkaufstag beginnen. Das alles hatte Heinz festgezurrt, und Frauke war froh, dass er in solchen Dingen richtig gut war. Mit seiner seriösen Art hatte er schnell alles bekommen, was für ihr Vorhaben nötig war.

»Was hast du denn von Fiete gehört?«, fragte Barbara nun.

»Ach, nur so Geschichtchen«, winkte Frauke ab. »Einmal wäre er fast gekentert, weil er den Seegang unterschätzt hat.«

In dem Augenblick rammte eine große Woge das Schiff von der Seite, ließ es kurz erzittern, und dann wurde das Deck von Meerwasser überspült.

»Um Himmels willen!«, kreischte Barbara. »Wir sinken!«

»Nein, das tun wir nicht!«, rief Frauke. »Wir tanzen nur mit den Wellen. Jetzt wird es etwas schaukeliger, aber ich sehe schon den Silberstreif am Horizont.« Sie drehte noch einmal bei. Der Schiffsrumpf tauchte auf und nieder, kämpfte gegen die Wellen an, während der Himmel über ihnen seine Schleusen öffnete.

»Wer hätte das gedacht!«, jammerte Barbara noch immer. »Vorhin hat doch die Sonne so schön geschienen, und nun solch ein Unwetter!«

Wie zur Bestätigung schlug ein paar Hundert Meter westlich ein Blitz ins Wasser, und der Donner war ohrenbetäubend.

»Ja, das war so heftig nicht vorhergesagt«, bestätigte Frauke. »Aber auf See ändert sich das Wetter gern mal sehr schnell.« Es war wirklich sehr unangenehm, denn mit der Schlechtwetterfront war auch die Temperatur gefallen. »Aber es ist kein Unwetter, Barbara. Bleib ganz ruhig, es wird wirklich gleich besser, sodass unserem Kuttercafé nichts im Wege steht.«

Barbara glaubte ihr offenbar nicht, doch sie schwieg und verbarg ihr Gesicht in den Händen.

Kurz darauf war es, wie Frauke es vorhergesagt hatte: Das Wetter besserte sich. Der Seegang nahm ab, die Wolkendecke wurde dünner, und eine halbe Stunde später zeigte sich der Himmel wieder in tiefstem Blau. Es war, als hätte es das Gewitter gar nicht gegeben.

»Sieh nur, sogar die Möwen kommen schon und begrüßen uns!«, sagte Frauke erfreut. »Ihr könnt wieder draußen Platz nehmen.«

»Gut, dass wir Tisch und Stühle gar nicht erst aufgebaut haben«, meinte Heinz. »Die wären bestimmt über Bord gegangen.«

»Ach was«, wiegelte Frauke ab. »Das war doch nix. Unsere Reling ist hoch genug, das wäre alles noch da. Aber nun kannst du sie aufstellen. Weit und breit ist kein Wölkchen zu sehen, und wir müssen schnell startklar sein, wenn wir das Café eröffnen.«

Auch Barbara ließ sich breitschlagen und half mit. Der Kutter schaukelte nun kein bisschen mehr, und jetzt wagte sie sich wieder an Deck.

Keno war während der letzten Stunde ebenfalls merklich stiller geworden. »Ich hab so eine Seefahrt noch nie mitgemacht«, meinte er. »Das war schon komisch. Ich fühlte mich so … ausgeliefert!«

»Man gewöhnt sich dran«, sagte Frauke. »Und dann ist es Genuss pur!«

Die anderen drei schienen bei diesen Worten skeptisch, aber wenn sie fortan auf dem Kutter leben wollten, mussten sie sich daran gewöhnen. Notfalls würde Frauke es auch allein durchziehen, sie hatten ja noch immer die Doppelhaushälfte.

Inzwischen konnte sie auch schon Land ausmachen, und es dauerte nicht lange, bis sie den Hooksieler Außenhafen ansteuerte.

»Und sogar in der geplanten Zeit.« Frauke hob den Daumen. »Wir schaffen den Schleusengang.«

Doch als sie in den Hafen einliefen, war klar, dass es doch zu Schwierigkeiten kommen würde, denn am Kai standen Sanja und Doktor Feuerlein, und sie sahen »not amused« aus.

»Haue ha!«, stieß Frauke aus. »Da wartet schon das nächste Schietwedder! Und diesmal richtig.«

# Kapitel 14

Hanne Waltermann hatte furchtbar schlechte Laune. Da hatte ihr doch dieser Malte Willich schöne Augen gemacht und dann bei der Schiffstaufe nur mit Frauke Hansen getanzt! Das konnte sie unmöglich durchgehen lassen, und sie wollte es auch auf keinen Fall akzeptieren!

Deshalb hatte sie Rache geschworen. Dieses vermaledeite Kuttercafé würde sie ihnen madig machen, und es wäre Schluss mit diesem Unfug! Herr Willich hätte dann auch keinen Grund mehr, ständig bei Frau Hansen herumzulungern. Überhaupt, wie sah die denn aus! Sie war doch keine Konkurrenz zu ihr!

Hanne hatte auch schon einen Plan. Sie musste nur einen günstigen Augenblick abwarten, und dann konnte sie zuschlagen. Sie rieb sich die Hände. Es war ein Leichtes gewesen, aus Barbara herauszukitzeln, wo der Kutter als Nächstes festmachte. Zum Glück hatte sie sich durchgerungen, sich doch ein eigenes Auto zu kaufen, und war seit vorgestern die stolze Besitzerin eines schwarzen BMW-Cabriolets.

Damit würde sie erst einmal nach Hooksiel fahren und sich den Laden ansehen, um zu schauen, wo die Schwachstellen zu finden waren.

Hanne tat sich etwas schwer, den neuen Wagen zu lenken, denn es war gute zehn Jahre her, dass sie das letzte Mal Auto gefahren war. Damals musste sie noch die Fenster per Hand runterkurbeln, ihr Modell war nicht das neueste gewesen. Heute gab es für alles Knöpfe, nur fiel es ihr schwer, in der Kürze der Zeit einzuschätzen, welcher wofür gedacht war. Und so verschwand das Fenster immer mal wieder von allein und brachte ihre frisch ondulierte Dauerwelle in eine gewisse Asymmetrie. Hin und wieder veranstalteten irgendwelche Lichter eine Disco im Wageninneren.

Doch sie ließ sich davon nicht abschrecken, und auch nicht von dem Umstand, dass es mehr Gänge gab, als sie es gewohnt war, und der Wagen ab und zu hüpfendes Kaninchen spielte.

Es dauerte etwas länger als gedacht, bis sie den Alten Hafen von Hooksiel erreicht hatte. Sie fand zum Glück in der Nähe einen Parkplatz und spazierte durchs Hafentor an den Kai. Vor dem großen Speicherhaus, in dem ein Restaurant untergebracht war, blieb sie stehen und sah sich neugierig um. Der Alte Hafen von Hooksiel konnte mit dem in Fedderwardersiel durchaus mithalten. Er war hübsch zurechtgemacht und hatte etwas von einem lebendigen Museum. Auch hier lagen bunte Kutter, nur waren sie um vieles kleiner als die in Fedderwardersiel. Doch die Alte Liebe – Roter Oskar von Frau Hansen befand sich noch nicht am Kai. Über der See hatte es vorhin arg dunkel ausgesehen, vielleicht waren sie in ein Seegewitter geraten.

Nun, Hanne würde sich in der nahe gelegenen Eisdiele ein Eis kaufen und abwarten. Sie hatte Zeit. Denn um ihr Vorhaben umzusetzen, musste sie ausreichend spionieren. Von ihrer Aktion am Abend der Schiffstaufe hatte sie sich einfach mehr vorgestellt. Nur eine Nacht in der Arrestzelle für Frauke – und leider nicht nur für sie, sondern ausgerechnet mit Malte Willich zusammen. Das war vermutlich kontraproduktiv gewesen und hatte die beiden eher zusammengeschweißt als getrennt.

Aber dieses Mal würde sie es richtig machen.

Hanne Waltermann kaufte sich ein Eis in der Waffel (drei Kugeln Vanille, etwas anders duldete ihr Gaumen nicht) und schlenderte dann zurück zum Hafen. Und welch Glückes Geschick! Da stand Malte Willich und suchte die Hafenanlage ebenfalls nach dem Kutter ab.

Das war ihre Chance. Ganz allein mit Malte am romantischen Hafen von Hooksiel. Besser konnte es gar nicht laufen.

»Moin, Herr Willich! So sieht man sich wieder!«

»Moin, Frau Waltermann. Was machen Sie hier?«

Sie überlegte kurz. Natürlich musste er vermuten, dass sie ihnen letzte Woche die Polizei auf den Hals gehetzt hatte, und das war jetzt natürlich etwas unglücklich, so sehr sie sich selbst mit der Tat auch gefeiert hatte.

Da half nur eine Schönwetteransage!

»Ich freue mich so sehr für Frau Hansen und die Kanngießers, dass sie ihren Traum verwirklichen können«, sagte sie. »Deshalb wollte ich doch unbedingt dabei sein, wenn sie das Kuttercafé eröffnen, und gleich ein Stück von Barbaras fantastischem Kuchen probieren.«

»Ach, Sie freuen sich?«

Mist, es lag noch zu viel Skepsis in seiner Stimme.

»Ja, natürlich! Ich musste leider an dem Abend der Schiffstaufe früher gehen, weil mich die Migräne plagte. Deshalb konnte ich nicht einmal fröhlich sein und tanzen. Aber ich war da!«

Malte Willichs Gesichtszüge wurden weicher. »Das klingt ja gut. Wir dachten schon …« Er sprach es nicht aus, aber Hanne wusste auch so, was er meinte. »Ich bin schon ganz gespannt! Wann laufen sie denn ein?«

»Die ersten Boote müssten gleich durch die Schleuse kommen.«

Hanne Waltermann strahlte Malte an und – er lächelte zurück. Na bitte, ihr Plan ging auf!

*

Keno sah schon am Gesicht seiner Mutter, dass sie ihm weiß Gott nicht freundlich gesinnt war. Eigentlich konnte er von Glück sagen, dass sie keine Vermisstenanzeige bei der Polizei gemacht hatten, sondern hergefahren waren. Sonst hätte Frauke womöglich ein weiteres Mal richtig Ärger bekommen. Doktor Feuerlein war so ein Bürokrat, er hatte seiner Mutter bestimmt dazu geraten, das zu tun.

Das hätte noch gefehlt, wenn hier ein paar Beamte mit der Knarre gestanden hätten oder es auf See mitten im Gewitter zu einer Verfolgungsjagd mit der Wasserschutzpolizei gekommen wäre! Zum Glück war seine Mutter wohl nicht völlig auf Krawall gebürstet und hatte den etwas friedlicheren Weg vorgezogen.

Frauke schien ebenfalls mit Schwierigkeiten zu rechnen, aber ihr Gesicht zeigte Entschlossenheit.

»Dann nehmen wir die beiden mal an Bord!«, rief sie und steuerte den Kai an.

»Sie haben unseren Sohn entführt!«, schimpfte Doktor Feuerlein sofort los. »Er soll nicht mit Kriminellen verkehren, ich dachte, ich wäre da deutlich genug gewesen!«

»Ich bin *Sanjas* Sohn«, verbesserte Keno ihn. Dass sich der Typ als sein Stiefvater bezeichnete, ging doch etwas zu weit.

»Egal, du bist an Bord und nicht in der Schule, wohin du gehörst!«, meckerte er weiter. Und das in einer Tonlage, die einem Ziegenbock gut angestanden hätte.

»Nun kommen Sie doch erst einmal aufs Schiff!«, versuchte Frauke deeskalierend einzuwirken, obwohl Keno heftig mit den Armen ruderte, um sie genau davon abzuhalten. Wenn dieser Mann und seine Mutter an Bord kamen, konnte das nur schiefgehen.

Aber Frauke ließ sich nicht beirren und half den beiden, an Deck zu gelangen. Den Motor hatte sie gedrosselt, er blubberte nur leise.

Kaum hatten sie das Schiff betreten, schoss Kenos Mutter auf ihren Sohn zu und packte ihn am Handgelenk. Sie wirkte so aufgebracht, dass er kurz befürchtete, sie würde ihm gleich eine Backpfeife verpassen. Das wäre das erste Mal in seinem Leben gewesen, und er hoffte, sie würde sich nicht dazu hinreißen lassen.

Zum Glück atmete sie nur einmal schwer und sagte dann: »Ich habe mir Sorgen gemacht. Du kannst doch nicht einfach so abhauen!«

»Woher wusstest du denn überhaupt, dass ich mit dem Kutter los bin?«, fragte Keno.

»Als ich vom Nachtdienst gekommen bin, hab ich gesehen, dass du deinen Schulrucksack unter dem Bett versteckt hast, und da habe ich eins und eins zusammengezählt.«

Er hätte ihn noch besser verbergen sollen! Dann wären sie ihm erst am Nachmittag auf die Schliche gekommen. Aber so oder so hätte er mit Ärger rechnen müssen, dann hatte er ihn jetzt eben etwas früher.

Frauke tuckerte mit dem Kutter auf die Schleuse zu. »Nicht, dass wir verpassen, rechtzeitig durchzufahren, und dann nicht in den Hafen zum Liegeplatz kommen.«

»Wie lange dauert so was denn?«, fragte Doktor Feuerlein. »Ich habe mein Mercedes-Cabrio am Außenhafen stehen, und jetzt sollen wir eine Schleusentour machen?« Er war ein wenig blass geworden und zeigte zu dem Parkplatz. »Ich habe das Deck nicht verschlossen. Wenn es regnet …« Er ließ unausgesprochen, dass die Ledersitze dann vermutlich unschöne Flecken bekommen würden.

Keno war richtig schadenfroh. Doktor Feuerlein hätte ja in Burhave bleiben können, dann wäre ihm, Keno, diese blöde Predigt erspart geblieben.

»Sie können vom Alten Hafen gern ein Taxi zurücknehmen oder eine wunderbare Wanderung am Hooksmeer entlang Richtung Schleuse machen, wenn Sie nicht bis Montag warten wollen. So lange haben wir nämlich unseren Liegeplatz gebucht.«

Jetzt verstand Keno. Was Frauke als nette Geste getarnt hatte, war in Wirklichkeit ihre kleine Rache dafür, wie unflätig sich dieser Mann ständig benahm. Sie hatte genau gewusst, dass er nicht zu Fuß zurückgehen konnte, denn der Weg war doch ganz schön weit. Zumindest würde er eine Weile unterwegs sein. Und er war ihr wegen seines Wunsches, Keno gleich so richtig die Leviten zu lesen, auf den Leim gegangen.

»Alfons, nun sei doch nicht so ungeduldig«, warf Kenos Mutter ein. »Wir werden schon eine Lösung dafür finden, wie du zu deinem Auto kommst.«

Im Freund seiner Mutter arbeitete es sichtlich. Sein Kiefer malmte, die Stirn zog sich abwechselnd in Falten oder glättete sich wieder. Er war vermutlich unsicher, wie er mit der Situation umgehen sollte, wenn sich jetzt sogar Sanja einmischte.

Keno war es egal. Er gesellte sich zu Frauke ins Ruderhaus.

Sie fuhren in die Schleuse ein. Frauke machte das so geschickt, als wäre es nicht schon viele Jahre her, dass sie ein Schiff gelenkt hatte.

Sie warteten, bis sich der Wasserstand eingepegelt hatte und sie ins Hooksmeer schippern konnten. Frauke hatte ihnen schon in Fedderwardersiel von diesem Binnenmeer vorgeschwärmt. Es lag in der Nähe des langen Sandstrands und verband beide Häfen miteinander. Außerdem war es ein beliebtes Ausflugsziel. Man konnte dort wunderbar Rad fahren, angeln, surfen und auch baden. Weil sich auch der Seglerhafen da befand, war an diesem späten Vormittag mächtig was los. Etliche Segelboote kreuzten herum. Ein paar fuhren Richtung Nordsee, andere hatten wie sie den Weg zum Alten Hafen eingeschlagen. Und es gab viele Surfer.

Frauke wies mit der Hand nach Steuerbord. »Da hinten liegt die Wasserskiliftanlage. Ich bin so froh, mal wieder hier zu sein! Ich kenne an der Nordseeküste jeden Hafen und jede Insel, aber mit Hooksiel verbinde ich besonders schöne Erinnerungen.«

Doktor Feuerlein steckte seinen Kopf ins Ruderhaus und mischte sich ins Gespräch ein.

»Sie können ja tatsächlich einen solchen Kahn lenken, das überrascht mich, wo Sie doch eine Frau sind«, sagte er.

Keno schnappte kurz wütend nach Luft und wollte dazwischenfunken, als Frauke schon antwortete: »Ja, genial, nicht? Als Frau und dann noch ohne Doktortitel. Und ohne dass Sie mir Botox ins Hirn spritzen mussten. Ehrlich gesagt begeistert es mich auch immer wieder, wenn ich darüber nachdenke.«

Keno musste sich beherrschen, um nicht loszuprusten, und er sah, dass auch die Mundwinkel seiner Mutter zuckten.

Doktor Feuerlein brauchte ein paar Augenblicke, um die Kontrolle zurückzuerlangen, aber dann klang er so schnippisch wie ein beleidigtes Mädchen, das die kleinere Zuckerstange abbekommen hatte.

»Das interessiert jetzt aber alles nicht. Ihr Verhalten wird Konsequenzen haben, Frau Hansen.«

Frauke lächelte nur. »Bekomme ich eine Narkose gratis oder eine Silikonplatte?«, fragte sie. »Oder schneiden Sie mir die Zunge ohne Betäubung ab, weil ich zu viel rede?«

Doktor Feuerlein schnaubte wie ein wütender Hengst, und Keno fragte sich zum wiederholten Mal, was seine Mutter an einem solchen Lackaffen fand. Allerdings wirkte auch sie zunehmend genervt von ihm.

Er kannte Frauke so aber auch nicht. Wenn sie derart bissig auf den Freund seiner Mutter reagierte, musste sie vor Wut kochen.

»Ich mache Sie persönlich dafür verantwortlich, dass Keno gegen unseren Willen die Wohnung verlassen hat«, legte Doktor Feuerlein wieder los und wirkte ein bisschen so, als würde er seinem Namen gerecht werden und wirklich Feuer speien. »Sie haben ihn doch heimlich dazu angestiftet, Frau Hansen.«

Die holte kurz Luft, war dann aber wohl nicht willens, weiter mit ihm zu diskutieren. »Lassen Sie mich doch einfach in Ruhe!«, sagte sie. »Ich habe nichts getan, und deshalb können Sie mir auch nichts. Ich wäre Ihnen sehr verbunden, wenn Sie das Ruderhaus jetzt verlassen, weil ich mich konzentrieren muss.«

Wider Erwarten trollte sich der Freund seiner Mutter tatsächlich.

Sanja wirkte sehr nachdenklich, schaute kaum auf und tat so, als ließe sie das Hooksmeer auf sich wirken. Aber Keno kannte seine Mutter zu gut: Sie war tief gekränkt, weil er sie nicht ins Vertrauen gezogen hatte, sondern einfach zu Frauke gegangen war. Und sie schien sich über ihren Doktor heftig zu ärgern.

Keno konnte sie einerseits verstehen, aber welche Wahl hätte er gehabt? Seit dieser Schönheitschirurg nicht nur ihr Herz besetzte, sondern offenbar auch ihren Verstand verdrehte, waren sie sich fremd geworden. Früher, ja, da gab es diese Keno-Mama-Einheit. Da hatte er ihr alles erzählt. Aber schließlich hatte sie damit begonnen, ihn zu hintergehen, und so musste er von dieser Waltermann erfahren, dass seine Mutter einen Freund hatte.

Und er, er war doch kein kleines Kind mehr! Es gab Dinge, die konnte man der Mutter einfach nicht mehr erzählen. Gut, dass er die Schule schwänzte, um mit Frauke in See zu stechen, hätte er erklären können.

»Da ist schon der Hafen«, sagte Frauke jetzt und riss ihn so aus den Gedanken.

Sie drosselte den Motor und fuhr geschickt die Stelle an, die ihnen für die nächsten Tage vorbehalten war. »Da wären wir!«

Am Kai standen Malte – und daneben Frau Waltermann, die strahlte wie ein Honigkuchenpferd. Frauke sah das auch, und augenblicklich verfinsterte sich ihr Gesicht.

*

Malte freute sich, als er die Alte Liebe – Roter Oskar endlich in den Hafen einlaufen sah – und er tat das ein bisschen zu doll. War es wirklich nur der Kutter, der sein Herz schneller schlagen ließ? Oder war es Frauke, die, heute in Jeans und mit einer bunten, locker fallenden Bluse bekleidet, aus dem Führerhaus trat und winkte? Aber was war das? Neben ihr tauchten tatsächlich Keno, seine Tochter und dieser Arzt auf!

Als Frauke allerdings sah, wer neben ihm am Kai stand, verlor sie kurz die Contenance.

»Alles gut gegangen?«, rief Malte und beschloss zu ignorieren, dass Frauke und Frau Waltermann sich so sehr mochten wie Wasser und Feuer.

»Ja, ein kleines Gewitter auf See, aber das kann eine erfahrene Seefrau nicht erschüttern. Kaum war es weg, konnte die dicke Jacke wieder ausgezogen werden.«

»Seefrau?«, hakte Malte lachend nach.

»Genau. Wenn schon mein Schiff gegendert ist, dann auch der Seemann. Seemännin klingt schließlich dämlich!«

Frau Waltermann verzog bei Fraukes Worten säuerlich das Gesicht. »Frau Hansen ist ja heute wieder besonders witzig«, sagte sie.

Malte beschloss, den Kommentar zu ignorieren, und half Heinz lieber dabei, das Schiff festzumachen.

»So, nun kann das Kuttercafé starten«, sagte Frauke, als alles vertäut war.

Anschließend gingen auch er und Frau Waltermann an Bord, wobei Frauke sie mit einem abschätzenden Blick betrachtete. Malte war froh, dass sie keinen Streit vom Zaun brach.

Barbara und Heinz waren schon dabei, die Kuchenbleche aus dem Stauraum neben der Kombüse zu nehmen.

Frauke reichte Malte den Aufsteller, den er am Vorabend aufs Schiff gebracht hatte, und bat Keno, den Kaffeeautomaten anzustellen und das Teewasser zu erhitzen.

Heinz kletterte derweil in eine der Luken und förderte zwei Stehtische zutage, die er am Kai aufstellte. Er rieb sich die Hände. Barbara hatte die Kuchen schon in Fedderwardersiel in Stücke geschnitten und suchte nun Milch, Zucker und Kluntje zusammen.

Malte wusste, wo das neue Kuttergeschirr zu finden war. Frauke hatte sich richtig ins Zeug gelegt und es mit einem Bild vom Schiff bedrucken lassen.

Malte nahm den Geschirrkasten heraus, sodass Barbara jederzeit Zugriff hatte, wenn gleich die Kunden kamen.

Zwischendurch streichelte er immer wieder Paula, die sehr aufgeregt war, so, als würde sie spüren, dass hier etwas ganz Besonderes passierte.

Frau Waltermann lief ohne Aufgabe hin und her, schaute mal hier und mal da und stand eigentlich nur im Weg herum. Frauke bemühte sich offensichtlich, sie zu ignorieren.

Auf dem Kutter roch es jetzt verführerisch nach Kaffee und Kokos und nach einem Hauch von Vanille. Barbara hatte zudem in einem Siphon Sahne vorbereitet, die sie nach Bedarf über den Kuchen geben wollte.

Kaum waren sie fertig, strömten auch schon die ersten Gäste an den Kutter.

»Ja mei, was für eine schöne Idee, statt Krabben Kuchen vom Kutter!«, rief eine Frau im Dirndl aus, die sich vermutlich in der Region geirrt und die Alpen mit der Nordsee verwechselt hatte.

»Und dann heißt der Kuchen auch noch so hübsch«, sagte ein anderer Herr, dem anzusehen war, dass er Süßes wohl immer lecker fand.

Das Café war ein voller Erfolg, denn sie verkauften den Kutterkuchen, die Nordseeplatte und die Meerbrise wie warme Semmeln.

Sogar Doktor Feuerlein und Frau Waltermann probierten die Nordseeplatte, nur Sanja lehnte ab, weil sie Bauchweh hatte.

Malte ertappte Frau Waltermann, wie sie sich danach genüsslich den Mund schleckte. Doktor Feuerlein wurde allerdings immer unruhiger, und als er schließlich von allen drei Sorten ein Stück gegessen und die Meerbrise für am besten erklärt hatte, beschloss er, sein Cabrio aus dem Außenhafen zu holen, denn über der See braute sich erneut ein Gewitter zusammen, von dem nicht sicher war, ob es nicht auch an Land zog. Malte wollte keinen weiteren Stress und bot an, den Arzt hinzufahren.

Widerwillig stimmte Doktor Feuerlein zu. Er sprach während der ganzen Fahrt kein einziges Wort, und Malte war froh, als er ihn rauslassen konnte.

»Ich tanke jetzt, und dann hole ich Sanja und Keno«, sagte er. »Die beiden sollen sich bereithalten, damit sie gleich zusteigen können.« Dann knallte er die Tür mit Wucht zu.

»Bitte schön, ich habe Sie gern hierhergebracht«, murmelte Malte und schüttelte angesichts dieser Frechheit den Kopf. Er war doch nicht sein Bediensteter!

Nachdenklich fuhr er zum Kutter zurück und überlegte ernsthaft, ob er mit Sanja reden sollte. Nur – war das nicht übergriffig? Er konnte sich als Schwiegervater schlecht in die Beziehung einmischen. Allerdings litt doch Keno so …

Kurz darauf hatte Malte den Alten Hafen wieder erreicht. Um die Alte Liebe – Roter Oskar drängten sich noch immer die Urlauber und freuten sich, wenn sie eines der köstlichen Kuchenstücke ergattert hatten.

»Dein Freund tankt und kommt dann gleich«, sagte Malte, als er den Wagen geparkt und abgeschlossen hatte. »Er lässt ausrichten, dass ihr bereitstehen sollt.«

Sanja nickte. »Gut, danke.« Sie suchte Keno. »Kommst du bitte?«, fragte sie, als sie ihn entdeckt hatte. »Wir fahren gleich nach Hause und führen dort ein klärendes Gespräch.«

Erst wollte sich Keno sträuben, aber sowohl Malte als auch Frauke nickten ihm aufmunternd zu. »Der Kutter liegt ja bis Montag hier«, sagte Malte. »Ich fahre morgen wieder nach Hooksiel und nehme dich dann mit«, versprach er, was ihm einen bitterbösen Blick von seiner Schwiegertochter einbrachte. Dann aber wurde ihr Gesicht weicher. »Na gut, wenn ihm so daran liegt. Aber bei der Strecke bist du zwei geschlagene Stunden unterwegs«, meinte Sanja.

Malte seufzte. »Es ist eine elendige Fahrerei, aber ich nehme das gern auf mich. Ich habe ja Zeit – und endlich keine Langeweile mehr.«

Keno schabte fast bockig mit der Schuhspitze über das Pflaster.

»Paula kann mit uns fahren«, bot Sanja versöhnlich an. »Futter haben wir noch, und die eine weitere Nacht ist okay.«

Das war ein Argument, das zog. Keno pfiff nach der Hündin, die sofort angetobt kam.

»Ich glaube, es ist auch ganz gut, wenn sie jetzt etwas zur Ruhe kommt«, meinte Malte. Ein junger Hund brauchte viel Schlaf und sollte nicht den ganzen Tag nur herumtollen. Darüber hatte Malte sich in einschlägiger Literatur informiert, und auch der Hundetrainer, mit dem er nach dem Überfall auf den Polizisten Kontakt aufgenommen hatte, war derselben Ansicht.

Inzwischen war Doktor Feuerlein vorgefahren. Keno nahm Paula auf den Arm und sicherte sie im Inneren des Autos mit der Anleinvorrichtung, die Malte aus seinem Wagen geholt hatte.

Anschließend kletterte auch Keno widerstrebend in den Wagen, nicht ohne sich zuvor die Ohren mit seinen Handystöpseln zu verschließen. Er wäre wohl viel lieber noch geblieben.

»Der arme Jung«, sagte Frauke. »Mit diesem Schönheitsdoktor ist er wirklich geschlagen.«

»Doktor Feuerlein ist ein sehr aufmerksamer Mann«, widersprach Frau Waltermann. »Er rät mir, meine Nasolabialfalten leicht aufspritzen zu lassen. Dafür wird er mir einen guten Preis machen.«

»Sicher hebt das auch die Mundwinkel«, sagte Frauke und handelte sich dafür einen stechenden Blick von ihr ein, ehe sie sich abwandte.

Malte beschloss, ein wenig zu vermitteln. Er nahm Frauke bei der Hand. »Du bist heute sehr kiebig. Genieße doch den wunderbaren Tag!«

Frauke seufzte. »Das hatte ich auch vor. Aber dann warteten da Sanja und ihr Superdoc am Kai und wollten mich rundmachen, weil sich Keno aufs Schiff geschlichen hat, wovon ich doch gar nichts wusste! Und dann steht ausgerechnet«, Frauke formte den Namen Frau Waltermann lautlos mit den Lippen, »neben dir.«

Malte lachte kurz auf. »Ach, Frauke, sie guckt doch nur und beißt nicht.«

»Wer weiß, der trau ich keinen Fingerbreit über den Weg.«

»Du hast aber auch gar keine Vorurteile«, meinte Malte.

»Ich habe Lebenserfahrung!«, entgegnete Frauke. »An der Dame ist etwas faul, du solltest dich lieber nicht mit ihr verbrüdern.«

Malte fand Fraukes Sorgen arg übertrieben, aber er wollte auch nicht mit ihr streiten. Deshalb half er nun Barbara und Heinz, die mit dem Verkauf von Kaffee und Kuchen alle Hände voll zu tun hatten. Frau Waltermann blieb ebenfalls noch und arbeitete sich im Laufe der Zeit mindestens dreimal durch alle Kuchensorten.

Am späten Nachmittag war alles verkauft, und die Kasse stimmte. Nun ging es ans Abwaschen.

»Und wie schafft ihr jetzt Nachschub?«, fragte Frau Waltermann neugierig. Malte glaubte, ein wenig Missgunst herauszuhören. Eigentlich war sie den ganzen Nachmittag über äußerst zahm gewesen. Vielleicht war sie wirklich nur einsam.

»Wir backen auf dem Schiff«, erklärte Frauke. »Das möglich zu machen, war eine große Herausforderung, aber Renke ist ein Genie und hat alles hinbekommen.«

»Das tut ihr heute noch?«

»Ja, jetzt gleich, wenn wir alles aufgeräumt haben. Morgen ist Samstag, da werden wir noch mehr Kuchen benötigen.«

»Und wann geht es in den nächsten Hafen?«

Frauke runzelte die Stirn. Was ging denn das die Waltermann an? Sie wollte doch wohl nicht auf dem Kutter anheuern!

»Am Montag. Dann wird alles geputzt, die Vorräte müssen aufgefüllt werden, und weiter geht es nach Dangast, wo wir mit dem Kuttercafé angekündigt sind.« Frauke stemmte die Hände in die Hüften. »So, und nun muss ich was tun. Sie entschuldigen mich bitte, Frau Waltermann.«

»Aber natürlich«, gab diese zurück. »Dann frohes Schaffen! Wir sehen uns.«

Sie verabschiedete sich, stieg in ihr Auto und verließ ruckelnd das Hafengelände.

»Hat sie neuerdings einen Wagen?«, fragte Frauke nachdenklich.

»Ja, den hat sie gerade neu gekauft«, tat Malte kund.

»Na, offenbar habt ihr ja lange geklönt, wenn du so im Bilde bist«, sagte Frauke.

»Wir haben auf euch gewartet, da sind wir ins Gespräch gekommen.«

»Nimm dich vor ihr in Acht!«, warnte Frauke ein weiteres Mal, aber Malte winkte ab. Manchmal übertrieb Frauke gewaltig.

# Kapitel 15

Frauke schreckte hoch, weil ihr Handy klingelte, aber dann sofort verstummte. Ein Blick aufs Display zeigte ihr, dass es Malte gewesen war, der sie zu nachtschlafender Zeit aus der Koje riss. Wahrscheinlich hatte er sich mal wieder verdrückt. Das passierte ihm leider öfter, sodass sie ständig Anrufe von ihm erhielt. Ihr zweiter Blick bestätigte, dass sie erst vor einer Stunde eingenickt war, denn da hatte sie zuletzt auf die Uhr gesehen.

Zum einen waren die Bordwände arg dünn, und so hatte sie Heinz laut schnarchen gehört. Zum anderen war ein stärkerer Wind aufgekommen, der die Alte Liebe – Roter Oskar dann doch leicht zum Schaukeln gebracht hatte. Daran musste sie sich erst wieder gewöhnen.

Und schließlich war ihr Frau Waltermann nicht aus dem Kopf gegangen. Sie hatte etwas von einer Schlange, die heimlich unter dem Tisch lauerte, aber irgendwann, wenn keiner damit rechnete, hervorschießen und gnadenlos zubeißen würde. Aber es war nicht nur das. Ihr waren die Blicke nicht entgangen, die sie Malte zuwarf, und wenn sie dann tatsächlich von Doktor Feuerlein ihre Nasolabialfalten aufspritzen ließ, würde sie um Jahre jünger wirken und noch attraktiver sein. Sie war mit ihrem farbenprächtigen Gefieder oder, besser, ihrer bunten Kleidung schon jetzt ein Hingucker, und das war ihrem alten Freund natürlich nicht entgangen.

»Das kann dir doch schietegal sein«, sagte sie leise zu sich selbst. »Du willst schließlich nichts von ihm. Gar nichts, das ist lange vorbei. Du brauchst keinen Kerl mehr an deiner Seite.«

Schon als sie das aussprach, wusste Frauke, dass sie sich selbst belog. Malte war ihr nicht mehr gleichgültig, nachdem er so nach und nach wieder zu dem Mann wurde, den sie einst sehr gemocht hatte.

Der vierte Grund, warum sie nicht hatte einschlafen können, war, dass es auf dem Kutter noch immer verführerisch nach frisch gebackenem Kuchen roch, und das war ein Duft, dem Frauke nur schwer widerstehen konnte. Folglich war sie zweimal aufgestanden, um heimlich zu naschen.

Sie schob sich ein Stück hoch und beschloss, Malte vorsichtshalber zurückzurufen, falls es doch kein Versehen gewesen war. Frauke drückte auf Recall, und Malte ging sofort an den Apparat.

»Hallo, Frauke«, begrüßte er sie. »Ich habe dich eben anrufen wollen, aber dann ging mein Handy, da musste ich erst rangehen.«

»Was ist denn passiert?« Maltes Stimme klang so eigenartig.

»Keno ist verschwunden! Sanja ist in der Nacht wach geworden und musste auf die Toilette, und dann hat sie gesehen, dass er fort ist.«

»Ach du großer Mist! Hast du eine Ahnung, wo er hin ist?« Fraukes Herz klopfte heftig. Mit Sicherheit hing sein Verschwinden mit dem fortwährenden Donnerwetter zusammen, das Keno von Doktor Feuerlein zu erwarten hatte.

»Er hat ordentlich Ärger bekommen, weil er die Schule geschwänzt hat, und hat jetzt die Biege gemacht«, mutmaßte sie sofort.

»Ja, Doktor Feuerlein war wohl nicht zimperlich.«

Frauke versuchte trotz der großen Müdigkeit, ihre Gedanken zu sortieren. »Gut, der akute Grund ist jetzt sekundär. Keno leidet schon länger unter der familiären Situation. Wir müssen ihn finden und auffangen.«

»Wir?«, fragte Malte.

»Natürlich wir. Oder meinst du, er haut ab, um sich dann von deiner Schwiegertochter und ihrem Freund trösten zu lassen? Wir müssen vermitteln. Und dazu sollten wir den Jungen rasch aufspüren. Hast du eine Ahnung, wo er stecken könnte?«

»Nicht die geringste«, sagte Malte. »Ich weiß leider nicht, wohin er sich zurückzieht, wenn er Ruhe braucht.«

»Wir werden gemeinsam überlegen, aber dazu wäre es wohl besser, wenn ich sofort nach Burhave komme. Barbara und Heinz können aufs Boot achtgeben, bis ich zurück bin. Gut, dass wir ein Team sind.«

»Ich hole dich ab«, meinte Malte. So langsam schossen seine Benzinkosten wirklich in die Höhe, ging es Frauke spontan durch den Kopf.

»Ich lege den beiden einen Zettel hin, dann muss ich sie nicht wecken«, sagte Frauke. Im nächsten Moment stockte sie. »Aber was ist, wenn er sich auf den Weg hierher nach Hooksiel gemacht hat, und ich bin nicht da?«

»Wie sollte er von Burhave nach Hooksiel kommen? Nachts kann er schlecht trampen, und mit dem Fahrrad ist die Strecke ziemlich weit.« Malte seufzte. »Ach, wenn man nur wüsste, wo er steckt.«

In Fraukes Kopf ratterte alles wild durcheinander. Dann kam ihr ein entscheidender Gedanke. »Hat er denn Paula mitgenommen?«

Malte stutzte kurz. »Das habe ich Sanja gar nicht gefragt, aber ich denke schon. Ohne den Hund geht er ja kaum noch irgendwohin, und wie ich ihn einschätze, würde er Paula wohl nicht in der Obhut von Doktor Feuerlein lassen.«

»Wenn Keno den Hund dabeihat, wird er sich wohl eher in der Gegend um Burhave aufhalten.«

Plötzlich durchfuhr Frauke eine Idee. »Man kann Handys doch orten!«, brach es aus ihr heraus.

»Wenn man es nicht ausgestellt hat«, bestätigte Malte. »Aber ganz ehrlich? Ich glaube, das ist nicht so einfach, und wenn, wird es die Polizei sicher tun.«

»Wenn es möglich ist, dann wäre vielleicht Heinz dazu in der Lage«, spann Frauke den Faden weiter. »Der kann ja auch mit Bitcoins sein Vermögen versenken.«

Malte räusperte sich. »Das ist vermutlich etwas anderes, aber vielleicht hast du recht. Wir sollten alle Möglichkeiten ausschöpfen, um Keno und Paula zu finden. Fragst du ihn?«

»Ja, das mache ich und rufe gleich zurück, sobald ich etwas in Erfahrung gebracht habe.« Frauke drückte Malte weg. Sie war sehr besorgt wegen Keno. Er hatte schon auf der Überfahrt so betrübt gewirkt, nur hatte sie den Gedanken da weit von sich geschoben, weil sie die Jungfernfahrt genießen wollte. Das war wohl ein Fehler gewesen.

Obwohl sie das häusliche Donnerwetter auch nicht hätte vermeiden können, wenn sie ihn genauer befragt hätte. Es war wirklich vertrackt. Sanja war eine so liebe Frau, und dann geriet sie ausgerechnet an diesen Schönheitsfuzzi Alfons Feuerlein.

Hoffentlich baute Keno keinen Mist!

Frauke sandte einen flehenden Blick zum Himmel, als sie aus der Kajüte trat und zu der von Barbara und Heinz huschte.

Sie klopfte an, aber da sich nichts tat und sie keine Zeit verlieren wollte, schlüpfte sie hinein und weckte Heinz aus seinen schnarchenden Träumen. Barbara wurde dabei ebenfalls wach, und Frauke schilderte den beiden mit knappen Worten die Situation.

»Eigentlich wollte ich euch ja schlafen lassen, aber ich benötige die Hilfe von Heinz«, schloss sie und war kurz abgelenkt, weil der Anblick ihres Freundes sie verstörte. Sie hatte erwartet, dass er in einem Schlafanzug und nicht in Feinrippunterwäsche, die seinen Bauch fest umspannte, die Nacht verbrachte. Aber das war nun unerheblich.

»Handy orten und tracken, klar, das geht, wenn sich eure Mobile Phones dafür eingeloggt haben. Dazu brauche ich Kenos Handy und das Passwort. Dann kann ich das machen.«

Frauke fasste sich an die Stirn. »Ich hab doch jetzt sein Handy nicht und seine Zugangsdaten schon gar nicht! Also Fehlanzeige. Und jetzt?«

Frauke zuckte zusammen, als ihr Mobiltelefon die Melodie von »Eine Seefahrt, die ist lustig« anstimmte. Sie stürzte zurück in die eigene Kajüte und nahm es hoch.

Es war Keno.

Sie konnte kaum verstehen, was er sagte, aber er klang panisch. »Frauke, du musst sofort mit dem Kutter kommen!«

»Wo steckst du? Was ist los?«, brüllte Frauke.

Sie verstand Keno weiterhin nur abgehackt und musste sich sehr konzentrieren, aber im Groben begriff sie, was er von ihr wollte.

»Ich … Hooksiel … Boot allein. Seenot. Weiß nicht … bin …«

»Mit welchem Boot?«, rief Frauke.

Rauschen.

»Wie lange bist du denn schon unterwegs?«, versuchte sie es weiter.

»… Stunde!«, verstand sie noch, dann war die Verbindung unterbrochen.

»Mist, der Kerl ist doch tatsächlich auf See! Mit welcher Nussschale auch immer.« Noch während sie das murmelte, tippte Frauke den Notruf ein und schilderte der Zentrale schnell, was passiert war. Dann gab sie Malte Bescheid und stürmte zurück zu Barbara und Heinz.

»Leinen los!«, befahl sie. »Wir stechen sofort in See.« Und dann erzählte sie den beiden kurz, warum.

*

Es war stockdunkel, aber die Alte Liebe – Roter Oskar schob sich ruhig und sicher durch die Nordsee. Es herrschte eine leichte Brise, die ein Schiff wie den Kutter kaum beeinträchtigte, auch wenn sich auf dem Meer kleine Wellen zeigten. Der Mond war zu zwei Dritteln gerundet, hin und wieder schoben sich Wolkenschlieren davor und nahmen das Licht ein wenig. Aber viele Sterne waren zu sehen. An und für sich hätte es eine wunderbare Nacht sein können, wenn da nicht diese grässliche Angst gewesen wäre, die ihre Klauen in Fraukes Nacken geschlagen hatte. Ein Sechzehnjähriger allein mit einer jungen Hündin in einem kleinen Motorboot auf der Nordsee, den Strömungen und Gezeiten hilflos ausgeliefert: Das war eine echte Gefahr.

Frauke hoffte, dass Keno sich ein bisschen mit den Sternen auskannte und wusste, dass der helle Polarstern den Norden anzeigte. Daran konnte er sich orientieren. Vielleicht war sein Handy auch mit einer Kompassfunktion ausgestattet … Nur was nützte ihm das alles, wenn der Motor womöglich einen Schaden hatte!

Ohne zu zögern, waren die drei aufgebrochen, denn natürlich wollte Frauke der Küstenwache bei der Suche behilflich sein. Je mehr Boote kreuzten, desto größer war die Wahrscheinlichkeit, dass eines von ihnen auf Keno und Paula traf. Frauke hatte auch den Schleusenwärter aus dem Bett holen müssen. Zum Glück war Flut und er in diesem speziellen Notfall bereit gewesen, sie in die See zu schleusen.

Es war gespenstisch, wie sie durch die Nacht glitten. Die einzigen Geräusche waren die kleinen Wellen, die gegen den Rumpf des Kutters rollten, und das leise Tuckern des Motors. Alle waren äußerst angespannt.

»Was ist, wenn wir ihn nicht finden?«, fragte Barbara mit düsterer Stimme, schlug sich dann aber sofort die Hand vor den Mund.

»Wir werden ihn finden«, knurrte Frauke und drehte leicht bei, um auf Kurs zu bleiben. »Alle anderen Gedanken lasse ich einfach nicht zu.«

Sie konnte jetzt ein bisschen mehr Fahrt aufnehmen. »Hoffentlich ist auch die Küstenwache schon unterwegs«, sagte sie.

Und so fuhren sie übers Meer, ein jeder in seine Gedanken versunken und die Herzen voller Hoffnung.

*

Keno konnte nicht mehr, er war am Ende seiner Kraft. Er hatte voller Elan die heimische Wohnung verlassen, als er sicher gewesen war, dass seine Mutter schlief. Zum Glück verbrachte Doktor Feuerlein seine Nächte noch woanders. Schwierig war es gewesen, Paula zur Ruhe zu bewegen, denn sie war noch immer unglaublich aufgeregt, wenn es etwas Neues gab.

Zuvor hatte es am Abend einen heftigen Streit zwischen ihm und seiner Mutter gegeben. Eins war zum anderen gekommen, und wie immer war es um dieselben Themen gegangen. Dass er nach dem Abi eine Ausbildung machen wollte, statt zu studieren. Dass er wegen der Kutterfahrt die Schule geschwänzt hatte. Sie drehten sich im Kreis, und am Ende war ihm der Kragen geplatzt, und er hatte vollkommen überreagiert.

»Bevor du mit diesem Typen zusammengekommen bist, war es für dich doch gar kein Problem!«, hatte er gesagt. »Und nun redest du ihm nach dem Mund und findest alles klasse, was er so sagt. Mama, lass uns doch wieder zusammen Lösungen finden. Wie früher! Und schieß diesen Doktor zum Mond!«

Doch dann hatte Alfons Feuerlein die Bühne oder besser die grün geflieste Küche betreten und zuvor leider alles mit angehört.

»Über Kenos Ausbildung haben wir doch ausgiebig gesprochen, Liebes.« Keno schüttelte sich noch immer, wenn er daran dachte, wie er ihr mit seinen dünnen Chirurgenfingern durchs Haar gefahren war. Und dann diese schneidig-schmierige Stimme, als er sagte: »Da Keno nicht einsichtig ist, plädiere ich nach wie vor für eine Unterbringung im Internat.«

»Ihr wollt was?« Keno war aufgesprungen und hatte seine Mutter entsetzt angesehen. »Du hast mit dem da besprochen, mich abzuschieben?«

»Keno, so ist es doch gar nicht«, hatte seine Mutter hilflos begonnen, doch er wollte ihr nicht mehr zuhören und war in sein Zimmer geflüchtet. Paula hatte er mitgenommen, weil er nicht wollte, dass dieser Mann den Hund anfasste.

Natürlich hatte Keno die Tür abgeschlossen, denn er musste sich sammeln. Und zwar allein. Er hatte überlegt, wen er um Hilfe bitten konnte. Ihm waren nur Opa Malte und Frauke eingefallen. Klar, er hatte Freunde, mit denen er sich gern traf und mit denen er auch viel Spaß hatte. Aber die wollte und konnte er doch nicht mit so etwas belästigen. Er glaubte nicht, dass sie Verständnis für ihn aufbrachten. Natürlich würden sie mosern, wie blöd es denn wäre, jemanden ins Internat zu schicken, aber eine Lösung hätten sie auch nicht. Weil es keine gab – außer abzuhauen.

Und dann war Keno die Idee mit Mischa gekommen. Er war ein alter Freund aus Kindertagen und er hatte ein kleines Boot mit Außenbordmotor. Ob er es ihm zur Verfügung stellen würde?

Keno hatte nicht mehr lange nachgedacht, sondern gehandelt. Nachdem seine Mutter eingesehen hatte, dass er jetzt nicht mit ihr reden wollte, war sie mit Doktor Feuerlein weggegangen. Er hatte alles zusammengesucht, was er brauchte, und war zu Mischa geradelt, Paula vorn im Korb. Mischa war meist stoned, und so war es kein Problem, ihm den Schlüssel für das Boot abzuquatschen.

»Bring es einfach back, wenn du es nicht mehr brauchst«, hatte sein alter Kumpel genuschelt.

»Hast was gut!«

»Ein Joint reicht!« Mischas Augen waren glasig gewesen, er würde das Boot wohl kaum vermissen, wenn er genug Stoff hatte. Keno hoffte nur, dass das Schiffchen seetüchtig war, aber bis Hooksiel würde er schon kommen. So weit war es ja nicht. Er plante, sich in Küstennähe zu halten, dann wäre es auch nicht gefährlich, selbst wenn die Fahrt etwas länger dauern würde.

Als seine Mutter zurückgekommen war, hatte Keno gute Laune vorgegaukelt, um sie in Sicherheit zu wiegen, und dann war er losgezogen, als sie schlief.

Doch alles war schiefgegangen.

Paula mochte es nicht, in diesem kleinen Boot zu hocken, und er hatte Mühe gehabt, sie zu beruhigen. Nun lag sie leise winselnd unter der Bank.

Wenn Keno sich nicht täuschte, dann leckte das Boot inzwischen auch ein wenig. Oder das Wasser kam von den Wellen, die ständig über die Bootswand schlugen, obwohl gar kein so starker Wellengang war.

Das Einzige, was ausreichte, war der Proviant. Er hatte genug zu essen und zu trinken mit, eine Weile würden sie damit durchhalten. Nur leider war ihm vorhin das Handy aus der Hand geglitten und ins Wasser gefallen, weil er kurz unaufmerksam gewesen war, denn Paula war wieder unruhig geworden, als er Frauke angerufen hatte.

Zuvor war Keno klar geworden, dass er vollkommen die Orientierung verloren hatte. Sein Plan, in den Jadebusen einzufahren und ihn in Richtung Hooksiel zu durchqueren, war grandios gescheitert. Er wusste nicht mehr, in welche Richtung er schippern sollte, und hatte den Motor vorsichtshalber ausgemacht, um Benzin zu sparen.

Keno wollte dennoch ein letztes Mal versuchen, die richtige Richtung auszumachen, denn alles war besser als das Nichtstun. Er wollte versuchen, herauszufinden, in welche Richtung das

Wasser strömte, denn es war Flut. Folglich musste er aufs Land zutreiben und das konnte er doch unterstützen.

Keno beugte sich über die Bordwand und konzentrierte sich. Es dauerte etwas, aber dann merkte er, in welche Richtung sich das Wasser bewegte.

»Ich weiß schließlich nicht, was Frauke überhaupt verstanden hat«, machte er sich selbst Mut. »Ich muss handeln!«

Entschlossen griff er nach dem Motorseil und zog ein paarmal so kräftig daran, dass das Boot mächtig ins Schaukeln geriet. Doch der Motor gab nur noch ein leises Blubbern von sich.

»Benzin alle«, murmelte er. »Was für ein Anfängerfehler!«

Ergeben setzte er sich wieder auf die Bank und nahm Paula hoch, die sich ganz nach vorn in den Bug verkrochen hatte, weil er dort etwas erhöht und somit noch trocken war. Keno kraulte den Nacken der Hündin und hoffte, dass ihn die Flut dem Festland näher bringen würde und nicht schon die Ebbe eingesetzt hatte, die ihn unweigerlich hinaus aufs Meer treiben würde.

Er hob den Blick und versuchte, sich auf die Sterne am Firmament zu konzentrieren. Ein kleines bisschen kannte er sich aus, weil Opa Malte ihn instruiert hatte. Da oben, das musste der Polarstern sein, und über ihm konnte er den Großen Wagen erkennen.

»Wenn uns keiner findet, meine liebe Paula, dann werden wir unter dem Sternenhimmel sterben. In dieser kleinen Nussschale ohne Benzin. Immerhin scheint es heute Nacht kein Seegewitter zu geben, aber der Wind reicht eigentlich auch schon.« Keno spürte erst jetzt, dass er ganz schön fröstelte.

Er hatte zwar unter der Jacke einen dicken Pulli angezogen, aber doch unterschätzt, um wie viel kälter es auf offener See war. Als er sah, dass auch Paula zitterte, öffnete er die Jacke und nahm die Hündin mit unter seinen Pullover. So wärmten sie sich gegenseitig.

Einmal sah er von Weitem einen Hubschrauber, der mit seinen Scheinwerferfingern die See ableuchtete, doch sie erreichten ihn und das kleine Boot nicht, und schon bald war er wieder mit Paula allein in dieser scheinbaren Unendlichkeit der See.

Kurz darauf glaubte er, das Brummen eines Motors wahrzunehmen, aber wahrscheinlich hatte er sich das nur eingebildet. War man so allein, spielte die Fantasie einem wohl gern einen Streich.

Irgendwann schlief Keno ein, und als er erwachte, erhob sich gerade die Sonne langsam und als roter Ball aus dem Meer und kündigte den Tag an.

Er hegte die Hoffnung, bei Helligkeit das Land ausmachen zu können, doch inzwischen hatte die Ebbe wirklich eingesetzt, und er war offenbar dabei, in die weite Nordsee abzutreiben.

»Wir werden wohl sterben«, sagte er mit erstickter Stimme zu Paula.

Plötzlich knallte etwas gegen das Boot. Keno schaute, was es war, und entdeckte eine grüne Flasche. Es gelang ihm, sie zu bergen. Unschlüssig drehte und wendete er sie, dann erkannte Keno im Inneren einen Brief.

»Sieh mal, Paula. Da haben wir doch tatsächlich eine Flaschenpost gefunden.«

Er entkorkte sie und fummelte den Brief heraus. Als er die Zeilen las, glaubte er, seinen Augen nicht zu trauen.

Das gab es doch gar nicht, das war unmöglich!

# Kapitel 16

Fraukes Kutter kreuzte seit zwei Stunden auf dem Jadebusen und der Nordseemündung hin und her. Inzwischen war es nach sechs und die Sonne schon aufgegangen. In der Ferne klebte eine Seenebelbank über dem Wasser. Auch die Küstenwache war noch unterwegs. Sie hatte über Funk zu ihnen Kontakt aufgenommen und mitgeteilt, dass sie sich an der Suche nach Keno beteiligten, und so wurde auch sie über den Stand der Dinge informiert.

Noch bestand Hoffnung, und sie würden auf keinen Fall aufgeben. Heinz war Frauke die ganze Zeit nicht von der Seite gewichen, wofür sie sehr dankbar war.

Er hielt sich das Fernglas vor die Nase, und endlich stieß er den erlösenden Ruf aus: »Da hinten, da ist etwas!«

»Wo?«, fragte Frauke aufgeregt.

»Steuerbord. Du musst scharf nach Steuerbord abdrehen!«

Den Aufschrei hatte auch Barbara gehört und kam sofort zum Ruderhaus. Heinz zeigte mit dem Finger nach rechts. Und tatsächlich. Etwa zweihundert Meter entfernt trieb etwas in der Nordsee. Frauke drehte bei und fuhr darauf zu. Je näher sie kamen, desto deutlicher wurde, dass es sich tatsächlich um ein kleines Boot handelte. Darin saß jemand, der mit beiden Armen winkte, um auf sich aufmerksam zu machen.

Frauke drosselte den Motor. »Haltet das Tau bereit!«, sagte sie zu Heinz, denn Barbara konnte sie in diese Rettungsaktion nicht mit einplanen. Sie rannte an Deck herum wie ein aufgescheuchtes Huhn. Aber Heinz hielt sich tapfer und tat, was Frauke ihm gesagt hatte.

Sie fuhren ganz dicht an das Boot heran und erkannten, dass darin tatsächlich Keno und Paula saßen.

Frauke warf Keno das Tau zu, sodass er es greifen konnte.

»Halte es gut fest!«, rief Frauke. »Und dann knote es ans Boot!«

Keno folgte ihrem Befehl, und so war das Schiffchen zumindest gesichert.

»Geht es dir und Paula gut?«, fragte Frauke, denn Keno sah ziemlich mitgenommen aus.

»Ja, ganz okay«, meinte er.

»Gut, ich lasse jetzt eine Strickleiter ab, und dann bergen wir zunächst Paula.« Sie sah Heinz und Barbara an. »Einer von euch muss da runterklettern. Mit Schwimmweste. Auch Keno sollte eine anziehen. Es ist außerdem notwendig, die Hündin in eine Decke zu wickeln, auch wenn ihr das nicht gefallen wird. Aber wenn sie in Panik gerät, kann man sie sonst nicht halten.«

»Kannst du nicht …?«, fragte Heinz sofort, und Barbara nickte zustimmend. Alle Last sollte wohl auf Fraukes Schultern ruhen, aber das war ausgeschlossen, weshalb sie vehement den Kopf schüttelte. »Ich muss das Schiff gegensteuern, sonst treiben wir womöglich ab, und das kann ich nicht zulassen. Also: Wer macht es?«

Beide senkten betreten den Kopf.

»Gut, dann funke ich jetzt die Küstenwache an, damit die das regeln. Gesichert ist das Boot ja. Aber«, Frauke warf einen Blick zum Himmel, »das Wetter verschlechtert sich schon wieder. Nordsee eben. Wenn der Seegang stärker wird, macht es die Situation für Keno und Paula nicht leichter.«

Heinz gab sich sichtlich einen Ruck. »Ich mache es. Wir wollten dieses Abenteuer gemeinsam bestehen, und dann muss man auch solche Dinge aushalten.«

Frauke lächelte. Mit dieser Entschlossenheit gefiel er ihr besser, als wenn er seine gestelzten Reden über Bitcoins hielt.

Heinz wusste, wo die Schwimmwesten verpackt waren, und Barbara half ihm, eine anzulegen, während Frauke nach wie vor mit dem Kutter kämpfte. Anschließend begann Barbara, Tee zu kochen, damit Keno gleich etwas Warmes trinken konnte, während Frauke die Küstenwache informierte, dass sie den jungen Mann gefunden hatten. Dazu gab sie die Koordinaten durch.

Derweil war Heinz fertig geworden, und sie bauten die Strickleiter an. Er sicherte sich mit einem zusätzlichen Seil, warf als Erstes die Decke ins Boot, und Keno wickelte die Hündin darin ein. Paula war überhaupt nicht damit einverstanden, aber schließlich ergab sie sich jaulend ihrem Schicksal.

Heinz kletterte die Leiter hinunter.

»Nun muss Paula mit mir zusammen da rauf«, sagte er und deutete nach oben. Er war sehr blass, und Frauke fragte sich, ob sie ihren Freund doch zu sehr überforderte.

Er packte Paula und hangelte sich so weit nach oben, dass Barbara ihm die Hündin abnehmen konnte und sie sogleich umsorgte. Sie äußerte nicht einmal Bedenken darüber, dass der Hund ihre Hose beschmutzen könnte.

Dann galt es, auch Keno sicher an Deck des Kutters zu bringen, und Heinz kletterte wieder nach unten.

Keno setzte sich den Rucksack auf, sicherte sich ebenfalls mit dem Seil, das Heinz ihm reichte, und erklomm dann die Leiter, während Heinz sie an den Seiten straff hielt. Die Alte Liebe – Roter Oskar schlingerte inzwischen immer heftiger, weil der Wind plötzlich böig auffrischte.

Aber auch Keno gelang es, heil an Bord zu kommen. Erleichtert ließ er sich in der Kombüse fallen und nahm den Becher Tee, den Barbara ihm reichte, dankbar entgegen.

»Heinz, ist das Boot so fest, dass wir es abschleppen können?«, rief Frauke, doch der Wind trug ihre Worte einfach fort. Also überbrachte Barbara ihm die Nachricht, und Heinz signalisierte mit dem Daumen, dass alles okay war.

Leider war es für ihn ein schwieriges Unterfangen, die Strickleiter zu fassen zu bekommen und den ersten Fuß daraufzusetzen. Frauke sah mit Unbehagen, dass es Heinz kaum gelang. Immer wieder trieb das kleine Boot ab oder hüpfte auf den Wellen wie die sprichwörtliche Nussschale.

Frauke mühte sich mit aller Kraft, den Kutter ruhig zu halten, aber es war bei dem Seegang und der Strömung fast unmöglich.

»Mann, wir müssen Heinz doch irgendwie hier hochbekommen!«, schrie Keno, sichtlich in Sorge.

Langsam zweifelte auch Frauke daran, dass es ihnen gelingen würde.

»Ich funke jetzt SOS«, sagte sie. »Wir brauchen sofort die Hilfe der Küstenwache. Keno, sag Heinz, er soll sich setzen und still verhalten. Wenn er ins Wasser fällt, ist das viel zu gefährlich!«

Heinz versuchte es dennoch ein weiteres Mal, musste dann aber einsehen, dass es sinnlos war.

»Was ist, wenn die Küstenwache zu spät kommt?«, fragte Keno ängstlich. »Wenn Heinz etwas passiert, dann ...« Er konnte es nicht aussprechen.

Sie dümpelten etwa eine weitere halbe Stunde auf dem Meer, bis endlich das Boot der Wasserschutzpolizei ankam.

»So een Schiet«, kommentierte der Leiter die Situation. Aber sie waren besser ausgerüstet als Frauke mit ihrem Kutter, und es gelang ihnen, Heinz abzusichern und zunächst zu sich an Bord zu holen. Da das Schiff der Küstenwache größer als das kleine Schiffchen war, mit dem Keno sich auf See begeben hatte, war es um vieles leichter, ihn von dort wieder auf den Kutter zu bugsieren.

»Das wäre geschafft«, sagte der Mann von der Küstenwache. Er löste das Seil vom Kutter und vertäute das kleine Boot an ihrem Schiff, damit sie es mit abschleppen konnten. »Kommen Sie jetzt klar?«

Frauke hob den Daumen.

Heinz hockte derweil völlig erschöpft an der Bordwand, den Kopf auf den Knien. »Das war das Schlimmste, was ich je in meinem Leben gemacht habe«, sagte er. »Tu so etwas nie wieder, Keno!«

Der hatte ein echt schlechtes Gewissen. »Bestimmt nicht!«

»Bitte melden Sie sich noch, wenn Sie wieder im Hafen sind«, baten die Beamten der Küstenwache und winkten kurz. »Wir müssen das alles noch zu Protokoll bringen. Jetzt sehen Sie bloß zu, dass Sie loskommen. Der Wetterbericht sagt nichts Gutes voraus!«

»Denn man tau!«, meinte Frauke. »Das wäre erst einmal geschafft.«

»Und nun?«, fragte Barbara.

»Nach Hooksiel möchte ich nicht mehr, auch wenn ich die Liegegebühr schon bezahlt habe. Als Nächstes war Dangast geplant, und dorthin fahren wir jetzt.«

Frauke wendete den Kutter in östliche Richtung. »Und dort schlafen wir uns erst einmal richtig aus«, sagte sie.

Inzwischen war es acht Uhr, und sie konnte die Augen kaum noch offen halten.

*

Malte war sofort zum Hafen von Dangast gekommen, hatte Keno gleich abgeholt und nach Hause zu Sanja gebracht, wo auch er sich erst einmal ausruhen und von seiner Mutter betüddeln lassen konnte. Malte hatte dort ebenfalls Quartier bekommen, damit er nicht schon wieder bis nach Cuxhaven fahren musste.

Heinz war es in kurzer Zeit per Telefon gelungen, die Erlaubnis einzuholen, dass sie auch hier ihr Kuttercafé eröffnen durften, und so nutzten sie den Nachmittag für den Verkauf des gestern Abend frisch gebackenen Kuchens. Der Kurverwaltung war das sogar ganz recht, weil sich am Wochenende stets zahlreiche Besucher im Künstlerort tummelten und so ein weiteres kulinarisches Angebot vorhanden war.

Binnen kürzester Zeit waren sie alle Köstlichkeiten los.

Am späteren Nachmittag schaute Keno vorbei, allerdings sah er noch sehr unausgeschlafen aus. Auch Barbara und Heinz wirkten völlig fertig, und so manches Mal hatte Frauke das Gefühl, dass sie ihr etwas sagen wollten. Aber es kam nichts.

»Und wie hat es deine Mutter aufgenommen, dass du abhandengekommen bist?«, fragte sie Keno, während sie die letzten Krümel zusammenfegte.

»Schlecht. Klar, sie war froh, dass ich wieder da bin, aber sonst?« Keno zuckte mit den Schultern. »Kannst du nicht mitkommen und vermitteln? Bei uns brennt die Luft.«

Frauke zog die Stirn in Falten. »Ja, das geht. Der Kuchen ist ausverkauft, Barbara und Heinz wollen kurz zum Haus fahren und duschen. Malte leiht ihnen den Wagen, wenn er gleich kommt. Ach, da ist er ja schon.« Sie winkte ihm, hielt aber sofort inne. »Kann er als Opa nicht besser mit deiner Mutter sprechen?«

»Nee, sie haben sich schon vorhin so richtig in die Plünnen bekommen, sodass er wutentbrannt aus der Wohnung gelaufen ist. Lass ihn besser auf den Kutter achtgeben und komm du mit!«

Malte kam an Bord. »Müsst ihr jetzt backen?«, fragte er.

Frauke schüttelte den Kopf. »Das machen wir heute Abend, wenn wir alle zurück sind.«

»Ich muss sowieso noch Zutaten besorgen«, krähte Barbara. »Bis auf einen Rest Zucker ist alles weg. Aber im Haus hab ich ein paar Vorräte gebunkert!«

Malte nickte jetzt kurz. »Fahrt ihr mal hin. Ich halte hier die Stellung.« Er schluckte. »Sanja ist stinksauer«, sagte er. »Und ich glaube, Keno hat auch noch ein Geheimnis. Er benimmt sich mir gegenüber so eigenartig. Ich fürchte, das hängt nicht nur mit seiner nächtlichen Tour zusammen.«

Sein Enkel wurde dunkelrot. »Erst mal den Stress klären«, sagte er. »Und dann müssen wir reden, Opa!«

Barbara und Heinz waren startklar und freuten sich auf die bequemere Dusche im Haus.

»Dann mal los!«, meinte Heinz.

Sie liefen zum großen Parkplatz und kletterten in Maltes Wagen. Doch kaum hatte Heinz den Motor angeworfen, sah Frauke, wie Frau Waltermann aus ihrem schwarzen BMW-Cabrio stieg.

Das konnte doch nicht wahr sein! Woher wusste diese Schnepfe, dass das Kuttercafé nun hier lag? Und was zum Teufel wollte sie schon wieder?

Da läuft doch was mit ihr und Malte, dachte Frauke und wäre am liebsten wieder ausgestiegen.

*

Heute war wirklich ein wunderbarer Tag, dachte Hanne Waltermann. Noch am Morgen waren heftige Regenböen übers Land getobt, aber jetzt zeigte sich der Himmel in einem wunderbaren nordischen Blau. In den letzten Stunden hatten sich vermutlich wahre Menschenströme durch Dangasts Straßen geschoben und waren im Kurhaus eingekehrt, um den legendären Rhabarberkuchen zu verspeisen und dann über die Künstlermeile zu spazieren. Oder sie hatten sich gleich unterhalb des Kurhauses an den Strand gesetzt.

Hanne bog auf den Parkplatz am Hafen ein und eilte kurz darauf zum Kai, wo der Kutter festgemacht hatte. Sie freute sich, dass Malte Willich allein an Bord war. Sie hatte sich also nicht getäuscht, als sie eben geglaubt hatte, Frauke Hansen und die Kanngießers davonfahren zu sehen. Innerlich rieb sie sich die Hände, denn das vereinfachte ihr Vorhaben immens.

Herr Willich saß auf einem Stuhl und blätterte in einer Zeitschrift. Er blickte erstaunt auf, als sie angeschlendert kam. »Moin, Frau Waltermann!«, begrüßte er sie.

»Moin, Herr Willich. Ich habe von Frau Maurer erfahren, dass der Kutter jetzt in Dangast angelegt hat. Sie war eben kurz im Sonnenuntergang, hat etwas abgegeben, und ich bin ihr über den Weg gelaufen. Heute war sie ja nicht im Dienst, sie hat sich arge Sorgen um Keno gemacht. Das ist aber auch ein Ding! Wie kann der Jung so unvernünftig sein! Harrijasses nej!«

»Allerdings«, bestätigte Malte Willich. »Aber es ist zum Glück alles gut ausgegangen. So können wir es als Abenteuer abhaken.« Er runzelte die Stirn. »Frauke und Heinz sind wahre Helden, wie sie das gewuppt haben!«

»Frau Hansen kann ja wohl alles!«, gab Hanne spitz zurück.

»Nicht alles, aber viel«, sagte Malte. »Wollen Sie sich nicht zu mir setzen?«

Hanne kam an Bord, und er rückte ihr einen Stuhl zurecht. »Alles schon verkauft?«, fragte sie.

»Ja, Barbaras Gebäck ist einfach fantastisch. Jetzt sind sie kurz in Burhaye, um für Zutatennachschub zu besorgen, am Abend wird wieder gebacken. Wir denken sogar schon darüber nach, unsere Produktion zu erhöhen, denn vor allem die Nordseeplatte geht wahnsinnig gut.«

»Das kann ich mir vorstellen«, antwortete Hanne gespielt höflich. Es wurde Zeit, dass Frau Hansen einen Dämpfer bekam!

»Kann ich Ihnen etwas anbieten?«, fragte Malte jetzt.

Hanne überlegte, ob das ihrem Vorhaben dienlich war, entschied sich dann aber dagegen. »Ich brauche nichts, danke.«

Sie klönten noch ein bisschen über die letzte aufregende Nacht, und wie langweilig sie hingegen im Sonnenuntergang vergangen war.

»Warum sind Sie denn überhaupt nach Dangast zum Kutter gekommen?«, fragte Malte.

»Ach, das ist eine dumme Geschichte.« Hanne kicherte albern. Nun musste sie eine plausible Erklärung liefern.

»Ich höre!« Herr Willich schlug die Beine übereinander und sah sie fragend an.

»Ich habe gestern doch tatsächlich meinen Ohrring hier verloren«, gab sie kund. Das angeblich verloren gegangene Teil hatte sie allerdings in ihrer Tasche deponiert und würde es zu gegebener Zeit einsetzen.

»Wir haben nichts gefunden, vielleicht haben Sie ihn ja woanders verloren?«

»Ich glaube nicht. Er fehlt, seitdem ich in Hooksiel auf dem Kutter war, und die Ohrringe habe ich doch getragen. Erinnern Sie sich nicht?«

Das brachte Herrn Willich ein bisschen in Verlegenheit, denn offenbar hatte er nicht darauf geachtet, was in ihren Ohrlöchern baumelte. Doch genau darauf hatte Hanne spekuliert, denn Männer sahen meist nicht richtig hin.

»Vielleicht kann ich ihn selbst noch einmal suchen?«, fragte sie.

»Aber natürlich.« Herr Willich deutete zur Kombüse.

Hanne lächelte ihn freundlich an und verschwand ins Schiffsinnere. Nun galt es, alle Vorsicht walten zu lassen und ihren Plan in die Tat umzusetzen. Auf diese Art konnte sie Frau Hansen dauerhaft schaden. Es war kindisch, aber etwas Besseres war Hanne einfach nicht eingefallen.

Vielleicht begriff Herr Willich nach ihrer kleinen Scharade endlich, dass diese Frau alles andere war als die tolle Person, die er in ihr sah. Nein, Frauke Hansen mochte zwar einen Kutter über die Nordsee steuern können, und sie war sicher geschickt mit Pinsel, Hammer und Säge, aber sie war doch keine Frau für einen Mann wie Malte Willich!

Hanne wollte keinen Argwohn wecken, indem sie zu lange fortblieb, und suchte gezielt nach der Zuckerschütte. Die war schnell gefunden. Interessant jedoch, wie viele Dinge auf engem Raum so ordentlich untergebracht waren. Frauke Hansen gelang tatsächlich alles, was sie sich vorgenommen hatte.

»Aber diese Suppe werde ich ihr im wahrsten Sinn des Wortes versalzen«, flüsterte Hanne und holte eine prall gefüllte und eine leere Tüte aus der Handtasche. Sie kippte den Zucker in den leeren Beutel und gab den Inhalt der anderen in die Schütte. Zugleich nahm sie den Ohrring aus der Tasche.

Kurz plagte sie das schlechte Gewissen, denn Malte Willich war eben ja überaus freundlich zu ihr gewesen, und vielleicht interessierte er sich ja doch für sie. Auch ohne ihre Sabotage.

Sicher war sich Hanne allerdings nicht, und deshalb schloss sie die Handtasche mit dem sicheren Glauben, alles richtig gemacht zu haben. Wenn Frauke Hansen ihr Café schließen musste, würde sie ihren Glanz verlieren, und sie selbst hätte freie Bahn!

Rache konnte sehr befreiend sein. Es war doch nicht gerecht, dass Frau Hansen immer alles bekam, was sie wollte – und sie? Hanne schaute in die Röhre und saß allein im Sonnenuntergang. Ohne Mann. Ohne Familie.

»Frau Waltermann?«, hörte sie jetzt die Stimme von Herrn Willich. »Alles in Ordnung bei Ihnen?«

»Ja, natürlich«, antwortete sie mit glockenheller Stimme. »Ich sehe mir nur gerade die Kombüse an. Es ist fantastisch, was Sie hier leisten.« Sie verschloss schnell den Reißverschluss der Tasche und wischte ein paar weiße Körnchen mit der Hand weg. Da betrat Malte Willich auch schon die Kombüse.

Auffordernd hielt sie Herrn Willich das Schmuckstück unter die Nase. »Da ist er. Er lag ganz hinten in der Ecke. Sicher ist er dorthin gerutscht, als der Hund getobt hat.«

»Das ist ja ein Ding!«, meinte Herr Willich. »Gut, dass Sie ihn gefunden haben.« Dann schaute er doch ein wenig misstrauisch. »Aber waren Ihre Ohrringe gestern nicht blau wie Ihr Shirt?«

Hanne lief rot an. Am besten ließ sie das unkommentiert und wechselte das Thema. »Aus dem Kutter hat Frauke wirklich ein Schmuckstück gemacht!«

Herr Willich beharrte glücklicherweise nicht auf dem Thema Ohrring, sondern griff den Faden auf. »Ja, ich liebe ihn auch«, bestätigte er.

Und Frau Hansen, fügte Hanne in Gedanken hinzu, denn er strich über den Corpus der Anrichte, als streichele er den Körper einer Frau – und an wen er dachte, war für Hanne sonnenklar. Sie hatte vollkommen richtig entschieden.

»Wollen wir uns wieder raussetzen?«, fragte Herr Willich.

Gern wäre Hanne noch geblieben, aber es war besser, wenn sie jetzt wieder ging. Bald, wenn das Kuttercafé Geschichte war, würde Herr Willich ja mehr Zeit für sie haben.

»Ich muss dann wieder. Aber wie schön, dass ich meinen Ohrring gefunden habe.«

*

Sanja war froh, dass sie heute trotz der Probezeit freibekommen hatte, denn sie war todmüde, weil sie in der letzten Nacht vor Sorge kaum Schlaf gefunden hatte.

Es war schwer gewesen, Keno nicht zu heftig zu maßregeln. Aber sie hätte ihn im Nachhinein schütteln können vor Wut. Wie konnte er sich dermaßen in Gefahr bringen?

Sie musste unbedingt mit Alfons sprechen. So konnte es nicht weitergehen mit ihnen. Er durfte sich nicht länger in ihre Beziehung zu ihrem Sohn einmischen und Dinge beschließen und kundtun, die noch gar nicht endgültig festgelegt waren. *Er* hatte ständig von einem Internat für Keno gesprochen, nicht sie. Sanja wollte doch gar nicht, dass ihr Sohn fortging! Von ihr aus würde sie sogar den Hund nehmen. Hauptsache, der ewige Streit hörte endlich auf.

Aber auch über Paula war mit Alfons nicht zu reden, und Sanja bekam immer mehr das Gefühl, es passte zwischen ihnen nicht. Alles, woran er nicht herumschnippeln und was er nicht mit seinem Mittelchen aufspritzen konnte, war für ihn uninteressant. Er hatte sogar ihr kürzlich vorgeschlagen, das Gesäß ein wenig aufzupolstern, weil ihr Po in seinen Augen zu flach war.

»Also, das würde ich jeder meiner Patientinnen vorschlagen«, hatte er gesagt.

»Ich möchte aber lieber so bleiben, wie ich bin«, hatte Sanja geantwortet und gedacht, nun würde er sie in den Arm nehmen und ihr romantisch zuflüstern, dass er sie selbstverständlich auch mit ihrem flachen Hintern überaus attraktiv fand.

Aber was hatte er geantwortet?

»Liebe Maus, man sollte immer das Optimum aus sich herausholen. Nur dann gewinnt das Leben an Perfektion.«

Wie zur Bestätigung hatte er sich über das kleine Bäuchlein gestrichen, das er selbst wohl als wundervoll ansah.

»Wir könnten ja das Fett von deinem Bauch nehmen und damit mein Gesäß aufpolstern«, war es Sanja herausgerutscht, und ja – seitdem hing der Haussegen schief. Alfons war hinausgestürmt, und kurz danach war Keno gekommen. Falscher Zeitpunkt. Und falscher Ort, denn ihr Freund war nicht lange fortgeblieben. Deshalb hatte Keno den gesamten Frust von Alfons abbekommen. Und dabei war dann wieder mal das Wort Internat gefallen, und ihr Freund hatte es so klingen lassen, als wäre es längst beschlossene Sache.

Sie musste dringend mit ihm sprechen. Wenn es tatsächlich eine gemeinsame Zukunft geben sollte, musste auch Alfons seine Grenzen kennen. Die waren bei Keno gesteckt, das ging ihn nichts an und ihr Gesäß schon gar nicht. Egal, womit er es polstern wollte.

Sanja schreckte aus ihren Gedanken hoch, als es klingelte. Offenbar waren Malte und Keno wieder da. Nun mussten sie einen Konsens finden, wenn sie keinen dauerhaften Schaden in der Beziehung zu ihrem Sohn haben wollte.

Sie öffnete, doch wider Erwarten stand dort Frauke neben Keno.

»Hallo, Sanja«, begrüßte sie sie. »Ich will gar nicht lange um den heißen Brei herumreden. Malte meinte, weil ihr nicht gerade friedlich miteinander umgegangen seid, wäre es besser, wenn ich bei dem Gespräch mit deinem Sohn dabei bin. Da sind wohl ein paar Sachen in den Brunnen gefallen, die wir flugs wieder raufholen sollten. Meinst du nicht?«

Sanja nickte. »Kommt doch erst einmal rein.« Sie deutete in Richtung Wohnzimmer.

»Ist der Feuerlein weg?«, fragte Keno und steckte den Kopf in die Küche. »Ihm möchte ich heute nämlich nicht begegnen, und wenn ich ehrlich bin: Eigentlich wäre ich froh, wenn er ganz weg wäre.«

Frauke legte Keno die Hand beruhigend auf die Schulter. »Warum nennst denn wenigstens du ihn nicht Alfons?«, fragte sie.

»Weil er mir fremd ist«, gab Keno zurück. »Und ich will ihn auch nicht kennenlernen.«

Frauke wiegte den Kopf und rang sichtlich um eine Antwort.

»Nun, dann gilt es, Kompromisse zu finden«, sagte sie schließlich. »Keine neue Konfrontation. Du möchtest deine Ziele verfolgen, also solltest du deiner Mutter dasselbe zugestehen, meinst du nicht?«

Sanja war überrascht, dass Frauke nicht uneingeschränkt hinter Keno stand, sondern tatsächlich andere Sichtweisen zulassen wollte.

Sie setzten sich an den Wohnzimmertisch. Hinter Kenos Stirn arbeitete es, das erkannte Sanja ganz genau. Sie hoffte so sehr, dass sie wieder zueinanderfanden! Es war in all den Jahren noch nie vorgekommen, dass Keno weggelaufen war oder er sich wie gestern in Gefahr gebracht hatte.

»Möchtet ihr etwas trinken?«

Sie schüttelten den Kopf. »Ist ja auch gleich Abendbrotzeit«, meinte Sanja, bloß um etwas zu sagen.

»Hab keinen Hunger.«

Frauke stupste Keno sacht in die Seite. »Komm, mien Jung. Auf diese Weise kriegen wir keinen Frieden in das Familienleben.«

Keno biss sich auf die Lippen, machte aber anschließend ein etwas freundlicheres Gesicht.

Sanja war Frauke unglaublich dankbar, dass sie einen so positiven Einfluss auf den Jungen hatte, obwohl sie auch ein kleines bisschen die Eifersucht pikte.

»Gut, dann reden wir jetzt wie Erwachsene«, begann Frauke das Gespräch. »Keno, du erzählst mal zuerst, wo der Schuh drückt. Die Spielregeln lauten: Wir hören dir uneingeschränkt zu, und keiner wird dich unterbrechen. Danach darf deine Mutter dasselbe tun, und am Ende überlegen wir, wie ihr euch wieder aufeinander zubewegen könnt. Deal?«

Beide nickten, und dann legte Keno los. Er sprach schnell, ein wenig überstürzt. Es klang beinahe so, als hätte er nur darauf gewartet, und nun würden sämtliche Schleusen brechen.

»Ich bin eigentlich stinksauer, seit du mir Doktor Feuerlein einfach so vor die Nase gesetzt hast. Es geht gar nicht darum, dass es ihn gibt, es geht darum, dass ich es von der Tante aus dem Altenheim erfahren habe und du mir kein Sterbenswörtchen erzählt hast«, brach es aus ihm heraus. Er japste richtig nach Luft und kämpfte dann mit den Tränen. Sanja war versucht, aufzuspringen und ihren Sohn in die Arme zu schließen, aber Fraukes Blick hielt sie zurück. Die Abmachung hieß: reden lassen.

»Dann mischt sich dieser Mann ständig in Dinge ein, die ihn nichts angehen. Zum Beispiel, was ich beruflich machen will. Ich habe nie infrage gestellt, dass ich mein Abi mache. Nur will ich eben nicht studieren, sondern eine Ausbildung beginnen. Was bitte ist daran schlimm? Außerdem dauert es doch noch ein paar Jahre, ehe es entschieden werden muss. Doktor Feuerlein tut mit seiner Arroganz aber förmlich so, als plane ich ein Leben in der Gosse. Hallo? Der Mann kennt mich doch gar nicht. Er soll sich aus meinem Leben raushalten!« Nun kamen Keno doch die Tränen.

Sanja war schockiert über seine Worte. Aber sie musste schweigen, denn Keno war noch nicht fertig.

»Und dann kam er mit der Offenbarung, dass ihr mich abschieben wollt. Ich habe das Gefühl, gar nicht mehr zu deinem Leben zu gehören!«

»Aber das stimmt doch nicht!« Sanja sprang nun auf und nahm ihn doch in den Arm. Frauke ließ sie gewähren. Es war wichtig, dass sie sich nahekamen.

»Gut, nun wissen wir, wo es bei Keno hakt, jetzt würde ich gern Sanjas Sicht der Dinge hören, das ist nur fair.«

Kenos Mutter setzte sich wieder. Als Keno alles so freiheraus geschildert hatte, war in ihr die Erkenntnis gereift, dass sie Nägel mit Köpfen machen musste. Aber eins nach dem anderen.

»Es tut mir leid, dass ich dir nicht von Alfons erzählt habe. Er fand, man dürfte da nichts überstürzen, und obwohl ich in der Beziehung wirklich vollkommen anderer Meinung war, habe ich mich gefügt. So, wie ich mich viel zu oft gefügt und beeinflussen lassen habe. Du hast nämlich recht, Keno. Ich hätte es dir viel eher sagen sollen.«

Sanja kämpfte mit sich, aber jetzt musste alles auf den Tisch. »Und es ist auch nicht richtig, dass er dir in deine Schulsachen reinredet«, fuhr sie fort. »Er macht sich gern wichtig, das kann er von mir aus auch, aber nicht, wenn es um dich geht.« Sie seufzte. »Ich kann außerdem auch verstehen, dass du die Biege gemacht hast, als Alfons vom Internat begonnen hat«, sagte sie mit fester Stimme, obwohl sie am liebsten losgeheult hätte, weil die furchtbare Angst der vergangenen Nacht wieder Besitz von ihr ergriff und sie sich schämte, dass sie Keno vorhin so angefahren hatte, statt ihn in den Arm zu nehmen. »Ich hätte nicht so mit dir schimpfen sollen, auch da bitte ich um Verzeihung. Aber es war so unbedacht und gefährlich! Da ist es einfach mit mir durchgegangen. Obwohl ich mich an deiner Stelle wahrscheinlich ähnlich verhalten hätte.«

Keno nickte, das machte Sanja Mut. »Und jetzt kommt der Teil, den du mir unbedingt glauben musst.«

Er sah sie fragend an.

Sanja reckte das Kinn und setzte sich etwas aufrechter hin. »Er hat mich massiv unter Druck gesetzt, dich ins Internat zu stecken.«

Keno und auch Frauke sahen sie erstaunt an, und Frauke entfuhr die unheilvolle Frage, der Sanja nun nicht mehr ausweichen konnte. »Und das lässt du dir gefallen? Dass er nur das tut, was ihm in den Kram passt?«

Sanja senkte den Blick. »Manchmal bedarf es ein paar Gedankenanstößen«, begann sie. »Mir hat all das die Augen geöffnet. Alfons und ich, das harmoniert doch nicht. Er braucht eine Frau, die er lenken kann. Ich aber bin nicht mehr uneingeschränkt formbar.« Dann lachte sie bitter auf. »Er wollte sogar meinen Po aufspritzen!«

Keno begann zu kichern, und Frauke stimmte ein. Es war, als wäre der Damm gebrochen. Sanja konnte schließlich nicht anders, als ebenfalls lauthals mitzulachen.

Jetzt stand Keno auf und nahm sie in den Arm. »Du trennst dich von ihm?«

»Ja. Ich möchte zwar nicht mehr allein sein, aber sicher gibt es noch einen anderen Mann, der da draußen auf mich wartet.«

»Dann tinderst du eben«, meinte Keno, aber Sanja winkte ab. »Lieber nicht. Ich denke, ich sollte mich entweder in der freien Wildbahn umsehen oder ein Portal wählen, das zu meinem Alter passt.«

»Renke ist noch zu haben«, entfuhr es Frauke, aber Sanja schüttelte den Kopf. »Ich habe ja keine Eile. Und danke, Frauke. Fürs Vermitteln.«

Keno hielt seine Mutter noch immer fest und schaute Frauke an. »Ich möchte gern zu Hause bleiben, kannst du allein zum Kutter zurückfahren?«, fragte er sie.

»Natürlich. Ich hole jetzt Barbara und Heinz ab. Wir müssen schließlich für morgen noch backen. Und Malte will sicher auch schnell nach Cuxhaven.«

Frauke verabschiedete sich von den beiden und strich auch Paula über den Kopf. »Sie ist der tollste Schiffshund der Welt«, sagte sie.

»Das stimmt.« Keno wirkte plötzlich etwas unschlüssig.

»Ist noch was?«, fragte Frauke.

»Ja, schon, aber das hat Zeit. Heute ist echt genug passiert.«

Sanja schaute Keno prüfend an, aber er winkte ab. »Eins nach dem anderen.«

# Kapitel 17

Frauke hatte Barbara und Heinz auf der Fahrt nach Dangast kurz von dem Gespräch berichtet, und auch sie waren froh, dass die Wogen geglättet waren. Noch immer wirkten beide, als hätten sie etwas auf dem Herzen, und Frauke wollte sie später darauf ansprechen. Sie parkten auf dem großen Parkplatz, von wo aus es nicht weit zum Kutter war.

»Ich möchte gern ein Stück laufen«, sagte Frauke. »Allein.«

Sie machte einen kleinen Abstecher zum Sieltor, bevor sie zum Hafen ging. Dort schaute sie über den Jadebusen, ihr Blick glitt auf der Deichkrone entlang, wo ein paar Schafe grasten und den Abend genossen.

Über ihr kreisten die Möwen. Es war Ebbe, und im Watt stakten ein paar Säbelschnäbler auf der Suche nach Futter. Sie liebte Dangast, der Ort hatte etwas ganz Besonderes.

Frauke war so froh, dass zwischen Sanja und Keno nun wieder alles im Lot war! Das Café lief auch gut an, und doch war sie unzufrieden und wusste, dass sie an ein paar Stellschrauben drehen musste.

Als sie mit dem Kutter auf See gewesen waren, war ihr klar geworden, dass sie sich nach mehr Ruhe sehnte und sie viele Dinge nur Heinz und Barbara zuliebe getan hatte. Da ging es ihr ähnlich wie Sanja, die auch Doktor Feuerleins wegen Dinge tat, die nicht ganz ihren Vorstellungen entsprachen. Ursprünglich hatte sie doch mit dem Kutter ein bisschen aufs Meer hinausfahren wollen und die Freiheit spüren. Sich treiben lassen und das

Leben genießen. Anders als im Sonnenuntergang. Unabhängig hatte sie sein wollen.

Zwar war das Kuttercafé eine tolle Sache und machte auch Spaß, aber vielleicht konnte man das Ganze ein wenig abwechseln?

»Ich rede mit Barbara und Heinz«, murmelte Frauke vor sich hin und machte sich mit beschwingtem Schritt auf den Weg zum Kutter.

Es war recht spät geworden, aber es half nichts, der Kuchen musste dringend noch gebacken werden. Malte war wider Erwarten noch geblieben. Er war sehr erleichtert, dass Sanja und Keno sich wieder versöhnt hatten. »Dann wird sie sich auch wieder mit mir vertragen, vor allem, wenn dieser Schönheitschirurg nicht mehr dazwischenfunkt«, sagte er.

»Das wäre wirklich prima für eure ganze Familie«, sagte Frauke. »Frieden ist immer gut.«

Sie nagte an der Unterlippe und hörte für einen Augenblick auf, den Teig zu rühren. Dann schaute sie Barbara und Heinz an. »Wo wir bei dem Thema sind: Ich wollte mal mit euch sprechen.«

»Worum geht es?« Barbara schlug die Eier in die Masse für den Kutterkuchen. »Eins-a-Bioqualität«, sagte sie.

»Wie ihr wisst, war mein Plan, mit dem Kutter einfach so herumzufahren und das Leben zu genießen. Doch dann ist bei euch so viel schiefgegangen. Uns kam der Plan mit dem Café, und alles war auch okay. Aber … mir ist das zu viel. Ich möchte gern ein paar Wochen über die Nordsee schippern. Aber ohne am Abend Kuchen zu backen und Verpflichtungen zu haben. Einfach nur so. Danach können wir gern mit dem Café weitermachen, aber ich will meinen ursprünglichen Traum der Unabhängigkeit nicht vollends aus den Augen verlieren.«

Barbara stützte sich an der Kante der Arbeitsplatte ab. »Das kann ich nicht. Immer Wasser um mich herum und so. Aber …« Sie druckste herum, sprach jedoch nicht weiter.

»Mir geht es genau andersherum«, sagte Frauke. »Diese Unendlichkeit ist das, was mich glücklich macht. Das habe ich gemerkt, als wir Keno gesucht haben. Dieses leise Wellenschlagen, das Dümpeln …«

Barbara wirkte plötzlich erleichtert und warf einen Blick zu Heinz, der sacht nickte. »Du hast das alles wegen uns getan«, begann sie. »Weil du eine wunderbare Freundin bist. Unsere finanzielle Lage hat sich ja ein wenig entspannt, wir müssen uns zwar einschränken, aber wir brauchen nicht zu darben, sodass wir das Café nicht für den Lebensunterhalt benötigen.« Sie schluckte. »Und wir haben jetzt das feine Häuschen in Burhave. Ehrlich gesagt ist das ständige Leben auf dem Schiff nichts für uns. Das haben wir bereits nach der Überfahrt und den beiden Nächten an Bord gemerkt und auch schon überlegt, wie wir dir das beichten. Gern ab und zu das Café, aber jeden Tag auf See?«

Frauke ahnte, dass es genau das war, was Barbara bedrückt hatte. Sie war kein Mensch, der auf einem Schiff glücklich war.

»Dann ist doch alles gut«, sagte Frauke erleichtert. »Ihr wohnt in unserer Doppelhaushälfte und kümmert euch um den Garten, und was sonst so anfällt, und ich nutze den Sommer, um herumzufahren, bevor ich im Winter in unserer WG aufschlage. Wenn wir wollen, dann betreiben wir das Kuttercafé, aber nur noch nach Lust und Laune!«

Barbara nickte. »Ja, so machen wir das.« Sie wiegte den Kopf. »Aber dann bist du ganz allein …«

»Ich möchte mit!«, schoss es aus Malte hervor, und er wurde feuerrot bei den Worten. »Darf ich dich begleiten?«

Frauke hatte eben den Mixer wieder ergriffen, doch der fiel ihr nun vor Erstaunen fast aus der Hand. »Du?«, fragte sie konsterniert. »Du willst deine Wohnung in Cuxhaven verlassen? Deine alten Steine und Gemäuer? Ich will nicht nur ein paar Tage weg! Ich will richtig in See stechen.«

»Das weiß ich«, antwortete Malte. »Aber wir verstehen uns doch inzwischen wieder ganz gut, auch wenn wir nicht mehr die Windsbraut und Roter Oskar sind, sondern Oma Frauke und Opa Malte.«

»Bist du denn seefest? Ich hatte den Eindruck, dass du dich vor den Fahrten gedrückt hast.«

»Ich weiß es nicht, aber wir werden es herausfinden.«

Frauke überlegte kurz, doch dann gefiel ihr die Idee ausnehmend gut. Mit Malte konnte man schweigen, er hatte seine schulmeisterliche Art immer mehr abgelegt, und ab und zu sah sie in ihm den jungen Mann, in den sie sich damals unsterblich verliebt hatte. »Gut, abgemacht!«

Malte strahlte. Doch dann wurden sie unterbrochen, weil Barbara aufschrie und angewidert das Gesicht verzog.

»Was ist los?«, fragte Frauke entsetzt. »Waren die Eier schlecht?«

Barbara griff nach einem Glas Wasser und spülte den Mund aus. »Igitt! Bah!«, keuchte sie. »Jemand hat Salz in die Zuckerschütte getan. Der ganze Kutterkuchen ist versalzen!«

»Was? Wie konnte denn das passieren?«

Barbara zuckte mit den Schultern. »Heute Morgen war da definitiv noch Zucker drin. Den hab ich für meinen Tee verwendet.«

Fraukes Blick wanderte zu Malte, der wie ein ertappter Schuljunge wirkte.

»Hast du etwas damit zu tun?«, fragte Frauke ihn. »Hast du das getauscht?«

»Nein!« Er hob abwehrend die Hände. »Ich war das nicht. Aber vielleicht …«

»Frau Waltermann«, ergänzte Frauke instinktiv. »War sie an Bord?« Ihre Augen verengten sich zu Schlitzen, und in ihr begann es zu brodeln, als Malte schuldbewusst nickte.

Was für ein Vertrauensbruch, diese Frau ohne ihr Wissen auf den Kutter zu lassen! Hatte Malte nicht eben noch angeboten, mit ihr auf große Fahrt zu gehen? Ihr indirekt gesagt, dass er sie noch immer sehr mochte?

Und trotzdem traf er sich heimlich hinter ihrem Rücken auf ihrem Schiff mit der dummen Frau Waltermann, die ihm ständig schöne Augen machte? »Sie war also hier?«, fragte Frauke gefährlich ruhig.

»Ja, sie hat gestern hier ihren Ohrring verloren«, verteidigte Malte sich.

»Bitte verlasse mein Schiff, Malte Willich. Ich trau dir nicht mehr!«, sagte Frauke. »Sofort!«

Barbara wollte offenbar auch noch etwas sagen, brachte dann jedoch kein Wort über die Lippen. Malte stand zunächst da wie ein begossener Pudel, fügte sich dann aber. Frauke warf ihm den Autoschlüssel vor die Füße. »Scher dich zum Teufel. Hätte Barbara das nicht bemerkt, wäre unser Ruf ruiniert gewesen, wenn auch nur ein Gast den widerlichen Kuchen gegessen hätte. Wie kannst du diese Schlange auf *meinen* Kutter lassen?«

Malte trollte sich, und Heinz folgte ihm.

»Dann können wir wohl noch einmal von vorn beginnen«, sagte Frauke seufzend, aber Barbara schüttelte den Kopf. »Nein, nur der Kutterkuchen ist verdorben. Du hast für den anderen doch schon die neue Packung Zucker angebrochen.«

Schweigend buken sie den Kuchen zu Ende.

»Dass Malte mich so hintergeht, hätte ich nicht gedacht. Immerhin hat sie uns schon in Fedderwardersiel die Polizei auf den Hals gehetzt«, sagte Frauke, als alle drei Kuchen im Ofen waren.

»Das wissen wir ja nicht genau«, entgegnete Barbara. »Es könnte doch auch dieser Arzt gewesen sein.«

»Willst du mir jetzt auch noch in den Rücken fallen?«, blaffte Frauke sie an.

»Mit allem kann ich leben, aber nicht, dass du Malte die Schuld daran gibst. Du kennst doch Frau Waltermann! Wenn sie sich etwas in den Kopf gesetzt hat, dann zieht sie das durch. Sie wird Malte um den kleinen Finger gewickelt haben, so wie das ihre Art ist.«

»Er hätte es erkennen müssen«, beharrte Frauke. Sie wandte sich um, als Heinz wieder in die Kombüse trat.

»Du hast sie gestern und bei der Schiffstaufe doch selbst auch aufs Schiff eingeladen«, gab er zu bedenken. »Woher hätte er denn wissen sollen, dass er es nicht darf?«

Darauf wusste Frauke keine Antwort.

»Gut, dann lasst uns etwas zum Abendbrot machen. Ich für meinen Teil möchte heute beizeiten ins Bett«, sagte Barbara. »Die letzte Nacht war schließlich sehr hart.«

Dem konnte Frauke nur zustimmen. Mittlerweile nagte das schlechte Gewissen an ihr. War sie Malte gegenüber zu hart gewesen? Er war ein so lieber Mensch, und sie wollte sehr gern mit ihm losfahren. Doch das hatte sie ja nun gründlich versaut.

»Ich glaube, du bist eifersüchtig!«, hörte sie da Heinz. »Und das ist doch ein gutes Zeichen. Ich finde, die Segel sind in Richtung Liebe gesetzt!«

Frauke schrak zusammen. Das war nicht so!

Oder doch?

*

Malte war am Boden zerstört. Er war so glücklich gewesen, dass Frauke eingewilligt hatte, ihn mitzunehmen, und dann passierte so etwas. Er musste das alles wieder in Ordnung bringen. Nur wie?

Zunächst fuhr er nach Cuxhaven, denn er wollte in Ruhe nachdenken. Doch er war auf einmal hundemüde und schlief schon auf dem Sofa ein. Von dort schleppte er sich mitten in der Nacht ins Bett, war aber bereits um fünf Uhr wieder wach. Von wilden Träumen getrieben.

Aber er hatte einen Entschluss gefasst. Wenn er alles wieder in Ordnung bringen wollte, musste er es von hinten aufrollen und dann einen Schritt nach dem anderen machen. Zuerst galt es, ein sehr ernstes Wort mit Frau Waltermann zu sprechen. Sie sollte ein für alle Mal begreifen, dass er keinerlei Interesse an ihr hatte. Und sie musste sich bei Frauke und Barbara entschuldigen. Sonst wollte er ihr mit einer Anzeige drohen.

Danach würde er zu Sanja fahren und zusehen, dass zwischen ihnen wieder Friede herrschte. Immerhin waren sie und Keno seine Familie.

Und zum Schluss würde er einen riesigen Blumenstrauß, drei Kilo Zucker, fünfzig Bioeier und drei Kilo Mehl besorgen und damit zu Frauke fahren. Nur war heute Sonntag, deshalb musste ein Gutschein reichen.

Egal, es zählte die Geste.

Malte zog sich an und frühstückte wie immer, denn niemals konnte er ein solches Mammutprogramm ohne ausreichende Nahrungszufuhr bewältigen. Außerdem wäre es sicher vorteilhaft, wenn Frau Waltermann das Bett schon verlassen hätte, sie könnte sonst etwas missverstehen, wenn er in ihr Zimmer polterte.

Nach dem Frühstück plünderte er seinen Vorratsschrank. Er hatte noch 125 Gramm Mehl, 75 Gramm Zucker und ein vergessenes Ei. Dafür konnte er mit drei Päckchen Vanillezucker aufwarten. Er schrieb eine Karte und ergänzte darauf die fehlenden Mengen – fertig war sein Gutschein! Im Ort hatte ein Blumenladen am Sonntagmorgen geöffnet, dort würde er einen Strauß erwerben können.

Kurzerhand setzte Malte sich um neun Uhr ins Auto, steuerte das Blumengeschäft an und kaufte zwei Buketts. Ein kleines mit gelben Freesien für Sanja und ein richtig großes, buntes für Frauke. So ausgestattet konnte er sein Vorhaben in die Tat umsetzen.

Zuerst steuerte er in Burhave den Sonnenuntergang an. Er hatte Glück. Frau Waltermann saß draußen auf einer Mauer und rauchte. Sie sah erfreut auf, als er ausstieg. »Oh, Herr Willich! Schön, dass Sie mich besuchen!« Sie zeigte auf die Zigarette. »Eigentlich hab ich mir dieses Laster längst abgewöhnt, aber manchmal überfällt es mich doch.« Sie kicherte albern.

»Ich komme Sie nicht besuchen. Ich bin hier, weil Sie sich bitte auf der Stelle bei Frau Hansen entschuldigen werden. Ihr Sabotageakt ist glücklicherweise früh genug aufgeflogen, sodass kein größerer Schaden entstanden ist.«

»Was für ein Sabotageakt? Ich weiß gar nicht, wovon Sie sprechen!« Frau Waltermann zog einmal hektisch an ihrer Zigarette.

»Das wissen Sie sehr wohl. Mir liegt sehr viel an Frau Hansen – und nur an ihr«, sagte Malte mit Nachdruck. »Wenn Sie auch nur einen Funken Anstand haben, dann bringen Sie das in Ordnung. Ich würde an Ihrer Stelle sonst kaum noch in den Spiegel schauen können.«

»Aber …«, begann Frau Waltermann zögerlich.

»Ich könnte auch zur Polizei gehen«, meinte Malte. Er wandte sich ab und ließ Frau Waltermann einfach stehen.

Dann fuhr er zu Sanja. Sie saß noch mit Keno am Frühstückstisch. Paula begrüßte ihn stürmisch, als er in der Tür stand.

»Komm rein!«, forderte ihn seine Schwiegertochter mit einem Lächeln auf. »Ich freue mich, dass du da bist.«

Malte war erleichtert, dass sie ihm offenbar nicht mehr böse war.

»Frauke hat schon erzählt, dass die Kuh vom Eis ist«, sagte er und reichte Sanja die Blumen. »Und ich hoffe, wir bekommen das auch hin.«

Seine Schwiegertochter nahm ihn in den Arm. »Ja, das werden wir. Komm, setz dich!« Sie schenkte ihm eine Tasse Kaffee ein. »Ich habe mich gestern Abend von Alfons getrennt. Es ist besser so.«

Malte drückte trotzdem kurz ihre Hand. »Hauptsache, es geht dir gut damit.«

»Das tut es.« Sie musterte ihn. »Sag mal, du siehst aber dennoch geschafft aus.«

Malte erzählte, was passiert war. »Und jetzt hat sie mich von Bord geworfen, und mit ihr in See stechen darf ich auch nicht mehr«, schloss er.

Keno begann zu lachen. »Ihr seid schlimmer als Teenager.«

»Keno!«, maßregelte Sanja ihn.

»Ist doch wahr. Und du hast jetzt Blumen, Mehl und all so ein Zeug im Auto?«

Malte nickte.

»Wunderbar, ich habe nämlich den Joker!«

»Was meinst du damit?«

»Warte es ab!«, sagte Keno mit verschwörerischer Miene. »Lasst uns nach Dangast fahren.«

Malte schaute zwar noch skeptisch, aber was blieb ihm anderes übrig, als einzuwilligen? Doch Keno hatte seinen eigenen Plan, wie alles ablaufen sollte.

*

Frauke hatte schlecht geschlafen und saß nun trübsinnig mit einem Becher Kaffee in der Hand an Deck.

Heinz hatte die Liegeplätze in den geplanten Häfen storniert, weil sie gestern übereingekommen waren, dass Frauke schon morgen aufbrechen sollte. Sie wollten die Vorräte auffüllen, und dann konnte es losgehen. »Es ist besser, du setzt deine Träume sofort in die Tat um«, hatte Heinz gesagt.

Er schien ganz froh über die Aussicht zu sein, schon bald wieder in einem richtigen Bett schlafen zu können.

Frauke fuhr erschrocken hoch, als ein Fellbündel jaulend um ihre Beine sprang. Sie war so in sich gekehrt gewesen, dass sie ihre Umgebung kaum wahrgenommen hatte.

»Paula! Wie schön, dass du mich besuchen kommst!«

»Wir sind auch mitgekommen!«, sagte Keno lachend. Ihm folgte Sanja.

Frauke war kurz enttäuscht, weil Malte nicht dabei war, aber was erwartete sie? Ihre gestrige Ansage war eindeutig gewesen. Vielleicht poussierte er längst mit Frau Waltermann herum.

Sanja und Keno begrüßten auch Barbara und Heinz. Dann setzten sie sich an Deck. Es würde heute sehr warm werden, sie brauchten nicht einmal Jacken.

»Du, Frauke«, begann Keno. »Kann ich kurz allein mit dir sprechen?«

»Ja, natürlich.«

»Dann lass uns mal von Bord gehen und uns dort auf die Bank setzen.«

Frauke wusste zwar nicht, was das sollte, aber sie folgte Keno neugierig. Kaum saßen sie, zog er eine Flasche aus dem Rucksack.

»Was ist das?«

»Die ist gegen das kleine Motorboot geknallt, als ich in Seenot war«, erklärte Keno. »Es ist ein so dummer Zufall, dass er kaum zu glauben ist, aber … ach, lies selbst!«

Frauke nahm die Flasche, öffnete sie und zog den Brief heraus. Dann las sie die Zeilen.

*Liebe Windsbraut,*
*es ist so lange her, dass wir uns begegnet sind. Ich habe nie aufgehört, an dich zu denken, aber du warst ebenso flüchtig, wie dein Name klang. Du bist mir davongeweht, obwohl ich dich hätte festhalten sollen. Das Schicksal meinte es anders. Nun nehme ich Abschied von dir, denn ich bin alt, und wir werden uns wohl nie wiedersehen.*
*Lebe wohl!*
*In liebevoller Umarmung dein*
*Roter Oskar*

Frauke traten Tränen in die Augen, und sie schüttelte ungläubig den Kopf. »Das ist jetzt kein Witz, oder? Das ist nicht fingiert?«

»Nein, ich habe sie wirklich im Meer gefunden. Opa muss sie vor nicht allzu langer Zeit der See übergeben haben.«

»Er hat mich also all die Jahre nie vergessen, und es klingt weiß Gott nicht so, als wäre Frau Waltermann für ihn wichtig.«

»Frau Waltermann, die bunte Schnepfe aus dem Sonnenuntergang? Nee, ganz sicher nicht! Er ist stinksauer auf sie.«

Frauke sog die Luft einmal tief ein. »Ich muss zu ihm. Ich habe Malte großes Unrecht getan.«

»Brauchst du nicht. Er kommt gleich!«

Wie auf Kommando kam Malte um die Ecke. In der einen Hand hielt er einen großen Blumenstrauß und in der anderen eine Baumwolltasche. Er eilte mit großen Schritten auf Frauke zu.

»Ich möchte dich um Entschuldigung bitten, ich wusste doch nicht …«

Frauke stand auf und nahm ihn einfach in den Arm. »Es ist alles gut. Ich war so ungerecht. Mein lieber Roter Oskar!«

Er drückte sie, gab Frauke einen Kuss auf die Wange, und als sie voneinander ließen, war Keno schon wieder zurück an Bord. Malte reichte Frauke die Tasche und erklärte, was es damit auf sich hatte. Sie lachte. »Mit den kleinen Mengen kann ich keine drei Kuchen backen, aber weißt du, was? Das ist auch egal. Wir stechen nämlich schon morgen in See.«

Malte schien sehr erleichtert. »Und Frau Waltermann hab ich auch zur Schnecke gemacht!«, sagte er. »Sie soll sich gefälligst entschuldigen.«

»Ich glaube, du hast Eindruck bei ihr geschunden«, sagte Frauke. »Sieh nur, sie ist schon da.«

Am Kai stand tatsächlich Frau Waltermann. Sie hielt ein Kuchenblech in der Hand, das sie Barbara reichen wollte, aber die winkte rigoros ab.

»Ich glaube, wir müssen mal wieder schlichten!«, meinte Frauke.

Die beiden liefen zum Kutter.

»Ich wollte um Verzeihung bitten, aber Frau Kanngießer will das nicht!«, empörte sich Frau Waltermann. »Dabei habe ich in der Küche vom Sonnenuntergang extra auf die Schnelle einen Blechkuchen mitgehen lassen!«

»Wieder mit Salz?«, keifte Barbara und ließ sich auch von Heinz nicht beruhigen.

»Das lösen wir doch ganz einfach«, schlug Malte vor. »Essen Sie bitte selbst das erste Stück.«

»Dazu muss ich erst an Bord kommen dürfen, damit wir den Kuchen anschneiden können.«

»Bitte!« Frauke machte eine einladende Geste.

Frau Waltermann nahm das gereichte Messer, das Barbara rasch aus der Kombüse gezaubert hatte, und schnitt ein Stück heraus. Sie biss genüsslich ab, und ihrer Miene nach schmeckte es vorzüglich.

Schließlich wagten sich alle daran, und tatsächlich war der Kuchen sehr lecker.

»Es tut mir unsagbar leid, dass ich so giftig war.« Sie senkte den Kopf. »Aber Sie haben es alle so gut! Kommen raus aus dieser blöden, langweiligen Residenz. Und ich bin übrig geblieben. Trotzdem entschuldigt das mein Verhalten natürlich nicht.«

»Es ist alles gut, Frau Waltermann«, sagte Frauke versöhnlich. »Sie sind, wenn Sie es ernst meinen, in Zukunft immer herzlich willkommen. Aber ab morgen stechen wir erst einmal in See. Sie müssen sich folglich ein bisschen gedulden.«

Barbara nickte Frau Waltermann ebenfalls zu. »Aber mein Heinz und ich, wir bleiben in Burhave. Selbstverständlich können Sie jederzeit zum Kaffee kommen. Aber nur, wenn Sie den leckeren Kuchen mitbringen.«

# Epilog

## *Eine Woche später*

Das Wetter hatte es bislang gut mit Frauke und Malte gemeint. Die Sonne strahlte vom klaren blauen Himmel und brach sich in den kleinen Wellen. Sie schipperten ohne Ziel, ließen sich treiben. Ab und zu fuhren sie einen Hafen an, füllten die Vorräte auf, und dann ging es weiter. Heute wollten sie nach Juist, aufs Töwerland, und dann immer weiter gen Westen bis nach Holland. Und danach? Mal sehen. Einfach übers Meer in Richtung Horizont und ab und zu zum Land abdrehen.

»Ich bin so froh, dass ich das gemacht habe«, sagte Frauke und reckte sich wohlig.

»Was genau? Den Kutter umgebaut? Einfach so losfahren? Oder dass du mich mitgenommen hast?«

»Alles«, antwortete Frauke und setzte sich auf. »Aber das Letzte ist das Beste, mein lieber Roter Oskar. Und es ist nett von mir, weil du nun keine Flaschenpost mehr in die Nordsee werfen musst. Denn ich bin da. An deiner Seite. Du kennst meinen Namen und weißt eine Menge über mich. Wir haben alles aufgeholt!«

Malte reichte Frauke seine Hand, die sie zärtlich ergriff.

»Kommst du heute Nacht in meine Kajüte, Roter Oskar?«

»Wenn ich auch als Malte kommen darf – gern!«

Frauke stand auf und zog ihn hoch. Dann küsste sie ihn lange. »Du bist immer willkommen. Egal, wie du heißt!«

# Rezepte

## Kutterkuchen

***Zutaten für den Boden:***

- 400 g Mehl
- ¾ Päckchen Backpulver
- 1 Tüte Vanillezucker
- 250 g Zucker
- 250 g Butter
- 1 Ei
- 4 Äpfel, dünn geschnitten

***So wird es gemacht:***

1. Alle Zutaten bis auf die Äpfel mit dem Mixer verrühren.
2. Ein Kuchenblech einfetten, den Teig darauf verteilen und das Obst darauflegen.

***Zutaten für die Streusel:***

- 200 g Mehl
- 1 Tüte Vanillezucker
- 150 g Zucker
- 150 g Butter
- Zimt nach Geschmack

***So wird es gemacht:***

1. Alles zu einem Krümelteig vermengen und auf den Teig mit den Äpfeln geben.
2. Kuchen bei 200 Grad etwa 30 Minuten backen.

# Nordseeplatte

***Zutaten für den Kuchen:***

- 3 Eier
- 300 g Zucker
- 1 TL Kakao
- 1 Tüte Vanillezucker
- 2 Tl Backpulver
- 150 ml Milch
- 270 g Mehl
- 150 g Butter (geschmolzen)

***So wird es gemacht:***

1. Eier, Zucker und Kakao schaumig rühren. Vanillezucker, Backpulver, Milch und Mehl hinzufügen und zum Schluss die geschmolzene Butter hineinlaufen lassen.
2. Ein Blech einfetten und den Teig daraufgießen. Bei 175 Grad etwa 15 Minuten backen.

***Zutaten für die Glasur:***

- 75 g Butter (geschmolzen)
- 1 EL Kakao
- 1 Tüte Vanillezucker
- 5 EL gekochter Kaffee
- 350 g Puderzucker
- Kokosraspeln nach Geschmack

***So wird es gemacht:***

1. Butter schmelzen und den Rest der Zutaten hinzufügen.
2. Die Masse über den fertig gebackenen Kuchen geben und falls gewünscht reichlich mit Kokosraspeln überstreuen.

**Zutaten:**

- 250 g Butter
- 250 g Zucker
- 3 Tüten Vanillezucker
- 5 Eier
- 300 g Mehl
- 1 TL Backpulver
- nach Bedarf Zitronen- oder Rumaroma
- Puderzucker

**So wird es gemacht:**

1. Butter, Zucker, Vanillezucker und Eier schaumig rühren. Dann Mehl und Backpulver plus Aroma dazugeben und weiter luftig aufschlagen.
2. Eine Backform einfetten, den Teig hineingeben und bei 180 Grad (vorgeheizt) 45 Minuten backen. Nachdem der Kuchen etwas abgekühlt ist, mit Puderzucker bestäuben.

# Danksagung

Jetzt können Frauke und Malte in Ruhe in See stechen, und ich kann mich dem nächsten Roman zuwenden. Und ja – es wird auch eine weitere Oma von mir geben. Lassen Sie sich überraschen.

Ich danke auch bei diesem Roman:

- meiner Lektorin Sabine Ley, Patricia Keßler und dem gesamten Team vom Droemer Knaur Verlag für die Unterstützung bei meinen Projekten. Gisela Klemt für die lange Zusammenarbeit und die feine Redaktion. Meiner Agentin Anna Mechler für ihren wunderbaren Einsatz,
- und last, but not least meiner unvergleichlich tollen Familie.

**Plötzlich Oma – und das Leben steht Kopf!**

*Regine Kölpin*

# Oma kriegt die Kurve

*Roman*

Mit 52 Jahren würde Cara gerne mal etwas für sich tun, jetzt, wo die Kinder aus dem Haus sind – äh, waren. Denn ehe Cara es sich versieht, flüchtet Tochter Wiebke samt dreijährigem Sohn zurück ins elterliche Nest, und dann taucht auch noch Sohn Tim mit »tollen Neuigkeiten« auf: Er wird Vater! Oma Cara kümmert sich bestimmt gerne um die Enkel, wo sie doch so viel Zeit hat, oder?
Aber Cara fühlt sich einfach nur aus der Bahn geworfen. Da hat die 75-jährige Helene, in deren Stofflädchen im malerischen Nordseebad Dangast Cara gelegentlich aushilft, eine geniale Idee …

Lassen Sie sich von »Oma kriegt die Kurve« an die Nordseeküste entführen! Die beliebte friesische Autorin Regine Kölpin erzählt mit jeder Menge Humor, Herz und ganz viel Nordsee-Flair, wie Cara unverhofft und nicht ganz freiwillig Vollzeit-Oma wird.

KNAUR

**Ruhe in Friesland**

*Regine Kölpin*

# Ins Watt gebissen

*Ein Küsten-Krimi*

Gleich hinter dem Haus des Eigenbrötlers Ino Tjarks hat der Kurdirektor Alois Winterscheid ins Gras der Salzwiese gebissen. Und weil Ino nie einen Hehl daraus gemacht hat, was er von den Plänen hält, die der Bayer Alois für eine neue Touristenattraktion an der friesischen Küste hatte, steht er nun unter Mordverdacht. Da hilft nur eines: gemeinsam mit seiner patenten Haushälterin Gerda und der Bäckerin Theda den wahren Mörder zu schnappen! Tatsächlich haben die drei bald eine heiße Spur: Alois hatte Streit mit einer Frau. Nur mit welcher? Denn Alois liebte nicht nur eine!

Der erste Fall für den liebenswerten friesischen Eigenbrötler Ino Tjarks und seine Mitstreiterinnen.

KNAUR

**Vom Gehen und Kommen des Glücks**

*Franka Michels*

# Der Zug der Nonnengänse

*Roman*

Jedes Jahr erwartet Amelie voller Vorfreude die Rückkehr der Nonnengänse auf Langeoog. Am Wattenmeer zu wandern und die eleganten Zugvögel zu beobachten, gibt ihr seit jeher Kraft und Trost – ganz besonders jetzt, da sie nicht mehr lange zu leben hat. Eine einzige Sache würde Amelie gerne noch ins Reine bringen, wenn sie nur wüsste, wie …
Als Bente auf Langeoog auftaucht, spürt Amelie in der 20 Jahre jüngeren Frau sofort eine innere Zerrissenheit, die sie selbst nur zu gut kennt. Bente und sie sind Suchende. Gemeinsam wagen sie sich Schritt für Schritt auf neue Pfade.

»Der Zug der Nonnengänse« ist ein bewegender Roman über eine besondere Frauenfreundschaft, schicksalhafte Entscheidungen und die inspirierende und tröstende Kraft der Natur.

KNAUR